KB122290

내가 본 세상,
내가 사는 세상

-어느 전직 세무서장의 별난 인생 체험기-

조정현 著

책을 발간하며

많은 망설임 끝에 이 책을 내게 되었다.

그냥 묻어버리기에는 아쉬움이 너무 컸고, 칠순이란 나이가 용기를 줘 겁도 없이 내 과거를 책으로 펼쳐 보인다.

순탄치만은 않았던 별난 내 과거사를 흥미있게 읽어보시기를 바랄 뿐이지만 온갖 어려움을 딛고 꿋꿋하고 바르게 또한 긍정적으로 살아가는 내 인생에서 배울 점을 찾는 독자가 있다면 더 이상 바랄 게 없겠다.

젊어서 상처하신 후 어린 자식들을 위해 재혼도 안 하시고 돌아가실 때까지 고생만 하셨던 자랑스런 아버님께 이 책을 바치고 싶다. 그리고 출간을 보지도 못하고 불의의 사고로 얼마 전 유명을 달리하신 누님 영전에 통곡이라도 하면서 이 책을 읽어드리고 싶다.

이 책이 나오기까지 여러 군데 문장을 다듬고 보완하는 등 많은 지도와 편달을 아끼지 않은 나의 고등학교 동기이자 우리나라 해양문학의 개척자 巴浪 千金成 친구에게, 그리고 여러 번의 자구수정에도 한 번도 싫은 내색 않고 끝까지 잘 살펴주신 문학과의식 안혜숙 대표님과 문찬영 군에게도 심심한 사의를 표한다.

2010년 추석 연휴에

증보판을 내며

고교졸업 30주년 행사때 찍은 사진첩을 넘기다가 그 속에 든 30여 명의 중늙은이 중에서 외할아버지 얼굴을 찾아내고 '하삐', '하삐' 하며 좋아하던 20개월 된 우리 외손녀, 유민이가 다 커서 이 책을 발견하면 얼마나 좋아할까? 하는 데에 생각이 미치자 몇 번이나 망설였던 원고 쓰는 일에 자신이 생겼었다. '그래 손주들을 위해서라도!' 하는 마음 하나로 원고 쓰기를 끝낼 수 있었고 그래서 출간한 자서전이 벌써 7쇄판을 기다리고 있다.

대학시절 굴욕적인 한일회담 반대데모에 앞장서다 유죄판결을 받은 일 때문에 33년이나 공직생활을 하고서도 연금을 못 받고 또 세무사 개업도 못하는 내 딱한 처지를 생각해서 많은 도움을 주신 옛날의 직장 상사들과 동료들, 그 외 많은 분들께 진심으로 감사하다는 말씀을 드린다.

나는 해외여행을 너무나 좋아한다. 유럽여행만도 여섯 번이나 했다. 그 중 다섯 번이 내가 직접 운전하고 다니는 렌터카여행. 금년 5월에도 유럽 8개국을 돌고 왔다. 그런 여행을 하면서 내가 직접 보게 되는 유럽과 미국의 아름다운 경관들을 여러분께도 보여드리려고 이번에 자동차여행기 다섯 편을 함께 실어 증보판을 내게 되었다.

2013년 11월

| 차례 |

일러두기

1. 책에 쓰인 영문의 한글 표기는 외래어표기법에 따랐으며 일부는 저자의 의도를 반영해 예외로 두었다.

2. 쉼표와 마침표, 말 줄임표, 느낌표 등의 문장부호는 저자의 의도를 반영, 최대한 저자의 원문을 그대로 살려 표기했다.

1부

행복했지만
불행이 더 컸던
소년 시절

일본서 태어나 해방 전 귀환

나는 태평양전쟁이 한창이던 1941년 여름, 일본의 고베라는 도시에서 태어났다. 본관이 창녕이시고 曹 水자洪자를 쓰시는 아버지(조수홍)와 본관이 김해이시고 金福자先자를 쓰시는 어머니(김복선) 사이의 3남1녀중 장남으로 태어났고, 내가 어릴 때 여읜 여동생 셋까지 합하면 3남4녀의 장남이 되는 셈이다.

내가 네 살 되던 1944년 우리가족은 아버지 어머니의 고향인 경남 김해로 환국을 했다. 다른 귀환동포들과는 달리 해방도 되기 전에 일찍 고향으로 돌아오게 된 것은, 아직 어리기만 했던 우리 삼남매를 어머니 혼자서 키우시기가 너무 힘드셨던 때문이었다고 했다.

김해읍 동상동에서 약국을 하셨던 외할아버지 댁에서 2년 가까이 머물며, 많이 약해지신 어머니의 몸조리를 한 후 내가 여섯 살 되던 해에 토성동에 있던 적산가옥(해방전 일본인이 살던 집)을 하나 사서 부산으로 이사를 했다.

네댓 살 적 어린 시절 시골에서 경험한, 지금은 아련한 추억으로 남아있는 몇 가지 생생한 일들을 얘기하고 싶다.

하루는 외할아버지 댁에서 200여m 떨어진 읍내 신작로까지 놀러 나갔다가 하늘이 쪼개지는 것 같은 굉음을 내며 지나가는 탱크 행렬과 그 위에 타고 있던, 난생처음 보는 코쟁이들(서양사람들을 그렇게 불렀다)을 보고 너무 무서워서 새파랗게 질린 채 외할아버지 집까지 혼비백산 도망쳐 왔던 일은 지금 생각해도 가슴이 뛸 정도로 놀랍고 무서웠던 일로 기억된다.

동네 꼬마들과 하루 종일 김수로 왕릉공원에서 놀던 일, 그 공원을 지나 조금만 가면 나오는 개천에서 멱을 감다가 온몸에 달라붙은 거머리를 보고 기겁을 했던 일, 아버지를 따라 그 개천가 모래사장에서 벌어지는 소싸움 구경을 갔던 일, 동생과 둘이서 철기(잠자리) 잡다가 연못에 빠졌는데, 연못에 뛰어들어 나를 구해준 지나가던 거지는 물론 뒤따라온 꼬마들과 동네 사람들한테도 새로 밥을 짓고 소고기 국을 끓여 크게 대접을 했던 일들이 아직도 기억에 생생하다.

매일 오후 너댓 시쯤 출출할 때가 되면 어김없이 외할아버님은 "두조, 차조야~아"하시며 길고 큰 소리로 우리 외손주들을 부르셨는데, 그 소리만 들리면 우리 삼남매는 부리나케 약방으로 달려가곤 했고, 외할아버님은 미리 준비해 둔 잣이며 호두, 밤, 곶감, 대추 같은 걸 나누어 주시곤 했는데, 언제나 누나가 맨 먼저 달려갔지만 외할아버님은 항상 장남인 나부터 먼저 주셨던 기억은 지금까지도 너무나 또렷하게 남아있다.

어머님은 가끔 10리나 떨어진 '주촌'이란 마을의 할아버지(조종환, 曺 鍾자 煥자를 쓰셨다)댁을 젖먹이 여동생을 업고 다녀오곤 하셨는데, 까마득히 안 보일 때까지, 동생을 덮었던 연한 물색의 포대기만 아스라이 보일 때까지, 우리들에게 손을 흔드시다 끝내는 언덕 너머로 사라지던 모습은 나이 70이 된 지금까지도 너무나 슬프고 아련한 추억으로 남아있다.

내가 일본에서 태어나게 된 까닭, 다시 말해 아버지 어머니께서 일

큰집 사촌 형님과 함께한 아버지와 어머니

본으로 들어가 사셨던 사연을
얘기해야 겠다.

아버지는 일곱 살이 되던 해
에 할머니를 여의셨다고 한다.

어머니 없이는 하루도 못살
어린 나이에 어머니를 잃고 그
큰 허전함을 두 형(나에게는
백부님과 중부님, 두 분은 아
버지보다 각각 열 살, 다섯 살
많으셨다.)을 따르며 잊고 지
내셨는데, 그로부터 얼마 지나
지 않아 백부님이 일본으로 들

어가셨고 중부님마저 백부님을 따라 도일하셨으니, 아버님이 어린
시절에 받으셨을 마음의 상처가 얼마나 컸을지는 달리 설명할 필요
가 없을 것 같다.

먼저 일본으로 들어가신 백부님(조인수, 仁자守자를 쓰셨다)께서
고베시에 터를 닦고 사업(식당업과 군납업)에 성공하시자 중부님(조
수용, 水자龍자를 쓰셨다)께서도 따라 들어가셔서 역시 고베시에서
양복점을 하셨는데, 일손이 너무 모자라자 두 분 큰아버님께서 결혼해
서 첫딸(나의 누나) 낳은 지 얼마 되지도 않은 막내동생(나의 아버지)
을 불러들이신 것이 내가 일본에서 태어난 까닭이라 해야겠다.

마음의 고향 시골 이모집

　나의 어린 시절을 얘기하면서 시골 이모집을 빼 놓을 수는 없다. 어머니 바로 아랫동생이셨던 막내 이모님(金순자, 純자子자)댁은 김해읍에서도 10리나 더 들어가야 하는 "농소"라는 조그마한 마을에 있었는데 적산가옥이라 집도 크고 마당도 넓은데다 과일나무도 많고 키우는 가축도 많아 한눈에 과연 부잣집이구나 하는 생각이 들 정도였다.

　감나무, 배나무, 사과나무는 물론 엄청 큰 호두나무도 있었고 철이 되면 포도와 토마토도 열렸다. 소, 닭은 물론 돼지에다 심지어는 말과 사냥개까지도 있었다.

　국민학교시절 방학만 되면 우리 삼남매가 한 달 내내 살다시피 하던 집이었고, 재미와 즐거움이 가득한 데다 꿈이 있었던 곳이라 어린시절 내 마음의 고향이었다고 해도 조금도 지나친 표현이 아니다.

　이모집은 일본 사람이 살던 적산가옥으로 방이 다섯 개에 기다란 골마루도 있었고 화장실이 둘이나 되는 큰 집이었는데, 머슴과 가정부등 집안일을 도우는 사람이 셋이나 있었지만 이들은 모두 별채에 기거했고, 이모님 내외분과 우리보다 나이 어린 동생들만 본채에 살고 있어 우리 삼남매가 없을 때는 오히려 적적하게 느껴질 정도로 조용한 집이었다.

　어머님은 우리 삼남매를 방학만 되면 이모집에 가서 지내게 하셨는데 이모님도 집 넓은데다 양식 걱정 안 해도 될 정도로 잘 사시는 형편이었으니 우리가 가면 언제나 반갑게 맞아주셨다.

이모부님도 부잣집 외동아들답지 않게 애들 북적거리는 걸 좋아하셨던지 우리 삼남매에다 이모집 두 살 터울의 동생들 다섯(문재, 문희, 인호, 문숙, 의호)에 이모부님의 누님 댁 애들 둘(나의 중학교 동기인 노방현군과 그 여동생)까지 놀러오면 이모집은 완전히 애들 판이 되었는데도 별로 싫어하시는 기색이 없으셨다.

그래서 이모집은 언제나 애들 천국이었다.

이모부님(조희순, 曺 喜자淳자를 쓰셨다)은 외동아들인데다 부친께서 술도가를 하시면서 주촌면 면장까지 지내시고 참의원의원(제2대)에 출마까지 할 정도로 유복했던 집안의 어른이신지라, 주촌면에서는 유일하게 일본대학에 유학까지 다녀오신 인텔리셨다.

외할머님과 함께한 어머니(오른쪽)와 이모님 내외

해방 후 김해농고에서 교편을 잡으시다 교장도 지내셨고 나중에는 부산 동의대학 학장까지 지내셨는데, 유학시절 학병으로 끌려가 말을 탔던 경험 때문인지 10리 떨어진 읍내 학교까지 매일 말을 타고 다니셨다.

겨울이면 사냥을 다니셔서 오리고기 꿩고기가 식탁에서 떨어지질 않았고 여름이면 낚시를 하시거나 천렵을 하셨는데 천렵으로 잡은 새끼 물고기를 벌겋게 조려 호박잎에 싸먹던 맛은 지금 생각해도 침이 흐를 정도로 그야말로 꿀맛이었다.

가끔 잠을 못 이룰 정도로 무더운 밤이면 마당에 모닥불 피워놓고 평상에 둘러앉아 수박이랑 참외를 먹곤 했는데, 그 때 내가 다니던 부산 토성국민학교에서 교편을 잡으셨던 이모부님의 여동생(조삼순, 曺三자順자)께서 빙 둘러앉은 우리 꼬마들에게 별나라 얘기며 동화책에 나오는 재미있는 얘기를 들려주시거나 영어노래를 가르쳐 주시곤 했는데 그때의 일들은 지금도 잊혀지지 않는 아름다운 추억으로 남아 있다.

특히 겨울철이면 이모부님은 가까운 강으로 오리 사냥을 자주 가셨는데 가끔 우리 꼬마들이 멀리 떨어져서 따라가는 것을 모른 척 해주셨다.

오리 떼를 발견하시면 어김없이 우리쪽으로 돌아서서 검지를 입에 대며 조용히 하라는 신호를 보내곤 하셨는데, 그게 나에겐 '지금 총을 쏠 테니까 잘 봐' 하시며 마치 사격 솜씨를 뽐내려고 그러시는 것 같았다. 그러면 다음 순간 틀림없이 허공으로 총소리가 울려 펴졌고 놀란 오리 떼가 하늘로 날아오르면 오리 떼를 향해 한두 발을 더 쏘

셨는데, 그 때마다 총소리가 난 만큼의 오리가 떨어졌고 사냥개 포
인타가 잽싸게 달려가 물어오곤 했다.

사냥개 두 마리를 안으신 사냥차림의 이모부님

사냥을 하신 후에는 꼭 스케이트를 타셨는데 꽁꽁 얼어붙은 샛강
에서 두 손을 뒤로 맞잡은 채 허리위에 올리고 몸은 앞으로 구부린
채 사뿐히 나아가는 모습이 너무나 멋있게 보여 나의 얼을 빼놓기에
충분했다.

가끔 말을 타고 읍내에 나가실 때면 우리들도 따라가곤 했었는데
10리나 되는 먼 길을 가면서도 우리에게 '한번 타볼래?'하고 물어보

신 적이 한번도 없었던 게 지금까지도 못내 서운하기만 하다.

6.25사변이 터지고 얼마 되지 않았을 즈음, 하루는 이모 내외분이 몹시 우울해 보여 웬일인가 하였는데, 당시는 전시여서 민간인이 소유하고 있는 말은 전부 정부에서 징발하도록 돼 이모부님 말도 다음 날 부산으로 징발되어 가기 때문이라는 것이었다.

다음 날 아침 저 멀리 마을입구 쪽에서 한 필의 말이 다가오고 있는 게 보였다. 한 사람은 타고 오고 또 한 사람은 걸어오고 있었는데 가까이 오는데 보니 두 사람 모두 경찰관 아저씨였다.

우리 앞에 다가온 경찰관은 이모부님께 무슨 쪽지 같은 걸 보여준 후 마구간으로 가 말을 끌고 나오더니 이모부 내외분께 위로의 말 한두 마디 남기고는 말에 오르기가 무섭게 박차를 가하는 것이었다.

말도 낌새를 차렸는지 두 발을 들어 몸을 일으키며 안 따라가려고 버티던 모습, 타고 있던 경찰이 박차로 배를 한 번 더 힘껏 걷어차니 누런 이빨을 드러내며 울더니 마지못해 끌려가듯 따라가던 모습이 지금도 눈에 선하다. 멀리 보이지 않을 때까지 아무 말 없이 바라보고만 계시던 이모부님과 이모님 두 뺨에 눈물이 흘러내렸다.

우리 꼬마들도 모두 따라 울었다.

경남중 입학으로 웃음꽃 피고

아버님은 일본 고베에 계실 때 중부님에게서 배운 양복 만드는 기술을 밑천으로 환국 후 김해에서 부산으로 이사를 하시면서 양복점을 차리셨는데 수입이 괜찮았던지 얼마후 도떼기시장(국제시장을 당시에는 그렇게 불렀다)에다 조그만 점포를 하나 얻어 라사점을 여시기도 했다.

봄이나 가을, 철이 바뀔 때는 일감이 많아 혼자서 감당을 못하실 정도로 바쁘셨는데도 기분은 좋으셨던지 항상 콧노래를 부르며 일 하시던 기억이 난다. 그 때만 해도 6.25사변이 터진 지 몇 년 안 돼 모두가 어렵던 시절이라 그 만큼 사는 것도 남들이 부러워할 정도로 잘 사는 축에 들었다.

교육열이 대단하셨던 어머님은 우리 형제가 초등학교 상급반이 되자 둘 다 명문 경남중학에 들어가기를 기대하시면서 극진히 뒷바라지를 해 주셨다. 그 때 누나도 부산에서 첫손가락에 꼽히는 부산여중엘 다녔는데 어머님의 열의와 지극정성으로 마침내 우리 형제도 나란히 경남중학엘 입학해 애들 셋 모두가 명문학교에 다니게 되었으니 그 때 아버지 어머니의 기쁨은 무엇과도 바꿀 수 없을 정도로 컸을 것으로 생각된다.

그 해 초, 우리 집에는 또 하나의 큰 경사가 있었다.

옛날 어머님들이 다 그러하셨겠지만 우리 어머님도 우리 형제 밑으로 딸 셋을 더 낳으셨는데 불운하게도 몇 년 사이에 다 키운 그 여동생 셋을 차례로 잃어버려 크게 상심하고 계셨던 차에 오랜만에 득남을 하신 것이다. 나보다 열세 살이나 적은 지금의 막내동생(昌鉉)을 보셨으니 그 보다 더 큰 기쁨이 또 있었겠는가!

오랜만에, 실로 오랜만에 득남을 하셨겠다, 세 남매가 모두 명문학교에 다니게 되었겠다, 아버지 사업도 잘 되겠다, 아버지 어머니로서는 그 보다 더 좋을 수가 있었겠는가!

고녀시절의 어머니 　　　　　　젊었을 적의 어머니

주문이 많아 밤늦게까지 일하시면서도 술 한 잔에 얼큰하게 취하시면 흥얼흥얼 노래를 부르시던 아버지 모습이 지금도 눈에 선하다.

그 시절이야말로 아버지 어머니는 물론 우리들 사남매에게도 다시는 돌아올 수 없는 가장 행복했던 시절이 아니었나 싶다.

선생님, 우리 선생님

중학교에 들어가니 신기하고 재미있는 게 너무도 많았다.

교복 입고 교모 쓰고 다니는 게 신기했고, 선생님은 물론 선배님들께도 거수경례를 하는 게 너무도 재미있었다.

길거리에서 거수경례를 하는 게 쑥스럽기도 해 지나가는 선배님께 경례를 안 하고 그냥 지나쳤다가 혼쭐이 난 뒤부터는 길거리에서건 학교에서건 선배님 얼굴만 보이면 열심히 거수경례를 했다.

당시 경남중 교복은 특이하여, 특히 동복은 양쪽 소매 끝자락에 폭 좁은 흰색 천 두 가닥을 나란히 덧댄 '쌍백선'을 두르고 있어 멀리서도 아주 쉽게 구별이 되었으나, 목덜미 칼라 앞쪽에 꽂힌 학년표지인 1자나 2자 또는 3자는 얼른 구별이 되지 않아 키 큰 학생만 보면 선배님으로 오인해 경례를 하고서는 서로 민망해 하는 경우도 많았다.

영어를 배우는 것도 흥미로웠고 수업시간마다 선생님이 바뀌는 것 또한 재미있었다. 야구 시합이 있을 때마다 전교생이 모여서 하는 응원연습도 신바람이 났고 한 달에 한번 정도 있었던 전교생 단체영화관람은 가장 즐거웠던, 참으로 기다려지는 시간이었다. 그 때 본 영화들 중 '톰소여의 모험', '백경', '정글북', '대탈주', '로마의 휴일', '자랑과 정열', '지옥의 전선', '형제는 용감하였다', '셰인', '세계를 그대 품안에', '하이눈', '역마차', '바람과 함께 사라지다' 등등은 아직도 기억에 생생한 명화들로서 제목만 들어도 가슴 설레는 이런 명화들을 통해 사춘기 어린 중학생들에게 무한한 꿈과 희망과 용기를 심어주고자 하셨던 선생님들의 훌륭한 교육방침에 절로 머리가 끄덕여진다.

입학하자마자 있었던 학생회장 선거는 70년 가까운 세월이 지난 지금까지도 결코 잊혀지지 않는다. 김광일, 박찬종 두 선배님이 후보로 나오셨는데, 두 후보 간 경쟁이 워낙 치열하고 실력들이 막상막하여서 마지막까지 누가 될지 아무도 예측할 수 없을 정도였다. 그런데 한 가지 분명한 것은 박후보는 말솜씨가 워낙 좋아 1학년 새내기들의 마음을 완전히 사로잡았다는 사실이다. 유세내용이 배를 잡을 정도로 재미있어 박 후보의 유세장 교실은 요란한 웃음소리가 끊이질 않았고, '우리학교에서 부산여중 사이에 구름다리를 놓겠다'고 익살을 부리는 박후보의 능청에 유세장을 옮길 때마다 떼거지로 몰려다니는 극성 청중들의 몰표(?) 덕에 결국은 박후보가 당선되었는데, 70년 가까이나 지났는데도 그 때 일이 가끔 떠오르곤 한다. (두 분 모두 후에 유명한 변호사로 활약하셨는데, 김광일 변호사는 김영삼 대통령의 비서실장을 역임한 후 부산의 대표적인 인권 변호사로 계실 때 문재인, 노무현 두 변호사가 함께 일할 수 있도록 다리역할을 하셨고, 박찬종 변호사는 후에 인기 최고의 대통령 후보를 지내시기도 하셨고 지금도 유명 패널로 활약하고 계신다.)

신기한 게 그렇게도 많았던 1학년시절 영어를 기초부터 가르치셨던 이계순 선생님(후에 여성부 장관을 지내셨다)과 이화여대를 졸업하고 갓 부임하셨던 김금복 국어선생님도 기억에 많이 남아있지만, 누구보다도 또렷이 기억되는 선생님은 1학년 9반 우리 담임이셨던 박수복 선생님이시다.

　평북 정주군의 오산중학교를 나오신 선생님은 6.25때 단신 월남하셔서 혼자 사시는 게 어린 나의 눈에도 늘 쓸쓸하게 보였는데, 그 외로움을 달래기라도 하시려는듯, 당신께서는 담임을 맡으셨던 1학년 9반 학생들의 성적을 끌어올리는 데 온갖 열정을 다 쏟아 부으셨다.

　토요일 오후 다른 선생님들이나 우리학교 선수들과 연식정구를 치시는 것 외에는 모든 시간을 우리반 학생들을 위해 보내시는 것 같았다. 선생님께선 국어를 가르치셨는데도 매일 방과후 영어와 수학을 각각 한 시간씩 과외로 가르치셨다.

　우리 반 학생들의 성적향상을 위해 당신께서 손수 과외공부를 맡아 하셨던 것이다.

　매월 한번 씩 월말고사를 보았고, 그 성적이 나오면 모든 학생들의 좌석을 성적순에 따라 다시 배치하셨다. 맨 앞줄 왼쪽에서 오른 쪽으로, 그 줄이 다 차면 그 다음 줄로 그렇게 성적순에 따라 배치했기 때문에 앞줄에는 공부 잘하는 학생이, 뒤로 갈수록 못하는 학생들이 앉게 되었다.

　선생님께서는 매달 성적이 나올 때마다 한 사람씩 불러 세우시고는 칭찬을 하시거나 야단을 치신 후에 자리를 옮기게 하셨다. 그 효과는 정말 놀라웠다. 모든 학생들에게 자극이 되었고 수치심 이나 자긍심을 심어주어 자연히 면학분위기로 이어졌다.

　성적이 크게 좋아진 학생들은 부모님까지 오시게 하시고는 부모님 앞에서 칭찬을 해 주시면서 부모님에게도 관심과 용기를 불어넣어 주셨다. 부모님들이 자연스레 애들 교육에 관심을 가지게 돼, 애들도 더 열심히 하는 계기가 되었다.

이렇게 하시니 반 성적이 몰라보게 향상돼 우리 반 성적은 9개 반 가운데 항상 1등이었다.

입학식 후 처음 좌석배치를 할 때에도 입학성적순에 따랐는데, 나는 입학성적이 그리 좋지 못했던지 맨 뒤에서 두 번째 줄에 앉았던 것으로 기억한다. 그랬던 내가 시험을 칠 때마다 성적이 조금씩 오르곤 했는데, 8월인지 9월인지 한번은 20여 등을 한꺼번에 뛰어올라 반 석차가 20등 대로 올라섰던 적이 있었다.

물론 어머님도 선생님의 부르심을 받고 학교로 달려오셨다. 어머님은 선생님의 칭찬에도 기분이 좋으셨지만, 어머님이 일신고녀(일제 때의 동래여고 전신)를 다니셨다는 사실을 아신 선생님께서 "정현군 모친께서 고녀를 나오셨으니까 교육방법이 탁월하신 모양입니다. 정현이 성적이 일취월장하고 있습니다. 정말이지 장족의 발전을 하고 있습니다." 하시더라며 너무 좋아하셨다.

그날 저녁은 어머님이 특별히 장만하신 양념 불고기 구이로 파티를 열었다. 조그만 화로에 숯불을 벌겋게 피우고 기름 바른 문종이(한지?)를 그 위에 얹고 양념한 고기를 놓으면 문종이는 타지를 않고 고기만 구워지면서 맛있는 냄새가 진동을 한다. 그렇게 구운 불고기도 별미였지만 국물 맛은 정말 일품이었다.

돌이켜 보면 집안에 맛있는 냄새가 가득했듯 이때가 우리 집에 웃음꽃이 만발하던 때였고, 그 후 몇 개월 사시지도 못하고 갑작스레 돌아가신 어머님이 살아생전에 가장 행복해 하셨던 때였을 거라고 믿어 의심치 않는다.

엄마 잃은 슬픔보다 더 큰 아픔

어머님이 돌아가시고 난 뒤의 우리집안은 하루가 다르게 어려워져 갔다. 아버님은 돌아가신 어머님이 그렇게 애지중지하시던, 돌 지난 지 겨우 한 달밖에 안된 늦둥이 아들을 우리 가족이 아닌 다른 사람에게 맡기는 일은 생각조차 할 수 없었으므로, 우리 삼남매가 모두 학교에 가고 난 뒤에는 혼자서 그 젖먹이 동생을 돌보시느라 다른 일은 아무것도 할 수가 없었기 때문이었다.

아버님과 누나는 물론 우리 형제들까지 매달리니 낮 시간은 그럭저럭 지나갔지만 밤만 되면 엄마 찾아 칭얼대는 동생 때문에 하루도 편안한 날이 없을 지경이었다.

애 우는 소리에 깨어보면 한밤중인데도 누나는 언제나 칭얼대며 보채는 막내동생을 품에 안고 달래느라 정신이 없었다. 그럴 때면 엄마 찾는 젖먹이 동생도 불쌍했지만 엄마 노릇하는 여고 1년 밖에 안 된 누나가 더 애처롭고 불쌍하게 보였다.

서너 달은 그렇게 버텼지만 더 이상은 버틸 수가 없었다.

아버님이 아무 일도 못하셨으니 가세는 기울대로 기울어 동생한테 먹이던 일제 우유('모리나가'란 상표의 고급우유)는 물론 우리들의 세끼 끼니조차 해결할 방도가 없게 되었다.

가족회의 끝에 어린 동생을 김해 할아버님 댁에 얼마동안 맡기기로 했다. 가족회의라고 해봐야 아버님이 눈물만 흘리고 있는, 겨우 중고생 밖에 안 되는 우리 삼남매를 설득시키는 일이 고작이었다.
형편이 나아지면 곧 데려오자며….

할아버님 댁은 김해읍에서도 10리를 더 들어가야 하는 '주촌'이란
시골 마을에 있었다. 모든 게 낯설어 우리만 따라다니는 저 어린 것
을 이런 시골에 혼자 남겨두고 가야하다니….

잠을 이룰 수가 없었다.

헤어지던 날, 떨어지지 않으려고 울며 발버둥치던 동생을 떼어놓
고 돌아설 때의 그 참담하고 비통한 심경은 말로 표현할 수가 없다.
그 어린 철부지도 엄마 같은 누나와 형들과의 헤어짐을 알아채고 있
었던 것이다. 눈물이 앞을 가려 김해읍내까지 어떻게 걸어 나왔는지
조차 모르겠다. 어머니를 잃었을 때보다 훨씬 더 슬프고 가슴 아팠다.

가슴이 미어지는 것 같았다.

엄마 잃기 전의 천진난만한 젖먹이 동생을 안고 있는 누님

경남고 진학과 눈물 젖은 빵

어린 동생을 할아버님댁에 맡기고 난 뒤에도 아버님은 뾰족하게 할 만한 일이 없으셨던지, 아니면 너무 막막해서 정신이 없으셨던지 몇 달을 그렇게 아무 일도 안하시고 지내셨다.

그러다 보니 세간이며 집까지 팔고 전셋집으로 이사를 했는데도 순식간에 가진 것이라고는 아무것도 없는 알거지가 되고 말았다.

아버님은 조그만 가게라도 하나 얻어서 양복점을 열어보시려고 무던히 애를 쓰셨는데도 여의치 않은 모양이었다.

어머님이 안 계시니 의논할 사람도 없고 혼자서 고민하시다가 결국은 궁여지책으로 먼 친척 한분이 김해읍내에서 운영하는 양복점에 월급 받고 품을 파는 피고용인으로 들어가시게 되었다.

우리한테는 서대신동에 부엌 딸린 방 한 칸을 전세로 얻어 주셨는데 한 달에 겨우 한두 번 오셔서 우리와 함께 저녁 한 끼 하시고는 주무시지도 못하고 돌아가시곤 했다.

그 때 오랫동안 할아버님 댁에 맡겨두었던 막내동생을 데려와 함께 살게 되었는데, 그 게 너무 좋아 아버님과 떨어져 살아야 하는 아픔은 어느 정도 잊을 수 있었다.

세월은 흘러 어느덧 중학교 졸업반이 되었다. 친구들은 고등학교 입시준비를 위해 학원 가랴 그룹지도 받으랴 정신들이 없었지만 집안 형편이 어려운 나에게는 그런 건 생각조차 할 수 없는 일이었다.

월사금도 제때 내지 못해 밀린 월사금 독촉을 받을 때엔 항상 기가 죽어 지냈다. 2학기가 되자 효율적인 진학수업을 위해 3학년 학생들을 우열반으로 분류하게 돼, 우리반 학생들도 A, B, C반으로 나누게 되었는데, 그 때 담임 선생님께서 당연히 A반에 들어가야 할 나를 깜빡 실수한 것처럼 B반으로 호명하시는 등 나를 싫어하시는 기색이 역력해 보여 한동안 학교에도 정을 붙이지 못할 때가 있었다. 그럴 때는 사춘기 반항심에서 그랬는진 모르지만 꼭 운동장 한 구석에 세워놓은 '링'에 메달려 아찔한 재주를 부리는 것으로 울분을 달래기도 했다. (중3 때 나는 기계체조 선수였다. 전국 체육대회 경상남도 예선에서 우승을 하고서도 잘 먹어야하는 운동선수 뒷바라지 해주실 어머니가 안 계시는데다 어려운 집안사정 때문에 서울 본선 출전을 포기할 수 밖에 없었던 게 지금도 아쉽다.)

펄쩍 뛰어 '링'에 메달린 후 '링'이 뒤로 갈 때 두 발을 가슴까지 끌어당겼다가 앞으로 나아가는 마지막 순간에 허공을 향해 힘껏 올려 차기를 계속하면 몸은 점점 높이 솟구치며 2-3m는 족히 되는, '링'을 메단 줄이 거의 수평이 될 때까지 허공에서 반원을 그리며 시계추처럼 왔다갔다 하게 되는데, 그게 지금 와 돌이켜 보니 위험하기 짝이 없는, 참으로 어리석은 짓이었다는 생각이 든다.

그 때 운동장이 보이는 교실 창문 밖으로는 많은 학생들이 빼곡하게 머리를 내밀고선 구경을 하곤 했는데, 그게 우쭐해 그나마 학교에 재미를 붙일 수 있었던 것으로 기억된다.

집에 돌아오면 방 한 칸에 어린 동생까지 네 식구가 함께 지내니 조용히 공부할 분위기가 전혀 안돼 시간만 나면 혼자서 서대신동 부산여고 뒷산 바위에 올라 공부를 하곤 했다.

당시 부산여고 졸업반이었던 누나는 부엌에서 밥을 짓다가도 부엌문을 열고선 "정현이 경고 붙으면 아버지가 얼마나 좋아하시겠노? 돌아가신 어머니도 기도하고 계실 끼다. 꼭 붙어야 된데이!" 생각만 나면 그렇게 격려를 하곤 했다.

그런 누나의 열망과 격려가 있었던 때문인지 학원 한번 안 가보고 변변한 참고서 하나 없이 혼자서 공부를 했는데도 경남고에 우수한 성적으로 합격을 했다.

합격자 발표가 있던 날, 경남고의 자랑이자 전국에서 하나뿐이던 원형교사 2층 벽에 붓글씨로 합격자 명단을 크게 쓴 두루마리 방이 붙여지기 시작했다. 방을 조금씩 펼치면서 붙여나가니 합격자 명단도 조금씩 보이기 시작했다. 조마조마 가슴을 졸이면서 합격자 이름을 읽어 나가는데 맨 앞쪽에 이름이 붙은 사람들의 환호소리가 들리는가 싶더니 이내 내 이름 석자가 나오는 게 아닌가!

내 눈을 의심했다. 보고 다시 보아도 내 이름이 분명했다. 누나는 나보다 더 좋아했다. 아무 말도 못하고 눈물만 닦고 있었다. 정신을 가다듬고 찬찬히 헤어보니 36등이었다.

480명의 합격자 가운데 36등, 생각지도 못한 좋은 성적이었다. 당장 우체국으로 달려가 전보를 쳤다.

전보를 받고 눈시울을 붉히실 아버님을 떠올리면서.

너무나 자랑스러웠던 고등학교 입학식이 있은 지 며칠도 안 된 어느 날 정태명 담임 선생님께서 느닷없이 가정방문을 오셨다. 그 때는 동대신동 고개 마루에 있던 길 가 초가집, 그것도 너무 오래돼 밤만 되면 어디서 나오는지 빈대란 놈이 기어나와 온 몸을 물어뜯어 잠을 못자게 하던, 낡을 대로 낡은 초가집 방 한 칸에 세들어 살고 있을 때였는데, 선생님께서는 애들만 넷이 살고 있는 초라한 모습을 보시고는 한눈에 가정형편이 정말 열악한 학생이구나 생각을 하셨을 게 분명하다.

어머니는 돌아가시고 안 계시는 데다 아버지마저 돈 벌러 객지에 나가계셨고 그 해 고등학교를 갓 졸업한 누나가 세 동생을 데리고 밥해 먹으며 살고 있었는데, 방안을 들여다보니 앉은뱅이 책상 하나에 한 쪽 구석에 포개어 놓여진 이불 두어 채가 살림의 전부였으니….

누나도 갑작스런 선생님의 방문에 어쩔 줄 몰라 당황해 하던 기억이 난다. 물 한잔도 제대로 대접 못하고 선 채로 가시게 했으니….

그 일이 있고 며칠이 지나서 선생님께서 나를 교무실로 부르셨다. 어려운 환경 속에서도 입학성적이 참 좋았다고 칭찬을 하시더니 문예부장이나 지금은 기억이 안 나지만 다른 무슨 부장을 맡지 않겠느냐고 물으셨다. 그런 건 해본 적이 없다며 사양을 했더니 그러면 학교 매점에서 빵을 팔 학생이 필요한데 집안형편도 어려우니 한번 해보지 않겠느냐며 또 물으셨다. 그걸 하면 수업료 면제는 물론 점심도 학교에서 제공해준다니 나로서야 감지덕지할 수밖에.

그렇게 해서 학교매점에서 1년간 빵(팥빵과 크림빵)을 팔면서 학비를 번 셈인데, 당시 1학년 교실 뒤쪽 식당건물 안에 나란히 붙어있던 문방구와 매점에서 나를 포함한 네 명이 고학을 했었다. 모두들 공부는 잘해 나를 뺀 세 명 중 두 명은 육사에, 한 명은 S대로 진학을 했다.

쉬는 시간과 점심시간에는 수업 끝나는 종이 울리기가 무섭게 매점으로 달려가야만 했고, 점심시간에는 정신없이 빵을 팔다가도 수업시작 10분 전에 매점 문을 닫고 허겁지겁 식사를 해야만 했었다.

점심으로는 카레라이스를 주로 먹었는데 식당 아주머니들이 우리들을 고학생이라고 불쌍하게 여기셨던지 국자로 카레를 푸실 때는 항상 밑바닥을 훑어서 고기가 많이 들어가게 퍼 주시던 기억이 난다. 그 맛있는 카레를 먹을 때는 언제나 집에 있는 동생들과 누나생각이 나 견딜 수가 없었다.

졸업 20주년 행사 때의 필자.
합격자 명단이 나붙었던 원형 교사 앞에서.

시험 피해 달아난 곳이 하필이면…

1학년 2학기 들어 한참 중간고사를 치를 때였던 것으로 생각된다. 학교 식당 아주머님의 부탁으로 그 분의 먼 친척 집에 두 달간 입주해 중3 학생을 가르치고 있을 때였다.

그 같은 가정교사라면 입주하는 두 달 동안에 집중적으로 가르치고 대신 사례금은 비교적 후하게 받는 인기 좋은 자리였다. 그런데 하필이면 그 기간이 끝나갈 무렵 나도 중간고사를 치러야 했다. 하지만 내 시험공부는 자연 뒷전이 될 수밖에 없었다.

다른 과목은 시험 준비를 못해 성적이 나빠지더라도 별로 신경이 쓰이질 않았지만 영어, 수학 만큼은 시험을 잘못 칠 경우 석차가 확 떨어져버리기 때문에 시험공부를 조금도 하지 못한 게 마음에 걸렸다.

'이 번 만큼은 평소실력으로 치지 뭐!' 하는 생각으로 집을 나서긴 했지만 막상 버스를 내려 학교 쪽으로 걸어가면서 다른 학생들이 공부하며 걷는 모습을 보자 겁이 덜컥 났다.

'오늘 영어, 수학 두 과목을 다 치는데 두 과목 모두 망쳐버리면…?' 하는 생각이 들자 나도 모르게 시험 보러 갈 용기가 없어지고 말았다. '차라리 결석을 해 버리자!' 하는 엉뚱한 생각이 순간적으로 머리를 스쳤다.

도로 버스를 탔다. 등교시간인데 학교 쪽이 아닌 반대방향으로 가는 버스를 타니 기분이 이상했다. 어머님이 돌아가셨을 때를 빼고는 결석이라고는 해 본 일이 없는 내가 일부러 학교를 빼먹다니!

평소에는 생각조차 할 수 없는 황당한 일을 내가 지금 저지르고 있는 것이다. '도로 내려버릴까?' 하는 생각도 들면서 무엇에 쫓기는 사람처럼 안절부절못하고 있는데 버스가 출발을 해 버렸다.

와락 겁이 나기도 했지만 이제는 어쩔 수 없다. 운명에 맡기는 수밖에. 버스가 몇 정거장을 지나자 '에라 모르겠다. 될 대로 되겠지!' 하는 생각이 들며 그런대로 마음의 평정을 되찾을 수 있었다. 무슨 노선의 버스를 탔는지, 어디로 가는 버스였는지 전혀 기억이 없다. 종점까지 타고 갔다는 기억밖에 없다.

버스를 내리니 버스가 가는 방향으로 그리 높지 않은 산이 보이기에 그 산을 넘어보자는 생각이 들어 무심코 그 쪽으로 발길을 옮겼다. 산등성이를 따라 한참을 걸으니 외딴 곳에 교회가 하나 덩그러니 서 있었고 교회당 안에서는 국민학생 또래의 애들 몇이서 선생님을 따라 노래를 부르고 있었다.

창문 너머로 한참을 물끄러미 쳐다보고 있었는데도 내가 보고 있는 것을 아는지 모르는지 내 쪽으로 눈길을 주는 사람은 한 사람도 없었다. 교회를 지나 또 한참을 내려가니 어느새 바닷가에 이르게 되었다. 낚싯대를 드리운 채 미동도 않고 있는 낚시꾼을 발견하고 가까이 다가가 "고기 마이 잡힙니꺼?" 말을 건넸는데도 대꾸는커녕 쳐다보지도 않았다.

옆에 놓인 망태기 안을 들여다보니 이름도 모를 조그만 고기 두어 마리만 배를 내보이고 있었다. 방해가 된다고 저러는 구나 싶어 한참 동안 말도 않고 우두커니 서 있었더니 그 때서야 고개를 돌려 나를 쳐다보았다. 순간 가슴이 철렁 내려앉았다. 가슴이 콩닥콩닥 방망이질을 했다. 문둥이였다. 얼굴이 많이 일그러진 문둥이였다. 놀랍기도 하고 무섭기도 하고. 이 일을 어찌하면 좋단 말인가!?

가까스로 정신을 가다듬고 겁먹은 표정을 애서 감추며 말을 건넸다. "큰 고기는 안 잡히는 모양이지예?!"

그래도 대꾸가 없었다. 바로 인사하고 돌아서려니 꼭 따라 나설 것만 같아 한참을 더 서 있다가 "고기 마이 잡으이소…." 그렇게 내뱉고 얼른 돌아섰다.

뒤도 돌아보지 않고 정신없이 걸었더니 어느새 바닷가 마을에 접어들어 있었다. 한 낮인데도 사람들이 별로 보이지 않았다. 어쩌다가 집 안에 한 두 사람 보이기는 했어도 밖으로 나다니는 사람은 없었다. 그런데 어느 집인가 몇 사람이 모여 있는 게 보이기에 물이나 한 모금 얻어 마시려고 다가가는데 아! 이게 웬일인가!!

보이는 사람마다 다 문둥이가 아닌가!? 돌아서니 그 앞집에도 문둥이가 보이고…. 문둥이 나라 한복판으로 들어섰던 것이다. 뒤를 돌아볼 수도 없었다. 겉으로는 태연한 척 걸었지만 얼이 빠진 채 '걸음아 날 살려라!' 도망치듯 걷고 있었다.

한참을 걸어 동네를 거의 다 빠져 나온 뒤 돌아보니 나를 따라오는 사람은 한 사람도 없었다.

그렇게 무서운 경험은 난생처음이었다.

너무나 훌륭하셨던 나의 아버지

본관이 창녕이시고 曹 水자洪자를 쓰신 아버님(조수홍)은 국민학교밖에 못나오셨다. 그런데 金 福자先자를 쓰신 어머니(김복선)는 앞에서도 얘기했듯이 당시 일신고녀(일제시대 동래여고의 전신)를 다니셨다.

완고하신 외조부님께서 시집갈 처녀가 무슨 여학교냐며 못 다니게 하시는 바람에 졸업은 못하셨지만, 당시로서는 최고학부를 다니신 셈이다. 그런데 초등학교밖에 못 나오신 아버지와 일신고녀를 다니신 당시의 인텔리 어머니가 어떻게 배필이 될 수 있었을까?

이 글을 읽으시는 독자 여러분의 궁금증을 풀어드리기 위해서라도 조금은 언급을 하는 게 좋을 것 같다.

본관이 김해이시고 金 龍자錫자를 쓰신 외조부님(김용석)은 한학에 조예가 깊으신데다, 당시 김해 읍내에서 규모가 제법 큰 약국(한약방)을 하셨기 때문에 인근에서는 모르는 사람이 없을 정도로 유명하신 시골 유지셨다. 워낙 완고하신데다 주장이 강하신 어른이시라 어느 누구도 당신의 주장을 거역할 수가 없었다고 한다.

'김해에서 제일 양반인 曹씨 집안 총각이고 허우대 멀쩡하면 됐지 국민학교밖에 못나온 게 뭐 그리 흉이 되느냐?'며 아무소리 못하게 하셨다는 얘기다. (그래서 그런지 막내 이모부님도 동서간인 나의 아버지와 동성동본이시다)

외조모님이나 당시 김수로왕릉 참봉(서열 1번의 가락국 시조 대왕 승선전참봉)을 하셨던, 鍾자萬자 쓰시는, 한 분 뿐이셨던 외삼촌(김 종만)과 이모님들도 모두 못마땅하게 생각은 하셨지만 외조부님 말 씀을 거역하기가 어려운데다, 당시 아버님의 형님 두 분이 일본에서 사업을 크게 해 돈을 많이 벌었다는 소문을 외가식구들도 모두 알고

1941년 1월, 동래온천 방문 기념으로 찍은 외가식구들. 흰 한복 입고 앉으신 분이 외할머 니, 가운데 앉은 분이 어머니, 그 앞이 일신고녀 시절의 막내이모, 남자 세 분 중에 가운데가 아버지, 그 오른쪽이 외삼촌, 왼쪽이 큰이모 내외분과 외숙모

계셨던 터라 큰 반대 없이 혼인이 성사되었다고 한다.

　우리 형제가 경남중학에 나란히 입학하고 집안에 웃음꽃이 피기 시작한 지 채 1년도 못돼 어머님이 서른아홉이라는 젊은 나이에 뇌 일혈로 갑작스레 세상을 뜨셨다.

　양복점에서 같이 일할 사람을 구하러 고향(김해군 상동면)에 가셨 던 아버님은 전보를 받고 급히 달려오셨지만, 어머님은 이미 말문을

닫으신 채 아버지 돌아오시기만을 기다리시는지 몇 시간째 괴로워하시다가 아버님이 도착하시자마자 숨을 거두셨다.

그렇기 때문에 어머니에게 잘 가시라는 따뜻한 말 한마디 건네시지 못하고 임종을 맞으셨다.

하늘이 무너지는 듯한 충격을 받으셨을 텐데도 아버님은 우리 삼남매를 달래고 위로하시느라 그 큰 슬픔을 애써 감추시는 것 같았다. 아버님 역시 어릴 때 어머니를 잃어본 가슴 아픈 기억이 있기 때문에 우리 삼남매의 슬픔을 너무나도 잘 헤아리고 계셨을 테니까.

아버님의 어머니에 대한 사랑이나 정성도 지극하셨다. 아버님은 이모님들께서 재혼 얘기만 꺼내시면 언제나 "얘들 엄마 같은 사람만 구해주이소"하시면서 말도 끄집어내지 못하게 하셨다. 44세란 젊은 나이에 상처를 하셨지만 어린 자식들에게 아픔을 전가시키지 않겠다는 일념에서 돌아가실 때까지 17년 동안이나 재혼도 안하시며 우리들을 손수 보살피시고 뒷바라지 하시느라 말할 수 없는 고생을 하셨다.

아버님께서 재혼도 안하시며 우리들을 손수 돌보시고 보살피신 까닭을, 아버님의 그 큰 뜻을 아버님이 돌아가신 훨씬 뒤에야 깨달았습니다. 아버님 용서해 주십시오. 죽을 죄를 지었습니다. 아버님 정말 죄송합니다.

그리고 정말 고맙습니다.

엄마노릇 대신한 여고 1년생 누나

　내가 고등학교에 진학할 때까지도 우리집 형편은 조금도 나아지질 않았다. 아버님은 친척이 경영하는 양복점에서 품을 파는 일을 계속하셨지만 연세가 벌써 40대 중반의 중늙은이라 일하시는 속도도 느리신 데다 바느질 솜씨까지 젊은이들을 못 따라가시니 대접을 제대로 못 받으시는 것 같았다.

　일하시는 시간은 남들보다 많은데도 월급은 차츰 줄어드니 마음고생이 심하셨던지 가끔은 다투기까지 하시는 모양이었고 술 드시고 괴로워하는 모습을 보이시는 때가 차츰 많아졌다.

　힘드신데 그 일은 그만하시고 저희들도 도울 수 있는 일을 찾아보자며 누나와 우리들이 몇 번을 조른 끝에 결국 그 일은 그만두시게 되었다. 그러나 막상 그만두시니 생계가 막막했다. 당장 오늘 먹을 양식을 걱정해야 할 정도였으니까. 아버님은 달리 특별한 기술도 없으신 데다 막일도 안 해보셨으니 참 막막하기만 했다.

　그렇다고 우리가 도울 수 있는 일이 흔한 것도 아니었다. 기껏해야 고등학생 정도밖에 안 된 우리들이 도울 수 있는 일이라야 가정교사를 하거나 신문배달을 하는 정도가 고작이었다.

　더욱이 가정교사 자리는 구하기도 쉽지 않았고 신문배달은 아버님이 한사코 못하게 하시니 더 궂은일은 생각조차 할 수 없어 마땅한 일거리 찾기가 여간 힘들지 않았다.

35

그러던 참에 아버님이 일거리 하나를 알아 오셨다. 봉투 만드는 일이었다. 먼 친척 소개로 알게 되었는데 국제시장의 지물포에서 종이를 사서 집에 가져와 재단을 하고 풀칠해 만든 봉투를 친척집에 가져다주기만 하면 되는 일이었다.

어려운 게 하나도 없었다. 재단은 양복지 재단을 해보신 아버님이 하시면 되고 나머지는 넷이서 같이 하면 되는 아주 쉬운 일이었다. 너무 좋았다. 일거리가 생긴데다 그것도 우리 네 식구가(어린 동생은 빼고) 모두 달라붙어 할 수 있는 너무나 쉬운 일이었기 때문에.

그러나 싼 게 비지떡이라고 네 식구가 달라붙어 열심히 하는데도 가계를 꾸리기에 충분하지는 못했다. 일요일이나 공휴일 같이 학교가 쉬는 날엔 넷이서 하루 종일 풀칠하고 발라도 하루에 천 개를 만들기가 어려웠다. 시장에서 쓰는 싸구려 봉투여서 그런지 천 개를 만들어 봐야 그것으로는 하루 세끼 끼니조차 해결할 수가 없었다.

그 무거운 걸 보자기 몇 개에 싸 나누어 양손에 들고 영주동 친척집까지 가는 것도 여간 힘드는 일이 아니었지만 종이 원단을 지물포에서 사서 들고 동대신동 집까지 오는 일은 더 힘들었다.

종이 원단 한 연(가로 세로 각 1.5m정도 크기의 종이 100장)을 말아서 들면 그 무게가 상당했다.

옆구리에 끼고 걸으면 얼마 못가서 내려놓아야 할 정도로 무거워 옆구리에 끼었다가 어깨에 올렸다가 왼쪽, 오른쪽으로 번갈아 옮기면서 들고 와야만 했다.

그런데 나는 그 일이 그렇게 싫었다. 힘드는 건 문제가 아니었다. 가난한 살림이라 사복이 있을 턱이 없는 우리들로서는 항상 교복차림으로 그 일을 해야만 했는데, 교복을 입은 채로 그 무거운 것을 들고 낑낑대며 가는 모습을 혹시라도 친구들이나 아는 여학생들이 볼까봐 겁이 나고 창피했던 것이다. 남들이 보면 봉투 만들려고 가지고 가는 걸 훤히 알기라도 하는 것 같았다.

그래서 당연히 남자인 우리가 해야 할 몫이었는데도 누나한테 미룬 적이 한 두 번이 아니었고 그래서 싸운 일도 여러 번 있었다.

누나는 길에서 싸우는 게 더 창피하니까 울지도 못하고 어쩔수 없이 그 무거운 걸 옆구리에 끼기도 하고 머리에 이기도 하며 동대신동까지 그 먼 길을 혼자서 들고 갔다.

힘이 들어 얼굴이 벌겋게 달아오른 누나를 보면 미안한 마음이 들기도 했지만 창피한 마음에 얼른 뺏을 용기가 나지 않았다.

누나는 얼마나 마음이 상했을까! 창피한 걸로 말하면 갓 스무 살밖에 안된 처녀가 훨씬 더 창피했을 텐데도 우리보다 힘도 약한 누나한테 그 무거운 짐을 맡기고 옆에서 같이 걷는 것조차 누가 보면 알 것 같아 멀찌감치 떨어져서 따라만 가곤 했으니….

엄마노릇 대신하며 어린 동생 키우느라 그리고 우리들 뒷바라지하느라 온갖 고생을 다하고 있었는데도, 고1이나 되면서 그렇게도 시근이 없었구나, 누나 입장은 조금도 생각 않고 자기들 부끄러운 줄만 아는 철부지들이 참으로 원망스럽고 야속했겠구나 생각하니 50년이 지난 지금도 누님을 볼 면목이 없다.

누님 여러 가지로 죄송합니다. 정말 죄송합니다. 머리 숙여 용서를 빕니다. 그리고 누님, 정말 고맙습니다.

외가에서 태어났다고 해서 外生이란 이름이 붙여진 나의 누님 曺外生은 지난 7월29일 불의의 교통사고로 그렇게 사랑하던 하나뿐인 아들과 함께 유명을 달리 하셨다.

그런데 누님, 이게 어찌된 일입니까?

누님이 가시다니요!

청천벽력 같은 비보에 말문이 막힐 뿐입니다.

지독히도 박복하신 누님, 엄마가 제일 필요할 열일곱 나이에 엄마 잃고, 시집가서는 조카 셋 낳고 키우면서 그나마 행복을 맛볼 나이에 또 자형마저 먼저 보내는 아픔을 겪지 않았습니까? 한평생을 고생하시면서 잘 키운 아들, 딸들과 함께 이제는 행복하게 사셔야 할 누님께서 이렇게 빨리, 그것도 사랑하는 아들과 함께 그렇게 허망하게 가시다니요!?

어찌 이런 일이 누님에게 일어날 수 있단 말입니까!?

불과 며칠 전에 전화를 주시고는 "니 책 낸다던 거 어떻게 돼 가노? 니 생일 다 돼 가는데…."하셨던 누님이 책을 보시지도 못하고 가시다니요!

지난 3월이던가요? 누님과 누님이 그토록 사랑하는 조카 相根(상근)이, 敏璟(민경)이와 함께 식사를 하는 자리에서 내가 회고록을 쓰고 있다고 했더니 그렇게 좋아하시더니….

그때, 어린 시절 얘기 몇 꼭지를 읽어드렸더니 눈시울을 붉히면서 "자꾸 눈물이 난다. 책 나오기만 기다리고 있을게."하셨던 누님이….

누님, 저 세상에는 근심, 걱정이 여기보단 훨씬 덜 할겁니다. 자형

(이수환, 李 洙자恒자)께서도 누님 곁에서 쉬시려고 하동 선영에서 40년 만에 올라오셨습니다. 부디 자형과 함께 상근이 잘 보살피면서 행복하게 사십시오. 남은 진경이, 민경이는 마음으로나마 열심히 보살피겠습니다.

그리고 몇몇 마음씨 나쁜 사람들에게서 받으신 누님의 상처는 누님께서 최근에 귀의하신 천주님의 깊은 사랑으로 하루빨리 치유하시기를 진심으로 빕니다.

누님, 안녕히 가십시오. 그리고 부디 행복하십시오.

여고 졸업반 수학여행 때의 누님 (가운데)

네델란드왕궁 근위병 옆에 선 누님

추신

지난 4월 누님 생신 때 누님이 끔찍이도 사랑하셨던 외손주들 경훈이, 송훈이 데리고 진경이, 민경이 그리고 창현이와 함께 경기도 양평에 있는 누님 산소, 수목원엘 갔습니다. 그 때 마침 제 자서전 2

쇄판이 막 나왔던 참이라 그 책을 갖고 가 누님과 함께했던 소년시절얘기(제3부)를 누님 영전에 낭송해 올렸습니다. 모두가 눈물을 글썽이며 읽고 들었습니다. 누님도 들으셨다면 틀림없이 엉엉 우셨을 겁니다.

그리고 누님, 며칠 있으면 이 책 개정판이 나옵니다. 제일 기뻐하실 누님이 없다는 게 너무나 애통하고 또 이 책을 펴놓고 어린 시절을 함께 회상하며 얘기 나눌 사람이 한 사람도 없다는 게 못견디게 서글픕니다.

기쁜 소식도 하나 들려드릴게요. 누님 큰 외손주 경훈이가 어느 대학엘 갔는지 궁금하시지요? 누님이 그렇게 갑자기 가셨을 당시 경훈이는 대학 선택 문제로 고심하고 있었잖습니까? 고심 끝에 고대 경영과로 진학했습니다만 희망하던 대학이 아니어서 한동안 무척 괴로워했답니다. 그런데 지금은 모든 걸 떨치고 하루가 다르게 씩씩한 모습을 보이고 있다니 얼마나 대견합니까? 입학하자마자 응원부에 들어가 고된 합숙훈련을 받느라 지난 7월 누님 1주기 때도 참석을 못할 정도였습니다. 누님은 잘 모르시겠지만 고대 응원부원 인기 대단합니다. 벌써부터 진경이, 민경이는 저더러 내주에 있을 정기 고연전에 같이 가자며 한껏 부풀어 있습니다.

인물 출중한데다 가물에 콩 나듯 들어오는 경영과 신입생 응원부원이라 선배들의 사랑을 독차지하고 있는데다 열심히 하면 응원단장도 가능하다며 계속 응원부에 남아있기를 모두들 바라고 있어 그게 오히려 고민스럽답니다. 2학년부터 계획하고 있는 공인회계사 시험과 사법고시 준비에 방해가 된다며…. 1학년 밖에 안 되면서 벌써부터 그런 걱정을 하고 있다니…. 누님! 정말 대견하지 않습니까? 누님은 이제 외손주들 걱정은 안 해도 좋을 듯 싶습니다. 저도 그 문제는 함께 고민해 보겠습니다. 그럼 누님 이만 줄입니다. 편히 쉬십시오.

대학진학은 꿈도 못 꿔

2학년이 되면서 학교 매점에서 빵을 파는 아르바이트 자리는 그만 둘 수밖에 없었다. 다른 어려운 학생들이 대기하고 있어 1년 이상은 계속할 수 없었기 때문이었다.

다행히 우리학교 1학년에 전학온 학생이 자기집에서 숙식을 함께 하며 공부를 도와줄 상급반 학생을 구하고 있다면서 담임 선생님께서 내 의향을 물으시기에 무조건 가겠다고 해 이번에는 숙식까지 해결되는 아르바이트 자리를 너무나도 쉽게 구하게 되었다.

그 학생의 집은 초량에 있었는데 초량에서 동대신동 학교까지 산을 넘어 걸어 다녔다. 걸어 다니면 교통비도 절약할 수 있고 가고 오는 동안 공부도 할 수 있겠다는 생각에서 시도를 했었는데, 실제로 초량 집에서 출발하면 학교까지 1시간 남짓밖에 걸리지 않았고 버스로 통학할 경우보다 시간을 유용하게 쓸 수 있어 정말 좋았다.

처음에는 한두 명이 다니다가 입소문이 퍼져 예닐곱 명이 무리를 지어 다녔던 기억도 난다.

가을이 되면서 그 집에도 더 이상 있기가 난처하게 되었다. 그 학생 부친이 경영하는 회사의 사정이 어렵게 되었다면서 나더러 다른 집으로 옮기면 어떻겠느냐며 미안해 어쩔 줄을 몰라 하시는 학생 어머니에게 "저도 제 동생을 가르쳐야 하기 때문에 그만 둘 생각이었다"며 오히려 안심을 시켜드렸던 기억이 난다.

우리 집 형편은 여전히 어려웠다. 아직도 봉투를 발라 끼니를 해결하고 있었다. 옛날 바르던 봉투보다는 질이 좀 나은 봉투를 발라 수입이 약간 나아졌다는 것뿐 조금도 달라진 게 없었다.

그렇게 열심히 살았는데도 먹는 것조차 제대로 해결하지 못할 정도였으니, 찢어지게 가난하다는 말은 우리를 두고 하는 말이구나 생각될 때가 많았다.

2학년 겨울 방학이 되자 오랫동안 살았던 대신동을 떠나 수정동으로 이사를 하게 되었다. 집을 사서 이사를 한 게 아니라 백부님께서 당신이 살고 계시는 큰집으로 들어와 같이 살자며 우리 식구에게 가게가 딸린 이층 방 하나를 마련해 주셨기 때문이었다.

정이 유별나게 많으셨던 백부님께서는 어릴 때 엄마 잃어 불쌍하기만했던 동생(나의 아버지)이 젊은 나이에 상처까지 하고 혼자서 애들 키우며 고생하는 걸 보고만 계실 수가 없었던 것이다.

아무튼 큰아버님의 도움으로 집세 걱정 안 해도 되는 방과 가게를 얻었음은 물론 가게에다 중고 재봉틀 한 대와 다리미며 옷 다릴 때 쓰는 도구 몇 개를 구해 넣으니 양복 수선도 하고 세탁도 하는 훌륭한 점포 하나를 장만한 셈이 되었다.

매일 봉투를 발라야 하는 고통에서 해방될 수 있었고 밥도 제대로 먹지 못하는 그 지긋지긋한 가난에서 벗어날 수 있어 좋았다.

하지만 기대했던 만큼 일거리가 많은 것도 아니어서 형편이 크게 나아진 것도 없는데다 막상 큰아버님 댁으로 들어가 살아 보니 이것저것 신경 쓰이는 게 많아 마음은 예전처럼 편하질 못했다.

아무리 큰아버님 댁이라 하지만 몇 식구가 그냥 얹혀 살려니 마음이 편할 리가 없었던 것이다. 가난을 던만큼 마음고생이 보태진 셈이라고나 할까.

아버님은 백부님의 보살핌에 보답하기 위해서라도 열심히 살려고 노력을 하셨고 나도 닥치는 대로 시간제 가정교사라도 하면서 생계를 도우려고 노력했다.

졸업반이 되어서도 그 놈의 가정교사를 하면서 세월을 다 보냈으니 남들이 다 간다는 S대학이었지만 원서를 쓸 자신이 없었다. 내 실력은 누구보다 내가 잘 알고 있었으니….

올해는 어쩔 수 없지만 '내년에는 어떤 일이 있더라도 꼭 S대 입학원서를 써야지' 하면서 내 꿈을 접을 수밖에 없었다.

2부

너무나 힘들었던
대학생활

남산서 자고 걸어서 신촌까지

구백구십일곱, 구백구십여덟, 구백구십아홉, 처~언…

천 번을 셌는데도 잠이 오질 않았다.

내일 시험을 보려면 조금은 자야 되는데….

칠흑같이 어두운 한겨울 밤, 남산 꼭대기 벤치에 웅크리고 앉아 시간이 빨리 지나가기만을 기다리며 떨고 있으면서도 내일 시험이 걱정되었다.

처음엔 사나운 짐승이라도 나타날까봐 겁이 났지만 시간이 지나면서 무서운 것은 견딜 만한데 살을 에는 듯한 차가운 겨울바람 때문에, 추워서 더 이상 버티기가 어려웠다. 사방을 둘러봐도 바람을 막아줄 만한 것은 아무것도 없고 저 앞쪽에 땅이 약간 파인 듯 움푹 들어간 곳이 보이기에 거기는 좀 낫겠지 싶어 얼른 가서 누웠다.

눈 위라 그런지 그렇게 차게 느껴지진 않았다.

서울 가면 춥다며, 지금은 가고 없지만 막역했던 고등학교 단짝 친구 희일이한테서 빌려 입고 온, 나한테는 우장같이 큰 이 곰털 외투(사실은 희일이 선친께서 생전에 입으시던 외투였다)가 없었더라면…!? 생각만 해도 몸이 오싹해졌다.

누워서 하늘을 보니 새파란 하늘엔 차가운 별들만이 총총했고 조금 떨어진 곳에 서 있는 높다란 막대기 맨 위에서 3-4초 간격으로 빨간불이 켜졌다 꺼졌다를 반복하고 있었는데 불이 켜질 때마다 하나, 둘 따라서 세고 있는 게 벌써 천 번째였다.

때는 1962년 1월 31일, 밤11시가 훨씬 지났을 무렵이다.

아침 첫 완행열차로 부산을 출발, 서울역에 도착해서 늦은 저녁을 사먹고 걸어서 남산 꼭대기까지 올라와서 통금 사이렌 소리를 들은 지 한참을 지났으니 자정이 넘었는지도 모르겠다.

통금해제 사이렌이 울리려면 아직도 너댓 시간은 더 버텨야 한다. 올라올 때 봤던 도동 입구의 그 싸구려 여관에라도 들어가지 않은 것이 후회막급이었다.

내일은 체력장 시험이 있는 날.

아침 10시까지 연세대학교 시험장엘 가야한다.

체력장은 달리기와 공던지기, 턱걸이 그리고 넓이뛰기 등 네 가지 체력테스트에 각 10점씩 40점을 받으면 만점이다.

필기시험은 작년 말 군사정권 들어 처음 실시한 국가고사로 이미 치렀기 때문에 오늘 치를 체력장을 얼마나 실수 없이 잘 하느냐에 따라 합격 여부가 결정되게 돼 있었다.

중학교 때 기계체조 선수였던 나로서는 체력장쯤이야 문제없다고 생각하고 있었다. 그래서 여관비도 아낄 겸 서울 야경도 구경하면서 몇 시간만 버티면 된다고 생각하고 시험 전날 남산 꼭대기까지 올라왔다가 이렇게 낭패를 보고 있는 것이다.

나도 모르게 깜빡 잠이 들었었는데 잠결에 전차 지나가는 소리와 남대문시장 쪽에서 들리는 사람들 웅성거리는 소리에 소스라치게 놀라 잠이 깼다.

사방이 깜깜한 게 아직 한밤중이구나 싶어 안심은 되었지만 전차

소리가 들리는 걸로 봐서는 통금은 이미 해제된 것 같아 불안하기도 했다. 얼른 내려가야지 하는 생각에 벌떡 일어나 두 손으로 입고 있는 외투를 훌훌 털었다. 손에 물기가 묻어났으나 털옷이라 속은 젖질 않아 다행이었다.

산 아래쪽을 내려다보니 제법 훤하게 밝아 오는 듯 했다.

어느 쪽이 남인지 북인지 방향감각도 없이 무작정 산을 내려오기 시작했다. 길도 없는, 풀이 자랄 대로 자란, 말 그대로 풀숲을 헤치면서 발길을 옮겨갔다. 다행히도 내려오는 쪽은 나무가 없어 칠흑같이 어두운 밤인데도 주위의 산등성이 같은 물체는 어렴풋이 그 형체를 알아볼 수 있었다.

그렇게 한참을 내려오는데 저 멀리 아래쪽에 사람 같은 형체 두 개가 내 쪽을 보고 서 있는 게 아닌가. 순간 온 몸이 얼어붙는 것 같았다. 온 몸에 소름이 돋고 솜털이 곤두서는 것 같은 전율을 느끼면서 그 자리에 서버렸다. 한참을 서서 꼼짝을 못했다.

정신을 가다듬고 바라보니 그 물체 둘도 그대로 서 있었다. 내가 헛것을 봤나 싶어 다시 봐도 분명 사람임에 틀림없었다. 다른 쪽으로 돌아갈 수도 없고 그대로 서 있자니 달려올 것만 같아 용기를 내 태연한 척 천천히 다가갔다. 내가 내려오는 걸 보고 있던 그들은 내가 가까이 다가가자

"누구야!! 손들어!!" 둘이서 거의 동시에 고함을 질렀다.

두 팔을 있는 대로 힘껏 하늘을 향해 들어올렸다.

그들도 얼마나 놀랐겠는가!? 깜깜한 산 위에서 한밤중에 우장같은 곰털 외투를 걸친, 사람 같기도 하고 짐승 같기도 한 시꺼먼 덩어리

48

가 내려오고 있었으니….

지금 생각하니 수하를 했기 망정이지 방아쇠를 그냥 당겨버리지 않은 게 천만다행이다 싶다. 5·16 군사혁명 다음 해인 비상계엄 시절 수도 서울 한복판, 남산을 지키는 군인이었는데….

손전등 불빛에 눈을 뜰 수가 없었다. 곰털외투 입은 내 모습을 위 아래로 몇 번이나 비춰보더니 "어떤 놈이야!! 어디서 내려와!?" 했다.

"예, 대학 시험보러 왔는데 남산구경도 할 겸 올라갔다가 통금에 걸려서 지금 내려오는 겁니다."

군에도 안 가본 놈이 수하에 제대로 대답이나 했겠는가, 대충 그렇게 더듬거리며 대답을 했더니,

"가까이 와봐!!"

아직도 화가 안 풀린 목소리다.

총구 둘은 여전히 내 가슴팍을 겨누고 있었다.

호주머니에서 수험표를 꺼내 보여주었다. 손전등으로 내 사진과 연세대학교란 글자를 확인하고서는,

'너 땜에 새벽부터 비상 걸 뻔했잖아! 짜아식!

"춥겠다, 어서 내려가! 조심하고."

얼마나 혼이 났던지 뒤도 안 돌아보고 단숨에 산 밑까지 내려왔다. 지금 생각하니 후암동 쪽이었는데 버스 종점 근처 식당 앞을 지나면서 벽에 걸린 커다란 시계를 쳐다보니 3시 50분을 가리키고 있었다.

이게 어찌된 셈인가? 통금이 해제되려면 아직도 10여 분이나 남아 있는데, 아까 잠결에 들었던 전차소리며 사람들 웅성거리는 소리는? 가만히 생각해 보니 산 위에서 그렇게 오래 추위에 떨었으니 몸

뚱아리가 정상이 아닐 수밖에! 귀에서 이명이 들렸던 모양이었다.

작년에 시험 치러 왔을 때 멋모르고 묵었던 적이 있어 눈에 익은 도동, 양동 앞을 지나 서울역까지 단숨에 걸었다.

서울역 2등 대합실에 들어가니 얼마나 훈훈하고 따뜻한지…. 왜 진작 여기 올 생각을 못 했던가 아쉽기 그지없었다. 네모난 대합실 사방 벽을 따라 만들어진 긴 나무의자는 사람들로 가득했다. 누워있는 사람, 앉아서 신문을 보는 사람, 대개가 야간열차로 새벽에 내려 날 밝기를 기다리는 사람들이었으나 그 중에는 걸인들도 더러 보였다.

나도 빈자리를 찾아 앉았다. 노곤하고 따뜻하고….

앉자마자 잠이 쏟아진다. 철도 공안원인 듯한, 명찰을 단 사람이 한 바퀴 빙 돌면서 걸인들을 쫓아낸다. 잠이 확 달아났다. 내 앞에 와 서는 내가 걸인 같기도 하고 어찌 보면 그렇지 않은 것 같기도 한지 쳐다만 보고 지나갔다. 쫓겨나지 않은 것만으로도 너무 좋았다.

졸음을 쫓으며 두어 시간을 기다리니 밖이 훤하게 밝아 오는 듯 했다. 드디어 새벽. 벽시계가 여섯 시를 가리키는 걸 보고 대합실을 나왔다. 신촌까지 걸어가기로 마음먹었다.

밤 새 떨어 움츠러든 몸을 풀려면 한 두 시간 걸으며 운동을 하는 게 좋을 듯 했고, 신촌까지 두 시간, 거기서 목욕하고 아침 사먹고 열 시 되기 전에 시험장까지 가려면 늦어도 여덟 시까지는 도착해야 한다는 생각 때문이었다. 서대문 사거리를 지나고 아현동고개를 넘어서 묻고 물어 신촌로터리까지 가는데는 한 시간이 채 걸리지 않았다.

신촌로터리에 도착하니 그제야 동쪽 하늘이 훤해지면서 밝아오기 시작했다. 목욕탕부터 찾았다. 로터리 부근 '창천탕'이라는 목욕탕에 들어갔다. 뜨끈한 탕 속에 몸을 담그니 온 몸이 나른해지면서 마치 몽유병 환자처럼 정신이 몽롱해지고 몸뚱아리도 흐느적 풀리면서 물속으로 잠겨 들었다.

꿈인지 생시인지 몽롱한 상태에서 뜨거운 물을 두 번이나 마시고 서야 머리를 쳐들었지만 아직도 잠은 쏟아지는데 탕 속에 앉아 그냥 잘 수도 없고 밖으로 나가 맨바닥에 드러눕자니 깊은 잠에 빠져버릴까 봐 그러지도 못하고….

한참을 지나서야 가까스로 정신을 차릴 수 있었다.

목욕탕을 나와 아침을 사먹으러 로터리 쪽으로 가봤다.

그때만 해도 서강대 쪽으로는 비포장 도로만 나 있었고 길 양편으로는 건물이라고는 하나도 없이 논밭만 쭉 이어져 있었다.

길 바로 옆 논 위에 천막을 치고 밥을 파는 가게가 있어 안으로 들어갔다. 벽면에 붙어있는, 달력 뒷면에 붓으로 서툴게 쓴 메뉴판, '아침밥 댐니다'에는 백반, 장국밥, 떡국 세 가지만 적혀 있었다.

백반? 떡국이나 장국밥은 알겠는데 백반은 뭐지?

'백반과 유산알미늄, 크롤칼키 액체염소. 입시 준비하면서 외운 그 백반은 물 정화젠데…? 그 백반을 왜 이런 데서 팔지?'

그 때 지게를 옆에 받쳐둔 채 식사 나오기만을 기다리고 있던 늙수그레한 지게꾼 앞에 흰 쌀밥을 고두로 담은 밥상이 차려졌다. 너무나 먹음직스러워 나도 그걸 시킬 양으로 "저게 뭡니까?" 물었더니 '백반'이란다. 백반을 처음 알게 된 촌놈, 난생처음 먹어본 백반 맛을 지금도 잊을 수가 없다.

내 일생 처음 맛본 천당과 지옥

'따르릉…'

유난히 크게 들리는 전화벨 소리에 가슴이 뛰었다.

친구 누님이 전화를 받더니 수화기를 말없이 건네준다.

"여보세요, 조정현 인데요…?"

"니 갱고 나왔다메?"

투박한 경상도 사투리의 남자다. 대뜸 한다는 소리가 "나 뱃놈인데 우리 자슥은 중학교 2학년이다. 니 당장 좀 보자."였다. 40분 후에 미도파 백화점 정문 앞에서 만나기로 하고 친구 집을 뛰어나왔다. 삼청동 골짜기 삼청공원 있는 데서 미도파까지 40분 안에 가려면 버스는 한참을 있어야 오니까 기다릴 수 없고, 택시는 탈 생각도 못하고…. 그러니 뛰는 수밖에.

두어 마디만 들어봤는데도 좋은 자리일 것 같다.

놓치면 안 된다 싶어 죽어라고 뛰었다.

지금의 총리공관을 지나고 경복궁 높은 담장을 따라 중앙청 옆길을 거쳐 광화문 네거리까지 뛰다가 힘들면 빠른 걸음을 반복하면서 미도파가 보일 때까지 뛰고 또 뛰었다.

3월인데도 온몸에 땀이 흘렀다.

손등으로 땀을 훔치며 그 사람 앞에 섰다.

"니가 조정혀이가? 반갑다"하면서 내 손을 덥석 잡았다.

너무 좋았다. 구수한 경상도 사투리만 들어도 됐다 싶은데 인상도 그리 나쁘지 않았다. 어디 가서 차나 한잔하면서 얘기하자는 말 대신에 다짜고짜로 "니 갱고 나오고 연세대학 다닌다믄 물어볼 것도 없다. 고마 우리 아 맽길 테니 니가 알아서 다 책임져라."했다.

이렇게 해서 면접시험은 쳐보지도 않고 합격이었다.

그 당시 서울서 가정교사 자리 구하는 건 쉬운 일이 아니었다. 시간제는 몰라도 입주해서 가르치는 가정교사 자리는 정말 어려웠다. 알음알음으로 소개를 받아서 구해지면 운이 억세게 좋은 편이었고 그렇지 않으면 구직광고를 내고 기다리는 수밖에 없었다.

그런데 광고를 내려면 전화가 있어야만 했다. 전화 있는 집이 흔치 않았던 시절이라 전화 부탁하는 것도 쉽지 않았다. 여러 친구한테 물어보던 끝에 겨우 한 친구의 허락을 받았다. 우리 과 친구도 아니라서 망설이며 물었는데 "그래 우리 집에 전화 있어, 언제든 써!" 너무나 시원하게 대답했다.

가정교사 자리 구하고 있는 조그마한 시골친구가 보기에도 안쓰러웠던 모양이다. 덩치도 크고 착해 보였던 서울 출신의 법과 친구였는데 집도 삼청동 그리 멀지 않은 곳에 있어 구직광고 내는데는 안성맞춤이었다. 당장 안국동 한국일보사로 달려가서 구직광고를 냈다. 당시 신문 3면 하단에는 가정교사 구직광고가 하루에도 수십 건씩 게재되었다. 내가 낸 광고 문안은 이랬다.

'영, 수, 화학 자신 경남고졸 연대행정과 6-1324 조정현'

두 줄 광고에 그때 돈 500원. 게재한 날 전화가 걸려오지 않으면 그만이다. 남의 집에 자꾸 가서 전화기 앞에 앉아 마냥 기다릴 수도 없는 일이니.

그래도 '경남고졸 연대 행정과'란 광고내용이 상품성이 좋았던지 반가운 전화가 쉽게 걸려와 날아갈 듯이 기뻤다.

그 맘씨 좋게 생긴 경상도 사나이는 삼천포 사람으로 조그만 배의 선장이라 했는데, 서너 달에 한번 정도 집에 들른다면서 자기 아들을 나한테 맡길 테니 책임까지 져 달라는 화끈한 남자였다.

거기다가 둘이서 공부에만 전념할 수 있도록 자기 집사람이 올라와서 밥을 해줄 테니까 나보고는 엄마라고 부르면서 만만하게 대하란다.

복이 터져도 보통 터진 게 아니다. 일찍 어머니 잃고 멀리 서울까지 와서 그렇지 않아도 외로움이 큰데 엄마라고 불러도 좋은 분이 같이 살면서 밥까지 해준다니 이 얼마나 바라고 고대하던, 꿈같은 자리인가!

보통 가정교사로 들어가면 제일 어려운 게 바깥주인과 자주 마주치는 일인데, 이집 주인양반은 서너 달에 한 번 정도밖에 안 온다니 더 이상 바랄 게 무엇이겠는가!

집안에 어른이라고는 엄마라는 분만 계시지, 아들 녀석은 중2밖에 안된다니 신경쓸 것도 없지, 이보다 더 좋은 가정교사 자리를 어디서 다시 구할 수 있단 말인가! 그런데 거기다가 '너거들 셋이 있을 조그만 집을 하나 사줄 테니 같이 집을 보러 가자'하는 게 아닌가!

속으로는 날아갈 듯 기뻤지만 애써 표정관리를 하면서 물었다.

"우리가 있을 집을 하나 산다꼬 예?"

"그래 내가 서울 오면 찾기 십구로(쉽게) 요 근처에서 구해보자"

그래서 찾아 나선 곳이 옛날 덕수국민학교와 경기여고가 있던 팔판동 주변 한옥이 많던 동네였다.

주변 복덕방을 서너 군데 돌면서 집값을 물어도 보고 흥정도 해 보다가 한번은 그 사람이 나를 밖으로 나오라더니, "니 내보고 자꾸 아저씨, 아저씨 하는데 복덕방 사람들 보기도 그렇고 하니 고마 큰아부지라 불러라"하는 게 아닌가.

나한테는 중부님도 계시고 조카인 나를 끔찍이 아끼시는 백부님도 엄연히 계시는데 생판 모르는 사람을 큰아버지라 부르라니…!

쉽게 대답이 나오질 않았다. 그 눈치를 채기라도 했는지, "니 헝정 쪼깨이만 잘하믄 등록금도 빠지겠다 그자!"하는 게 아닌가. 흥정을 잘해 조금만 더 깎으면 등록금도 대주겠다는 말로 들렸다.

정말 사람이 간사하긴 간사한 모양이다. 한군데서 흥정이 잘 돼가자 나도 모르게 "큰아부지 이 집 맘에 안덥니꺼!? 고마 이집으로 하입시더."하고 말았다.

날 쳐다보고 있던 그 큰아버지란 사람, 기다렸다는 듯 고개를 옆으로 얼른 돌리며 밖으로 나가자는 시늉을 하기에 따라 나갔더니 내 귀에다 대고 "니 헝정 정말 잘한다. 쪼깨이만 더 하믄 되겠다. 내 겁히 갔다와야 할 데가 있는데 니 돈 있으믄 있는 대로 다 줘봐라. 금방이믄 된다!"

금방 어디 가서 계약금이라도 구해올 모양이었다.

주머니를 뒤져 있는 돈을 다 털어 주었다.

다시 복덕방으로 들어가 흥정을 계속했고 대략적인 합의가 이루어져 큰아버지가 돌아오기만을 기다리고 있었다.

20분이 지나고 또 20분을 기다려도 그 사람은 나타나지 않았다.

시간이 지날수록 복덕방 안은 정적과 냉기만 감돌았다. 얼마나 더 지났는지 모르겠다. 돈이 안 구해지면 어떡하지? 이런 걱정을 하고 있는데 복덕방 할아버지가 난데없이, "학생! 그 사람 정말 자네 큰아버지 맞아!?"하시는 게 아닌가. 할 말이 없었다.

"그게 아니고….'

더듬거리고 있는데, "못된 놈! 대학생이라고 뱃지 달고 다니면서 사기꾼 보고 큰아버지라니! 못된 놈. 당장 나가! 나가지 못해!?"

호통소리에 아무 말도 못하고 밖으로 나오고 말았다.

그 사람이 사라진 쪽만 바라보고 얼마나 서 있었는지….

'그럴 리가 없어! 꼭 나타날 거야! 나타나면 같이 들어가서 복덕방 할아버지한테 따져야지!'

그러나 끝내 그 사람은 나타나지 않았다.

돌아서서 신촌까지 걸어오는데 이게 꿈인지 생신지….

너무나 허망하고 황당하고 어이가 없었다. 순진한 학생을 그것도 고학생을 이렇게 속이다니….

그 사람을 만난 순간부터 조금 전까지 마치 꿈속을 걷듯 정말 행복했었는데, 지금은 너무나 비참해져 있는 내 자신을 발견하고 눈물이 나도록 서러웠다.

저녁 노을로 벌겋게 물든 아현동고개 쪽을 터벅터벅 오르면서 조금이나마 남아있던 기운마저 내 몸에서 다 빠져나가고 있음을 느꼈다.

대학 3학년 때 백부님 내외분과 함께 창경원에서

그 해 여름방학은 서울에 남아 가정교사를 해야 했음에도 국민학교 상급반이 된 막내동생을 봐줘야 한다는 핑계로 부산엘 내려갔다. 무척이나 더웠던 7월 어느 날 저녁식사를 일찌감치 끝내고 마루에 온 식구들이 다 모였다. 그 때는 어머니 돌아가시고 누나도 시집가고 없어 남자들만 남은 우리식구들은 큰집에 방 하나를 얻어 잠시나마 기거를 함께 하고 있었다.

그래서 큰아버님 내외분과 아버님, 큰 사촌 형수님, 작은 사촌 형님내외분 그리고 막내동생과 나까지 여덟 식구가 다 모였다.

큰 수박 하나를 통째로 잘라놓고 수박파티를 열었다. 파티의 목적은 내가 서울 가서 처음 겪은 6개월 간의 얘기를 듣는 것.

이런 저런 얘기 끝에 가정교사 구하던 얘기를 끄집어내었다.

처음에는 같이 좋아하며 흥미진진하게 듣고 있던 식구들의 표정이 점점 침울해져 갔다.

"제가 그 사람을 큰아버지라고 부르고 말았습니다."하며 눈물을 흘릴 때만 해도 묵묵히 듣고만 있던 식구들이 그 사람이 끝내 나타나지 않더라면서 "큰아버지 정말 죽을 죄를 지었습니다."하며 머리를 숙이자 누가 먼저랄 것도 없이 모두가 다 엉엉하고 울어버렸다. 큰아버님까지 소리 내어 우시니 모처럼의 수박파티가 울음바다가 되고 말았다.

2년 반이나 늦은 대학 신입생

고2가 되면서 나의 진학목표는 어느새 S공대로 정해져 있었다.

비록 가정교사를 하느라 자신의 공부에 전념할 수는 없었고 성적은 부진했지만 진학목표를 바꿔본 적은 한 번도 없었다.

솔직히 말해 S대가 아닌 다른 대학으로의 진학은 생각조차 해본 적이 없었다.

고3 졸업반이 되면서도 가정형편이 나이지질 않아 가정교사를 계속하고 있었고, 여름방학이 지나면서 진학 얘기가 나올 즈음, 그 때의 내 실력으로는 S대 지원은 무리라는 생각이 들었다.

당장 가정교사를 그만두고 입시준비에 매달린다 하더라도 안되겠다는 생각이 들어 그 해 진학은 포기할 수밖에 없었다.

좌절감에 괴로웠지만 그렇다고 가정교사를 그만둘 수도 없는 처지여서 1년을 더 준비한 다음 내 후년에는 꼭 합격하자며 내 자신을 달래야만 했다. 그렇게 마음을 고쳐먹으니 오히려 편해지면서 여유를 갖고 가정교사와 입시공부를 병행할 수 있었다. 밤늦게까지 공부하다 잠이라도 오면 바람도 쐴 겸 부산진역까지 걸어가서 서울행 기차를 바라보며 마음을 다잡기도 했다. 못 견디게 그리운 사람이라도 있는 것처럼 하루라도 빨리 그 기차를 타고 싶었다.

그렇게도 열심히 했건만 다음 해 입시에서 보기 좋게 낙방을 했다. 신문을 사서 합격자 명단에 내 이름이 없는 것을 확인하는 순간 눈앞이 캄캄했다. 그 지긋지긋한 수험공부를 또 해야 한다고 생각하니 막막하고 답답해서 견딜 수가 없었다. 고생하시는 아버님을 생각하니 더 미칠 것만 같았다.

그 무렵 어쩌다 S대 교복(양 가슴팍에 아래로 지퍼가 달린 곤색 교복)을 입은 학생을 보기라도 하면 가슴이 쿵닥쿵닥 방망이질을 쳤고 머리는 멍해져 아무것도 손에 잡히질 않았다. 그만큼 곤색의 S대 교복은 나를 괴롭혔고 움츠러들게 만들었던 것이다.

실의와 좌절을 딛고 다시 이를 악물었지만 그 다음 해에는 불운하게도 5·16혁명으로 정권을 잡은 군사정권이 교육개혁이라는 미명하에 인문계 대학 정원을 대폭 감축하는 바람에 끝내 서울법대 진학의 꿈(당초에는 공대를 지망했으나 아버님의 뜻에따라 법대로 진로를 바꿨었다)을 접어야만 했고, 그 결과 마지못해 연세대 행정과에 원서를 써야만 했다.

연세대 입학은 나에게는 전혀 예상치 못한 사건이었다.

생각지도 않던 대학에 다녀야 한다는 좌절감이 또 나를 괴롭혔고 그렇게 열심히 했는데도 희망하는 대학에 못 가게 된 게 너무 억울해서 다시 한 번 도전하기로 마음을 정했다.

1년이 더 늦더라도 미련이 없어야 한다는 생각과 설사 또 실패하더라도 연대 행정과는 다닐 수 있지 않으냐는 생각이 주저 없이 그런 결심을 하게했다.

1학기가 끝나기가 무섭게 휴학을 하고 입시준비에 들어갔다.

영등포의 Y공고 3학년생 두 명과 함께 안양에 방 하나를 얻어 자취를 하면서 수험 공부를 시작했다. 둘이서 내는 과외비로 같이 먹고

자면서 함께 입시준비를 한다는 조건부 가정교사였다.

열심히 했는데도 또 실패하고 말았다.

이제 어쩔 수 없이 연대를 다녀야만 했다. 새 학기가 되어 복학을 했으니 고교를 졸업한 지 꼭 2년6개월 만에 다시 1학년, 신입생이 된 셈이었다. 그 때의 심정은 피력하기조차 싫다. 마음에도 없는 사람과 결혼하는 심정이 꼭 그러할 것 같았다.

만약 5·16혁명이 일어나지 않았더라면?

그래서 내가 서울법대에 들어갈 수 있었더라면…?

아무튼 군사정권이 들어섬으로 해서 내 인생은 차츰 꼬여가기 시작하고 있었다.

이대 뱃지 단 경찰 끄나풀들

'오늘 둘째 시간부터 모든 강의는 휴강함. 연세인은 한 사람도 빠짐 없이 한일회담 굴욕외교를 성토하는 모임에 나서 연세의 기백을 보여주시기 바람.'

1965년 7월 X일. 총학생회장 명의의 격문이 각 단과대학 정문 벽에 나붙었다. 체육관 앞 운동장에는 첫 시간 강의가 끝나기가 무섭게 여기저기서 학생들이 모여들기 시작했다. 2, 3십 명밖에 안 되던 학생이 이내 수백 명으로 불어났다.

그날 아침 배포된 대학신문 '연세춘추'는

– 경찰봉에 맞아 유혈이 낭자

– OOO교수 경찰에 연행

– 학생 OO명 연행, OO명 구속

등의 제목으로 최근의 한일회담 반대데모 기사를 1면 톱으로 싣고 있었다. 그것만으로도 학생들을 흥분시키기에 충분했다.

몇몇 학생들이 스크럼을 짜고 운동장을 돌기 시작하자 분위기는 순식간에 달아올랐고 데모대는 눈덩이처럼 불어나고 있었다.

교가를 부르고 구호도 외치며 운동장을 서너 바퀴 도는 사이 천명 이상으로 불어난 데모대는 기세등등하게 학교앞 굴다리 쪽으로 나아가기 시작했다.

－ 굴욕적인 한일회담 결사반대한다!

－ 굴욕외교 앞장서는 군사정권 물러가라!

격렬한 구호를 외치며 신촌로터리를 돌아 이대 쪽으로 방향을 틀었다. 신촌로터리를 돌며 학교 쪽을 바라보니 학교 앞 굴다리까지 데모대는 끝도 없이 이어지고 있었다.

연도에는 계속되는 데모에 지친 때문인지 그저 멍하니 바라보는 사람도 있었지만 박수를 치면서 환호하는 사람이 더 많았다.

이대 뱃지를 단 어떤 여학생은 사진기를 목에 걸고 연신 데모대 앞쪽을 향해 셔터를 눌러댔다. 학생들은 신이 났다. 이대학보에 실리겠구나 생각한 친구들이 의기양양하게 더 큰 소리로 구호를 외쳤다.

－ 나라 팔아먹는 한일회담 즉각 중단하라!

－ 6억불이 웬말이냐 나라파는 매국노들!

이대 앞을 지난 데모대는 어느새 아현동고개를 넘어 세종로를 향해 진출하고 있었다. 조금만 더 가면 오늘의 목적지 광화문 네거리,

아현동고개를 가득 메운, 끝이 안 보이는 연대 데모대들

국회의사당 앞이다. 그런데 신촌로터리를 지날 때도, 아현동고개를 넘을 때도 보이지 않던 진압경찰이 굴레방다리를 지나 세종로 쪽으로 꺾어들자 앞을 가로막고 있는 게 시야에 들어왔다.

중무장을 한 경찰들이 광화문 가는 쪽과 그 옆 충정로 입구 쪽을 봉쇄한 채 막아서고 있는 것이었다.

철망 헬멧으로 얼굴을 가리고 곤봉을 든 채 우리쪽을 향해 겹겹이 서서 노려보고 있는 무장경찰은 수백 명도 더 돼 보였다.

2천 명이 훨씬 넘는 우리 데모대도 계속 구호를 외치며 제자리걸음을 하고 있었지만 더 이상 나아갈 수도 없고 그렇다고 물러설 수도 없고 실로 진퇴양난이었다.

그 많은 경찰들에 위압감을 느낀 듯 선두 쪽이 주춤거리자 누군가가 앉으라고 소리쳤다. 모두들 겁먹은 양처럼 고분고분 앉기 시작했다. 조금 전까지도 격렬하게 구호를 외치며 진군하던 데모대가 연좌데모대로 돌변했다. 앉은 채로 노래도 부르고 구호도 외쳤다.

대치상태가 길어지면서 긴장감은 높아갔다.

지휘자가 호루라기만 불면 일시에 곤봉을 휘두르며 달려올 것 같은, 두 눈을 부릅뜬 채 노려보고 있는 경찰돌격대가 두렵기도 했고 일촉즉발의 긴장감에 불안하기도 했다. 돌아서서 혼비백산 달아나는 데모대들 틈을 과연 빠져나갈 수 있을까? 지금까지는 늘 용케 빠져나갔지만 오늘은 왠지 불길하다.

아무리 날쌔다 해도 그 많은 학생들 틈을 비집고 빠져나가기에는 대치하고 있는 경찰과의 거리가 너무 가깝게 느껴졌다. 이쪽 저쪽을 둘러보며 꼼짝없이 당할 수밖에 없겠구나 그런 생각을 하고 있는데

64

어느새 불었는지 호루라기 소리가 들리며 경찰들이 달려오기 시작했다. 돌격대 수십 명이 곤봉을 휘두르며 순식간에 선두그룹을 지나 달아나는 데모대를 뒤쫓고 있었고, 나머지 경찰들은 미처 달아나지 못한 데모대를 검거하기 시작했다.

양팔로 머리를 감싸 쥐고 땅바닥에 엎드렸다. 발길에 채이고 곤봉을 얻어맞더라도 머리 쪽은 막아보자는 본능이 작용한 때문이었다.

좀 조용해 지나 싶어 일어서려는데 어느새 두 명의 전투경찰에 의해 허리띠와 바지춤이 움켜잡힌 채 끌려가다시피 연행되고 있었다. 경찰트럭에 실려 서대문경찰서로 연행돼 온 학생들만 수십 명에 이르렀다. 경찰은 이내 주모자 색출작업을 시작했다.

그 많은 학생들을 전부 조사하고 구속할 수는 없었을 터이니까. 국문학과, 도서관학과, 생물학과 등 데모 주동과는 거리가 있을 것 같은 학과의 1, 2학년생들을 먼저 훈방조치했다. 그 다음은 남은 학생들을 방 하나에 몰아넣고 경사 계급장을 단 경찰이 일장훈시를 시작했다.

"공부 열심히 해서 훌륭한 사람되라고 좋은 학교 보내놨더니 공부는 안하고…. 고생하시는 부모님들 생각해서라도 이래서야 되겠는가!? 너희들이 이런다고 이미 체결된 한일회담이 무효가 될 리도 없지 않은가? 학생들은 공부 열심히 하는 게 제일 중요하다. 나도 대학 나왔지만 학교 다닐 때 좀 더 열심히 했더라면 지금 보다는 나은 직장에 다니고 있을 거라며 후회하고 있는 사람이다. 앞으로 데모 안하고 열심히 공부하겠다는 사람은 특별히 훈방 조치할 테니 이쪽으로 서 봐!"

그 말이 떨어지기가 무섭게 한 학생이,

"여러분! 감언이설에 속지 맙시다. 우리가 아니면 누가…" 하고 소리치는데 곤봉이 그 학생 어깨위로 사정없이 내리쳐졌다.

순간 묘한 분위기가 흘렀다.

한 학생이 망설이며 그 쪽으로 옮겨가자 주춤주춤하던 학생들까지 1/3정도가 따라 옮겼다.

나도 고생하시며 서울 가서 공부하는 아들이 성공하기를 학수고대하고 계실 아버님을 생각하고 순간 갈등을 느꼈으나 그럴 수는 없었다. 그렇게 추려내고도 남은 학생들은 하나하나 불러 조서를 꾸미기 시작했다.

본적지, 주소, 성명, 출신 고등학교, 입학년도, 재학 중인 학과 등 기본적인 사항에 대한 문답이 끝나고 오늘 데모에 가담하게 된 동기를 묻고 답하는 중에 사환인 듯한 젊은 청년이 묵직하게 보이는 봉투 하나를 취조형사에게 주고 갔다. 그 봉투에는 여러 장의 사진이 들어있었다. 봉투에 든 사진을 꺼내 보더니 말없이 한 장 한 장을 내 앞으로 던졌다. 언제 찍어 언제 현상을 했는지 오늘 데모하는 현장 사진, 그것도 나에게 포커스가 맞춰진 사진이 10여 장이나 되었다.

두 주먹을 불끈 쥐고 구호를 외치는 모습, 돌을 던지는 모습, 프레카드를 들고 선두에 서서 행진하는 모습 등등… 놀라울 따름이었다.

도대체 이런 사진을 언제 어떻게 이렇게 가까이서 찍을 수 있었단 말인가!? 도저히 믿어지지가 않았다.

뒤통수를 맞은 듯 멍한 상태로 앉아 있는데 갑자기 머리를 스치고 지나가는 '아, 그랬었구나! 이대 뱃지 달고 사진 찍던 그 여학생이 바

66

로 경찰 끄나풀이었구나!' 하는 생각에 아연실색하지 않을 수 없었다. 그러면서 '그렇게 많은 사진이 찍혔으니 구속대상에서 빠지기는 어렵겠구나' 하는 생각도 들었다.

동기생들보다 나이도 두세 살 많은데다 정치에 관심이 많은 정법대학 3학년이지, 물증 충분하겠다, 거기다가 취조를 시작할 때부터 초지일관 데모의 당위성을 주장하는 당당한 학생이었으니 그럴 수밖에.

'3·1정신 되찾자'며 거리로 나선 연대생들.
(플래카드 오른쪽 끝을 잡은 더벅머리 대학생이 필자다)

돌이켜 보면, 대학가의 시위가 격렬했던 1964~5년은 해방된 지 20여 년밖에 안 되던 때였고 그 당시 나는 일본에 대한 분노와 적개심이 유별하게 강했던 24~5세의 피 끓는 젊은이였었는데, 어찌 국민감정은 무시한 채 국교정상화에만 급급했던 군사정권의 대일 저자세 굴욕외교를 보고만 있을 수 있었겠는가!?

그래서 비상계엄이 선포되고 휴교령이 내려진 6·3사태 때는 물론

최초의 대규모 반대시위로 기록된 1964년도의 3.24데모이후 1965년 7월까지(나는 7월 8일 자로 구속되었었다) 끊임없이 계속된 연세대학교의 각종 시위에 한 번도 빠진 적이 없었음은 물론 그 때마다 맨 선두에 섰던 것으로 기억한다.

아현동고개 근처에서 한 치 앞을 볼 수 없는 자욱한 최루탄 연기 속을 헤매다가 병원 입구에서 쓰러져 기절했던 일, 경찰의 추격을 피해 달아나다가 이대 근처 막다른 골목 어느 민가에 뛰어들어 신발 벗을 새도 없이 2층으로 올라가 아무 방문이나 열고 들어가 숨었던 일, 휴교령이 내려진 학교에 나가 1주일 이상 단식 데모에 참여했던 일 등등이 엊그제 일처럼 생생하게 떠올랐다.

"앞으로 데모 또 할 건가?" 취조형사가 물었다. 내 대답은 단호했다. 앞에서도 얘기했듯이 일본에 대한 적개심에 불타는 피 끓는 젊은이가 어찌 구속수감이 두려워 취조형사 앞에서 비굴한 대답을 했겠는가!?

이렇게 해서 조서작성을 끝낸 형사는 밖으로 나가자며 경찰서 뒷마당으로 나를 데리고 갔다. 담배 한 대를 권했다.

"좀 고생이 되겠지만… 나도 자네를 이렇게 보내는 마음이 편치는 않네. 잘 다녀와."

편치 않은 마음을 담배 한 개비로 전하면서 내손을 꼭 잡았다. 왠지 나도 눈물이 날 것 같았다.

50여 일 간의 지옥 생활

지금은 교도소라 부르지만 그 때는 형무소라 했다.

서대문 1번지에 있었던 서대문형무소. 밤 9시쯤 됐을까? 경찰서 유치장을 나와 호송차에 오르니 다른 경찰서 유치장을 돌아서 왔는지 이미 40여명의 죄수(?) 들이 타고 있었다.

데모를 하다 잡혀온 학생들뿐이 아니었다. 절도범, 폭행범, 사기꾼 등 일반 잡범들 속에 뒤섞여 서대문형무소로 향했다.

형무소의 높다란 담장을 보는 순간 가슴이 철렁 내려앉았다.

저 높은 울타리 안에 완전히 갇혀버리는구나 생각하니 가슴이 답답해 왔다. 철문 안으로 들어서니 더 기가 막혔다.

아무리 몸부림쳐도 헤어날 수 없는 늪에 빠져버린 것 같기도 하고 다시는 빠져나올 수 없는 나락 저 밑바닥으로 떨어져버린 것 같기도 했다. 도대체 우리가 무슨 큰 죄를 지었기에 이런 형벌을 받아야 한단 말인가. 참담한 심정이었다.

입고 있던 옷가지며 신발, 책, 돈 등 일체의 사물을 영치시키고 모두가 검정고무신에 시퍼런 수의로 갈아입으니 데모하던 학생이나 사기, 강간, 폭행으로 들어온 놈이나 그놈이 그놈 같아 구별이 되지 않았다. 단지 학생들은 왼쪽 가슴에 붙어있는 죄수번호표 맨 앞에 붉은 글씨로 '학'자 하나가 더 붙여진 것만 달랐다.

죄수복 입은 모습들이 초라해 보이기도 하고 한심하게 보이기도

했다. 서로를 신기한 듯 쳐다보며 야릇한 표정들을 하고 섰는데,

"이열 종대로 정열!"하고 간수가 소리쳤다.

구령이 떨어지고 한참이나 정열이 되지 않자 제일 가까이 서 있는 죄수의 뺨을 사정없이 후려쳤다. 철썩하는 소리가 들리기가 무섭게 떠들썩하던 무리들이 순식간에 쥐죽은 듯 조용해지며 재빨리 이열 종대를 만들고 섰다.

'네 놈들한테는 주먹이 최고야!' 하는 듯 그 때부터는 말 대신 눈짓 손짓만 했다.

그래도 잘 움직였다.

한 줄로 세운 다음 1사(1동)부터 차례로 2, 3명 또는 4, 5명씩의 죄수들을 당직간수에게 인계하며 지나갔다.

간수가 번호를 부를 때마다 왠지 불안했다. 인계되는 사람이나 남아서 다음으로 끌려가는 사람이나 마치 팔려가는 노예들처럼 서글프게 보이는 건 매한가지였다.

6사 상 17호(6동 2층 17호). 내가 살아갈 감방이다.

육중하게 생긴 감방 문을 열어젖히며 간수가 안을 향해 "학생이니까 심하게 다루지 마!"하고 소리쳤다.

두 평도 되지 않는 좁은 공간. 한여름이라 팬티만 걸친 남자 다섯이 어둑한 불빛아래 시체처럼 누워있다. 셋은 저쪽으로, 둘은 이쪽으로 머리를 따로 한 채, 10개의 시선만 날 응시하고 있다. 새로 들어오는 신참이 학생이란 말에 실망했는지 눈빛이 곱지 않았다. 앉을 자리도 마땅찮아 우두커니 서 있는데 한 녀석이 누운 채로 물었다.

"야 몇 살이야!?"

"예 스물다섯입니다."

"그러면 다섯 살은 영치시켜!"

"예…?"

다섯 살은 맡겨놓고 스무 살로 행세하라는 얘기다.

나한테는 말도 놓고 이래라 저래라 맘대로 해라를 하겠다는 뜻이다.

"야 신참! 오늘은 그냥 자자. 넌 뺀기통(변기통, 감방분위기를 살리기 위해 그때 쓰던 말을 그대로 쓰겠다) 옆에 붙어서 자. 그리고 불꺼!"

아까 그 녀석이었다. 천정 높이 매달려 있는 백열등에는 손이 닿을 턱이 없고 두리번거리며 스위치 같은 걸 찾고 있는데 한 녀석이 벌떡 일어나더니 내 엉덩이를 사정없이 걷어찼다.

"야 이 새끼야, 뭐하고 있어! 패통을 누르면 되잖아 C8!"

하면서 감방 문 옆 나무기둥에 앞으로 튀어나온 엄지만한 나무토막을 가리켰다. 지그시 눌렀더니 들어갔다가 도로 튀어나온다.

"세게 탁 쳐! 이 새끼야!"

시키는 대로 했는데도 불은 꺼지지 않았고, 밖에서 '툭' 하고 나무토막 떨어지는 둔탁한 소리만 들렸다.

방안의 녀석들은 자는 척 꼼짝 않고 누워 있는데 복도를 따라 급하게 걸어오는 듯한 간수의 발자국 소리만 유난히 크게 들렸다. 이윽고 감방 문이 열리고 한쪽 옆에 우두커니 서 있는 나를 발견한 간수가 "한 번만 더 이런 짓 하면 그냥 안 돼!"

철문을 세차게 닫아걸고 가버렸다. 이렇게 간단한 신고식만으로 나의 50여 일에 걸친 감방생활은 시작되었다.

두 평 남짓 되는 조그만 방 한구석에는 모두가 즐겨 쓰는 빼끼통이라 부르는 변기가 놓여 있다. 여섯 식구중 제일 신참이 다른 신참이 들어올 때까지 매일 그 옆에서 자야 하고 매일 아침 두 번째 신참과 함께 그것을 들고 나가 씻어 와야 한다.

나무로 짜 맞춘 새우통처럼 생긴 물건인데, 직사각형 모양의 커다란 구멍이 난, 역시 나무로 된 뚜껑이 덮여 있어 그것만 열고 타고 앉으면 언제든 편리하게 큰일을 볼 수 있는 방안에 있는 유일한 목재 가구다.

크기가 같은 판때기 둘을 붙여서 접었다 폈다 할 수 있게 만든 칸막이가 따로 있어 그것으로 앞을 가리고 일을 보는데 그것 역시 겨우 아랫도리만 가릴 수 있을 정도로 작게 만든 물건이다.

한번 생각해 보시라! 두 평도 안 되는 조그만 방안에서 한 사람은 그 물건을 타고 앉아서 큰일을 보고 나머지는 그걸 보거나 그 소리를 들어야 하는데 일을 보는 사람이나 그걸 보고 있는 사람들은 얼마나 서로 괴롭고 민망하겠는가!?

아무리 감방 안이라지만 인격이라고는 조금도 생각 않는 이런 처사에 분통이 터질 노릇이었다.

한 감방에서 제일 오래된 사람이 감방장을 맡는 게 그 세계에서는 불문율이다. 우리 감방에는 나를 포함해 여섯 명의 죄수가 있었는데 감방장은 사기죄로 들어온 40대 중반의 남자가 맡고 있었다. 그리 크지 않은 키에 배가 불룩 튀어나와 보기에도 흉했던 기억이 남아있다.

육군 상사로 제대를 했고 한강에서 모래를 팔아먹다 들어왔다는데 신경질적이고 잔소리가 많아 감방친구들이 다 싫어했다.

아는 건 많아 매사에 아는 척을 하는 게 좀 거슬렸지만, 사식으로 빵이나 떡 같은 특별한 것이 들어오면 마치 자기 것인 양 똑같이 나눈다든지, 큰일 보러 뺀끼통 타는 건 하루에 한 번씩만 허락하는 등 감방장 노릇은 제대로 했다.

사식으로 짬밥이 들어올 때는 언제나 식구통(밥 넣는 구멍)에 머리를 디밀고선 "어이, 좀 많이 퍼 담아!"했는데 그게 그렇게 측은하게 보이던 사람이었다.

감방동기 다섯 중에 제일 기억에 남는 녀석은 '영식'이란 이름을 가진 녀석이었다. 키는 컸지만 얼굴은 핼쑥한 게 여자같이 생긴 친구였는데, 용산역에서 리어카로 땅콩 장수를 했다는 사실 말고는 그에 관해 더 이상 아는 사람은 아무도 없었다.

저녁 한가한 시간만 되면 '기다리겠어요 불 꺼진 창문 앞에 언제나…'하는 노래를 구슬프게 불렀다.

항상 수심이 가득했고 무슨 말 못할 사연이라도 있는지 하루도 그 노래를 부르지 않는 날이 없었다. 우리 여섯 식구 누구한테든 면회 온 사람이 있어 사식이라도 들어오는 날엔 영락없이 한밤중에 뺀끼통을 타던 친구.

나를 뺀 네 식구한테 핀잔만 들어 그런지 늘 기가 죽어지냈는데, 노래할 때만은 진짜 기다리는 사람 앞에서 부르는 듯 애절하게 잘 불렀다.

"어이 영식이 심심한데 노래나 하나 해! 불꺼진 창 말고"하면 씩 웃으며 하는 노래는 언제나 그 놈의 '불꺼진 창'이었다. 청승맞게 들리기

73

까지 하는 그 노랫소리야 말로 정말 우리를 슬프게 하기에 충분했다.

하루는 영식이란 놈이 또 많이 먹었는지 밤 새 끙끙 앓고 있었다. 죽는 시늉을 하며 사정을 해도 한강 모래를 팔아먹은 그 김상사는, "그냥 틀어막고 자!"할 뿐 들어줄 기색이 조금도 없었다. 나도 매번 흑기사 노릇을 할 수도 없어 보고만 있었는데 조금만 더 두면 아무래도 일을 낼 것만 같았다. 일이 터졌다 하면 제일 큰 피해를 볼 사람은 바로 옆에 누워 있는 내 자신임을 깨달은 내가 벌떡 일어섰다.

"당신 정말 너무 하는 거 아니요!? 이러다가 싸기라도 하면 당신 책임지겠소!?"

고함을 질러 긴박했던 사태를 모면했던 적도 있었다.

사실 말이지 한밤중에 일어나 오토바이 소리 내고 냄새 풍기고 하면 짜증 안 날 사람 몇이나 있겠는가? 하지만 나는 "정 못 참겠으면 가서 눠"하며 불쌍한 그를 항상 따뜻하게 대해주었던 것 같다.

뺀끼통 얘기가 나왔으니 그 얘기를 마저 해야겠다.

하루 세끼 식사는 식사 담당 기결수가 각 방을 돌며 밥통 속에 가지런히 담긴 원통 모양의 가다밥을 나무 주걱으로 퍼서 식구통으로 넣어주는데, 밥 푸는 기술이 워낙 좋아 밑부분 1/10정도를 정확하게 깎아서 퍼준다.

가다밥 하나에 1/10정도가 처지니 100개들이 나무통 한 상자를 다 퍼주고 나면 10개 분량의 짬밥이 상자 밑에 처진다. 그 짬밥은 간수들이 죄수한테 도로 팔아먹었는데, 죄수들 밥을 조금씩 뺏아서 만든 그 짬밥 한 그릇을 10원 씩에 팔아먹었으니 밑천 한 푼 안 들이고 100% 남는 장사를 하는 셈이다. 날강도라도 그런 날강도는 없을 것이다.

사식은 특별한 경우 외에는 짬밥이 식구 수대로 또는 식구 수의 한 배 반이 들어오는 게 보통이다. 그 짬밥 한 그릇을 더 먹는 날엔 뺀끼통에 불이난다.

보리쌀과 쌀이 9:1정도로 섞인 그야말로 진짜 보리밥에 시커먼 굵은 소금 투성이인 새우젓과 시레기 넣은 멀건 된장국만 삼시 세끼 먹다가 짬밥이 한 그릇이나 더 들어가니 배에서 구라파전쟁이 일어나 배 안이 요동을 친다.

×을 참고 견디다가 더 이상 어려울 지경이면 야단맞을 각오를 하고서라도 뺀끼통을 타게 되는데….

탔다하면 좔~ 하고 속에 있는 게 한꺼번에 다 쏟아지며 냄새는 진동을 하고, 오토바이 가는 듯한 요란한 소리도 나고. 그러니 김상사 같은 악질 감방장을 만나지 않더라도 위가 많이 약한 사람은 ×도 맘대로 못 누는 비참한 생활을 각오하지 않을 수 없다.

감방이란 잡다한 부류의 사람들이 사는 세상이고 온갖 얘기들을 들을 수 있는 공간이라 별난 경험을 간접적으로 할 수도 있고 직접 경험하는 경우도 많다. 요즘의 교도소와는 딴판일 테니까 그 안에서 보고 들은 것 가운데 아직도 기억에 생생한 것 몇 가지만 대충 얘기해보겠다.

일반 잡범 30여 명이 함께 생활하는 큰 방에는 감방장은 물론 검사도 있고 판사도 있고 변호사까지 있단다. 영치금은 많을수록 좋은 게 그것으로 좋은 사식을 사서 三士(판사, 검사, 변호사)와 감방장에게 대접을 하면 호된 신고식을 면하게 해 주기도 하고(호된 신고식 중에는 '한 손으로 삼백근 들기', '아리랑 맘보' 같은 것도 있는데 점잖은 지면이라 여기서는 설명을 생략한다), 지은 죄의 형량을 거의 정확하게 일러줘 미리 대비하게 해 주기도 하고, 법정에 나갈 때는 어떻게 진술하는 게 유리한 지도 일러준단다.

검사한테 불려갈 때는 단정하게 보이려고 깨진 유리조각이나 사금파리 같은 것으로 면도를 하기도 하고, 여섯 식구가 먹기에도 부족한 물을 아껴서 상의를 빨아 주름을 잡아 입기도 하는, 웃지 못 할 서글픈 장면도 볼 수 있었다.

검찰 취조 갈 때 고무신 밑바닥 가운데에 밥풀을 잔뜩 이겨 붙여 가서는 땅바닥에 떨어진 강아지(꽁초를 그렇게 불렀다)를 보이는 대로 밟으면 강아지 여러 마리가 붙어서 따라오게 되는데, 이 강아지들이야말로 감방동기들을 한꺼번에 홍콩으로 모셔가는 환각제 역할을 하는 것이다.

감방으로 돌아오자마자 마룻바닥 틈새에 끼워져 있는 솜(틈새로 들어오는 겨울바람을 막기 위해 끼워놓은 솜)을 뽑아 손바닥으로 비벼 말아서 마룻바닥에 놓은 후 뺀끼통 뚜껑을 덮어 밀었다 당겼다를 빠르게 계속하면 솜이 뜨거워지면서 냄새가 나기 시작하고, 그때 그 솜을 후우 하고 불면 연기는 별로 나지 않으면서 금세 불꽃이 보이는데, 그 불로 강아지에 불을 붙여 빨면서 환각의 잔치를 벌이는 것이다. 한 사람이 한번 빨고 다음 사람한테 돌리는데 손끝이 뜨거워질 때까지 빨면서 돌리면 강아지 한 마리로 여섯 식구가 그래도 한번 정도 씩은 빨 수 있다. 그렇게 강아지 몇 마리를 한꺼번에 다 빨고 나면 머리가 어지럽고 핑 돈다.

매일 시커먼 보리밥에 된장국만 마시던 놈들이 담배꽁초를 몇 번이나 빨았으니 머리가 핑 돌 수밖에. 모두들 벽에 기대 앉아 '홍콩간다! 홍콩간다!'하며 좋아하는 걸 보면서, 강아지 한 마리에도 행복해하는 그들이 측은하기도 하고 그들과 같이 생활하는 내 자신이 서글퍼지기도 했다.

'3체 6조지'라는 것도 있었다.

모르는 게 아는 체, 없는 게 있는 체, 못난 게 잘난 체하는 게 삼체고, 순사는 패 조지고, 검사는 불러 조지고, 판사는 미뤄 조지고, 변호사는 먹어 조지고, 마누라는 팔아 조지고, 아이는 울어 조진다는 게 소위 말하는 6조지다.

피의자 입장에서 본 그 쪽 세태를 한 두 마디로 풍자한 말이겠지만, 송사에 말려들면 집안 망한다는 말도 있듯이 70년 평생을 살면서 내가 보고 들은 세상 이치와 별반 다르지 않다는 사실을 알게 되었다.

사람 심리가 묘한 게 그 쪽 세상에 들어가면 쩨쩨하고 좀스럽게 보이기가 싫은지 대부분 풍들이 세다. 온갖 얘기를 그럴 듯하게 부풀려서 진짜처럼 얘길 하니 재미도 있다. 웃고 떠드는 사이에 하루가 가고 일주일이 가고, 흙탕물 속에서 같이 뒹굴다 보니 50여 일이 언제 지나갔는지 모르게 지나가고 말았다.

종교 과목 하나에 F학점 두 번

2년이나 늦게 입학한 주제에 학교가 맘에 안 든다고 또다시 휴학을 하며 치른 S대 입시에서 미역국을 먹고서야 어쩔 수 없이 연대로 복학을 했다. 한 학기 동안 겨우 얼굴을 익혔던 입학동기들은 어느새 상급반이 되어 있었다. 마음의 안정을 찾는 데 또 한참이 걸렸다.

나는 연대란 학교가 이상하게도 싫었다. 가고 싶던 대학이 아니라는 것도 그 이유 중 하나였지만 정말 듣기 싫은 채플과 종교 시간이 필수과목이었으니 그게 학교까지 정이 안 들게 만들었다.

특히 종교 과목은 강의도 열심히 듣지 않았지만 시험공부는 정말 하기 싫었다. 그러니 성적이 좋을 리 만무했고, 연달아 F학점을 받아 과목 하나에 쌍권총을 차는 불명예를 얻기도 했다. 점수를 잘 받으려면 아양이라도 떨어야 하는데 그러기는커녕 '싫은 강의를 꼭 들어야 하느냐'는 식의 답안을 써놓았으니 어쩌면 당연한 일인지도 몰랐다.

'다음에 따면 되지 뭐' 하면서 미루다 보니 4학년이 되었고 이제는 더 이상 미룰 수도 없었다. F학점을 면치 못하는 한 죽어도 졸업은 할 수 없으니 이제는 막다른 골목, 비상수단이라도 강구할 수밖에 없었다.

당시 교목실장이셨던 김찬국 교수님 강의시간에 맞춰 여학생이 많은 종교음악과 1학년 반에 수강신청을 했다.

어린 여학생들 틈에서 공부하면 열심히 안 할 수도 없을 것이고 또 내가 서대문 1번지에 있을 때 면회 오셔서 책 두 권을 넣어주시며 위로와 격려를 해주시던 김찬국 교수님 강의라 더 열심히 들을 수밖에 없을 터이니 그러면 최소한 F학점은 면할 수 있겠구나 하는 생각에서 배수의 진을 친 셈이었다.

첫 강의시간. 교수님께서 나를 앞으로 나오게 하시더니, "조정현 군은 행정과 4학년 학생인데, 학생운동하느라 종교학점을 못 받아 늦게 수강하게 된 모범학생입니다. 여러분들이 많이 도와주세요." 하시며 소개까지 해 주셨다. 그랬으니 열심히 할 수밖에는 다른 방도가 없었다. 그런데 열심히 듣고 노트를 하는데도 강의가 끝나면 도대체 머리에 남는 게 없었다.

저게 무슨 뚱딴지같은 소리냐 하는 생각이 머리에 꽉 차 있었으니 강의 내용을 제대로 노트하기가 싫었고 그런 노트로는 도저히 시험을 잘 치를 자신이 없었다.

종교하고는 생리적으로 맞지 않는 것 같고 정말이지 큰일이구나 싶었다. 종교시간만 되면 스트레스를 받았다.

그런데 기발한 생각이 머리를 스쳤다.

'교수님이 한 시간 내내 강의하시는 말씀을 모조리 속기로 받아 적자. 속기한 것을 풀어써서 자꾸 읽으면 되겠구나.'하는 생각이 떠오른 것이다. 고1 특활시간에 배운 속기가 진가를 발휘하게 될 줄이야!

고등학교로 진학하니 1주일에 한 시간씩 자기가 원하는 과목을 선택해서 배울 수 있는 특별활동시간이 있었다. 뭘 배울까를 궁리하다가 가까운 친구 김태희와 함께 속기반에 들어가기로 마음을 정했다. 미국인 수녀가 가르치는 영어회화반이 마음에 들었으나 그 반은 신청도 하기 전에 정원이 차버렸고 그 다음으로 마음을 끄는 게 속기반이었다. 열심히 연습해서 1분에 300자 이상만 받아쓰면 속기사 자격도 얻을 수 있고 기자로 취직도 가능하다는 선배님의 소개말이 집안 사정이 어려웠던 두 친구의 마음을 사로잡았던 것이다. 1학년 신입생은 우리 둘 말고도 네 명이 더 있었다. 선배님들의 열정은 대단했다. 1주일에 한 시간 하는 특활시간만으로는 별다른 진척이 없자 여름방학에는 새벽 6시까지 학교에 집합시켜 매일 두 시간씩 정말 열심히 연습을 시켰다. 선배님 네 분 중 두 분씩 차례로 나오셔서 큰 소리로, 속도는 우리들 속기 실력보다 조금 빠르게 신문의 사설이나 재미있는 기사 또는 문학 작품 등을 읽어주시면 그걸 빠트리지 않고 전부 받아 적으려고 노력하는 게 연습의 전부였지만 속기 실력이 하루가 다르게 나아지는 것도 재미있었고 선배님들이 연습용으로 읽어주시는 이광수의 무정, 조지 오웰의 동물농장, 괴테의 젊은 베르테르의 슬픔 등 문학 작품들을 매일 조금씩 계속해서 듣는 재미도 쏠쏠해 한 달 방학이 언제 지나갔는지 모를 정도였다.

중도에 탈락하지 않고 끝까지 남아 속기를 배운 1학년 친구들은 공부도 열심히 했는데, 6명 중 김양영, 조현수, 박정남 군은 서울대 상대, 사대, 농대로, 김태희 군은 육사로, 필자는 연대로 진학을 했었다. 육사로 진학한 김태희 군은 위컴 전 한미연합군사령관의 수석부관을 지낼 정도로 영어실력이 특출했다. 선배님들도 실력파들이어서 두 회 선배이신 김병용 반장님은 서울법대로, 한 해 선배였던 세분 중 송재영 선배님은 서울사대로 진학해서 후에 한국과학고 교장까지 지내신 것으로 알고 있다. 아무튼 이렇게 힘들여 배운 속기가 너무나 싫었

고1때의 속기반원들. 뒷줄 왼쪽 두 번째부터 김태희, 필자, 조현수, 박정남, 김양영 군. 왼쪽에서 두 번째 앉은 사람이 김병용 반장님(12회), 그 다음 다음이 김청길 군

던 종교 과목의 학점을 따는데 그렇게 유용하게 쓰일 줄이야!

  교수님 강의를 들으며 부지런히 속기를 하니 옆에 앉은 여학생들이 힐끔힐끔 훔쳐보기 시작했다. 이상하게 생긴 부호로 교수님 말씀하시는 걸 다 받아 적는다니까 눈이 휘둥그레졌다.
  자연 여학생들의 관심이 집중되었다.
  중간고사 있기 며칠 전이었다. 어떻게 알고 찾아왔는지 내가 임시로 머물고 있었던 친구 집으로 생전 처음 보는 여학생이 찾아왔다. 종교음악과 학생이라면서 내 종교노트를 빌리러 왔다는 것이었다.
  예쁜 여학생이 집까지 찾아와서 부탁을 하는데 어찌 마다할 수 있겠는가! 그리고 정리가 덜 된 노트를 어찌 그냥 빌려줄 수 있겠는가! 다시 깨끗이 정리해서 빌려 주었다. 그런데 결국 그 노트는 시험 보기 하루 전에야 나한테 돌아왔고 그 노트를 돌려본 여학생들이 좋은 학점을 받았음은 물론이다. 나도 내가 속기하고 그걸 풀어써서 다시 정리한, 그 여학생 때문에 한 번 더 정리한 노트로 시험을 쳤으니 그 놀라운 성의를 봐서라도 형편없는 점수를 주시기야 했겠는가! 김찬국 교수님에게서 B학점이란 놀라운 점수를 받고 졸업을 할 수 있었다.

학점이 문제가 아니었다. 졸업을 하느냐 못 하느냐 기로에 서 있는 나를 구원해준 그 속기의 고마움을 지금도 잊지 않고 있다.

김찬국 교수님에 대한 고마움까지도.

가정교사의 양지와 음지

내가 대학 다닐 때 가난한 시골 출신 대학생들의 가장 현실적인 바람은 말할 것도 없이 먹고 자는 게 해결되는 가정교사로 입주하는 일이었을 것이다.

집안 형편이 좋아서 하숙이라도 할 수 있으면 모르되 그렇지 못한 대부분의 시골 출신 대학생들은 숙식이 해결되는 가정교사 자리를 구해보려고 안간힘을 다했다. 당시 일간지 사회면에는 그런 자리를 구하는 구직광고가 하루에도 수십 건씩 게재되었는데, 그 중에서 성공하는 비율은 30%도 안 된다고 했다. 다행스럽게도 나는 대학 다니는 동안 신물이 나도록 가정교사를 많이 했는데, 이참에 지금껏 기억에서 지워지지 않는 두세 가지 경험담을 얘기할까 한다.

제1화

대학 2학년 신학기를 맞으면서 운 좋게 명문 S중학교에 다니는 외동아들을 맡았을 때의 일이다. 학생 모친 역시 명문 E여대를 나오신 분으로, 이해도 깊으시고 도량도 넓어 가정교사를 무슨 피고용인으로 인식하는 여느 가정과는 달리 진심어린 애정으로 대해 주어서 오히려 송구스러움으로 몸 둘 바를 몰랐던 흔치 않은 경험담이 되겠다.

가끔 손수 마련한 커피나 과일등을 갖고 오실 때에도 학습하는 모습을 가만히 지켜보시고는, "우리 아이가 이해력이 좀 부족한 모양이지요? 천천히 하세요. 너무 성급해 하시지 말고요." 그런 식으로 상대방을 배려하는 마음이 그득하셨다.

바깥어른은 군사정권 당시, 수색에 위치한 국방대학원 원장으로 별을 세 개나 단 장군이었는데, 본인이 바란다면 얼마든지 정부 기관 등에 고위직으로 진출할 기회가 있었으나 끝까지 현역을 고집한 철두철미 군인정신의 소유자였다.

당시 나에게는 그 어떤 군인보다도 더 중후하게 또 우러러 보였던 장군이었지만, 정작 본인은 언제나 너그럽고 인자한 표정으로 나를 대하곤 했다.

집에는 수행부관과 운전병도 함께 기거했는데 S대를 다니다 입대한 수행부관은 업무가 끝나면 특별히 할 일이 없었으므로 때로는 나를 대신하여 학생을 가르치곤 했다. 그럴 때면 부담을 느끼는 쪽은 오히려 내가 된다. 그러면 사모님이 은근히 나서서 "학생 혼자 하면 힘들잖아요! 수행원도 학생만큼 잘 하니까 아무 걱정 말고 학생 공부나 열심히 하세요."하며 나를 다독여 주었다.

그렇게 일주일이나 지났을까, 근무처가 수색인 장군이 출근하기 위해 승용차에 오르려고 할 때 사모님이 말했다.

"여보, 부대로 가시려면 신촌으로 들러가실 수도 있겠네요? 우리 아이 선생님이 길목에 있는 연세대에 다니시니 함께 가시도록 하세요."

그러면서 손수 차 문을 열어주는 것이었다.

나는 그게 너무 부담스러웠다.

"아닙니다. 장군님 먼저 가십시오. 오늘 강의는 좀 늦게 시작하거든요."

그러자 사모님이 펄쩍 뛰었다.

"학생, 그러지 말아요! 시간이 남으면 도서관에 가서 공부를 더 하시면 되잖아요!"

결국 이기지 못하고 동승하게 되었는데(앞 조수석은 수행부관이 탔다), 장충동에서 신촌까지 서울 중심도로를 주행하는 동안 곳곳의 교통경찰들이 별이 세 개나 부착된 앞 범퍼의 성판(星板)을 보고는 큰 소리로 무슨 구호를 외치면서 경례를 올려붙이곤 하여 장군과 나란히 앉은 나는 나도 모르게 손을 들어 답례를 한 경우도 더러 있었다.

아차! 뒤늦게 실수를 깨닫고는 "아이구! 장군님, 용서하십시오. 그만 저도 모르게 손이 올라가고 말았습니다." 그렇게 멋쩍게 변명을 하곤 했다

그러면 장군은 허허 웃으시며 이렇게 말씀하셨다.

"아니야. 자네도 예우를 받을 자격이 충분하다네. 자네야말로 나를 측근에서 도와주는 일급 보좌관이 아닌가!"

그 해 10월, 이웃 일본에서 18회 동경올림픽 경기가 한창 진행되고 있을 때였다. 나는 그때 수행부관과 운전병과 함께 라디오 중계방송을 듣고 있었다.

한창 귀를 기울이고 있는데, 사모님이 노크를 하시고는 잠깐 보자는 손짓을 해보였다.

"라디오 중계는 아무래도 시원치 않을 거예요. 안방으로 오셔서 함

께 텔레비전을 보도록 하세요."

나는 쭈뼛쭈뼛하였다. 안방에는 틀림없이 장군이 계실 것이기 때문이었다.

아직도 TV수상기가 귀하던 시절이라 내외분이 올림픽경기 텔레비전 중계방송을 시청하다가 가정교사인 나를 생각해 냈던 것이다. 그 고마움이나 송구스러움이 어떠했겠는지는 독자 여러분들도 충분히 이해하리라 믿는다. 그 덕분에 수행부관과 운전병도 함께 텔레비전 중계방송을 시청할 수 있었다.

'역시 배운 사람은 다르구나' 그런 생각이 안 들 수 없었다.

이 자리에서 감히 그 장군의 이름을 밝히거니와 수도사단장과 3군단장을 역임한 최창언 장군은, 그러나 군인 본연의 정신이 너무 투철한 나머지 현실과 타협하지 못하고 곧 옷을 벗고 말았던 것으로 기억하고 있다.

제2화

또 한 집 얘기를 해야겠다.

내가 대학 3학년이 되던 해에 입주한 집이었는데 이 집 역시 정말 가정적이었고 오래 머물고 싶은 그런 집이었다.

내가 맡은 학생은 명문 사립중학교 2학년 학생이었고 밑으로 국민학교에 다니는 여동생 하나뿐이어서 식구는 단출한데다 경제적으로도 여유가 있어 보였다. 바깥어른은 이름 있는 어느 공기업 간부였고 사모님 역시 그럴 수 없이 인정스러워 맘에 들었다.

다행스럽게도 식구들 모두가 나를 좋게 보았는지 오래 있었으면 하는 눈치였고 나도 오래 있어야겠다고 맘을 먹고 있었는데 생각지도 않던 한일회담 반대데모가 공든 탑을 무너뜨리고 말았다.

당시는 데모가 한창이던 때라 데모기사가 신문에 큼지막하게 날 때마다 사모님은 나에게 "학생 데모하지 마세요. 큰일납니다. 시골 계시는 부모님을 생각해서라도 제발 데모는 하지 마세요!" 하시며 신신당부를 했다.

진심으로 걱정해 주시는 사모님을 봐서라도 그리고 고생하시는 아버님을 생각해서라도 데모를 안 해야지 다짐을 해보지만 학교에만 가면 까마득히 잊어버리곤 했다.

사모님이 신신당부를 했던 그 다음 날도 또 데모를 했고 그 후로는 영영 그 집엘 갈 수가 없게 되어버렸다.

가정교사란 사람이 하루 이틀도 아니고 며칠씩이나 들어오지 않으니까 학교로 수소문을 하신 모양인지 서대문1번지 들어간 지 일주일쯤 되었을 무렵 사모님께서 면회를 오셨다.

면회장에서 사모님을 보는 순간 어찌나 눈물이 나던지…. 꼭 어머님이 서 계신 것 같았다.

사모님도 푸른 수의를 입은 내 모습에 말문이 막히시는지 한참을 보고만 계시다가 "그래도 다친 데 없이 건강한 모습을 보니 다행이네요. 얼마나 있어야 할 지 모르겠지만 잘 있다가 나오면 꼭 들려요."

면회시간은 짧았지만 그 영상은 아직도 내 머릿속에 그대로 남아 있다.

제3화

마지막으로 지금 얘기한 두 집과는 비교도 할 수 없는, 칙사하게 고생만 하고 나온 집 얘기를 해야겠다. 굴러온 복을 차버린 때문이었던지 형무소를 나와서 얻은 가정교사 자리는 그야말로 고생이 무언지를 알게 해주는 그런 자리였다.

연대생들의 성금으로 보석금을 내고 50여일 만에 형무소 문을 나섰지만 당장 갈 곳이 없었다. 염치 불구하고 방 하나 얻어 매식을 하고 있는 친구들 (같은 과의 이흥수군과 도서관학과 박정길군)을 따라 나섰지만 그 친구들한테는 하도 폐를 많이 끼쳐 더 이상 신세를 질 수도 없었다. 갈 곳이 없다는 게 그렇게 비참할 수가 있을까!?

전에도 몇 번 그런 때가 있었지만 이번처럼 그렇게 서글프지는 않았다. 사모님이 찾아오라고 했었는데…. 맘이 약해지기도 했지만 배신을 했다는 생각에 망설여지기만 했다.

그때 마침 하늘이 도우기라도 한 듯 한 친구로부터 입주할 가정교사를 구하는 집이 있다는 연락을 받았다. 학기 초도 아닌데 하늘의 별 따기만큼이나 어려운, 입주하는 자리가 나한테까지 돌아오다니!

너무나 반가웠다. 어떤 집이라도 마다 않고 가겠다고 생각했다.

약도를 따라 겨우 찾아낸 그 집은 홍제동 고갯마루에서 산 쪽으로 한참을 올라가는 곳에 있었다.

'그러면 그렇지! 좋은 자리라면 나한테까지 돌아올 리가 없지!' 하는 생각이 들다가도 '내가 지금 찬밥 더운밥 가리게 됐나! 당장 잘 데도 없는 놈이!'

거기까지 생각이 미치자 기분이 홀가분해지면서 즐거운 마음으로 그 집 문을 두드릴 수 있었다.

홍제동 산 중턱에 있는 그 집은 이제 국민학교 5학년인 응석받이 막내딸을 가르쳐야 하는 집이었는데, 그 애를 무슨 공주 다루듯 모든 식구들이 애지중지 귀여워하는 게 이상하게 느껴질 정도였다. 나이 쉰 살은 돼 보이는 아버지와 중학교 정도밖에 못 나온 듯한 스무 살 안팎의 오빠와 언니까지 세 사람이 모두 직장에 다녔고, 나이에 비해 훨씬 늙어 보이는 아주머니만 집에 계셨다.

모두들 아침 일찍 나가 늦게 돌아오는 것으로 봐서는 직장은 신통찮아 보였는데, 그래도 버는 사람이 많아 그런지 먹는 걱정은 안 하는 것 같았다. 집은 비록 판잣집이었지만 그 안에는 웃음소리가 끊이지 않는 그야말로 행복이 가득한 집이었다.

방은 두 개밖에 없어 큰 방에는 주인 내외와 딸 둘이, 작은 방에는 그 집 아들과 내가 함께 자야 했는데 그래도 마음은 내 집처럼 편했다. 나를 형, 형 하며 격의 없이 따라주는 게 고마웠다.

그런데 한 가지 큰 문제가 있었다. 집이 홍제동 산 중턱에 있다 보니 수도도 없고 우물도 없어 먹는 물을 평일에도 하루에 한번은 길어 와야 했는데 그 일을 가정교사가 맡아야 하는 것이었다.

하필이면 그 지긋지긋한 서대문형무소 맞은 편, 현저동까지 내려가야만 공동수도가 있었다. 물을 가득 담은 물통 두 개를 물지게에 지고 300m 가까운 홍재동 고개까지 올라가는 것도 죽을 지경인데 거기서 또 산길을 1백m가 넘게 올라가야 했으니 얼마나 힘이 들었겠는가!

한 번씩 비가 오거나 눈이 올 때는 그 집 아들이 일찍 퇴근해서 나를 도와줬지만 내가 하는 게 대부분이었고, 그걸 그 집에서는 제일 미안하게 생각하고 있었지만 어쩔 수 없는 노릇이었다.

물지게를 져야 한다는 사실을 알고서도 가정교사로 입주하겠다는 사람은 내가 두 번째라며 온 식구들이 나를 한가족처럼 좋아하고 따랐는데, 그 정을 뿌리치지 못해 그 집에서 6개월이나 머물렀었다. 고생은 되었지만 좋은 경험을 했었고 또한 많은 것을 배울 수 있었던 특별한 가정교사 자리였다는 생각이 든다.

3부

평생의 자부심,
기획재정부 25년

저 밑 바다까지 600m가 넘는 벼랑 끝에 서서 두 팔을 번쩍 치켜들고 있는
저 간 큰 친구가 필자다
- 노르웨이 LYSE 피오르드에 있는 Preikestolen에서 -

최 말단으로 경제기획원에

대학 졸업반이 되어서도 가정교사를 하지 않고서는 대학생활을 이어갈 수 없는 딱한 형편이 계속된 데다 서대문형무소를 나온 지 1년이 지나도록 정식 재판을 받지 못해, 수험준비는 물론 진로조차 제대로 결정할 수 없는 불안한 나날이 계속되던 9월 어느 날, 생각지도 못한 신문광고 하나가 내 마음을 사로잡았다.

총무처장관 명의의, 당시에는 흔치 않았던 국가공무원 채용공고였는데, 최말단인 5급을(乙) 국가공무원을 시험을 쳐서 뽑는다는 내용이었다.

졸업 날은 가까워 오고 학교수업은 파장분위기가 되어 안절부절 못하고 있을 때였으니 반가운 소식이 아닐 수 없었다.

나보다 한 학년이 빠르게 된 입학 동기생들이 행정고시를 준비하느라 여념이 없던 모습을 출소 후 1년 가까이나 보아온 터라, 행정고시에 대한 미련이 없는 것은 아니었지만, 언감생심 그 때 당장 시험 준비를 할 형편도 아니었으니 급한 대로 최 말단이지만 일단 공무원이 되어서 형편을 보자 하는 맘이 생겼다.

공고내용을 보니 수험 준비를 따로 할 필요는 없을 듯 했다. 평소 실력으로 시험을 보더라도 설마 떨어지기야 하겠나 싶었다. 시험과목이 국어, 영어, 수학, 국사, 일반상식 다섯 과목밖에 안 되는데다 일반상식을 제한 네 과목은 세 차례의 대입 준비와 가정교사 생활로 아직도 기초실력은 단단하다고 자부하고 있었으니….

시험 결과는 역시 보나마나였다. 나를 포함한 20여 명이 경제기획원(기획재정부의 전신)으로 발령을 받았다. 최 말단 공무원이었지만 거의가 대학출신으로 명문대학을 나온 친구도 더러 있었다.

당시만 해도 경제기획원이나 재무부 같은 힘 있는 1급 부처에서는 행정고시에 합격한 사무관급 공무원뿐만 아니라 최 말단 공무원까지도 시험성적이 우수하고 학력이 좋은 합격생을 서로 데려가기 위해 총무처에 로비를 하던 시절이었으니 경제기획원 발령은 그것만으로도 자부심을 가질 만했다.

1966년 11월 1일자로 발령장을 받고 그 날짜로 신설된 투자진흥관실 근무를 명한다는 임용장을 받았다. 경제기획원! 우리나라 경제를 기획하고 다스리는 부처. 이름부터가 맘에 쏙 들었다.

수장이 부총리를 겸하고 있고 총리실 다음의 서열 2위인 부처라 힘까지 있어 보여 금상첨화라 생각되었다.

당시는 한국전쟁이 종식되고 휴전협정이 체결된 지 불과 10여 년밖에 안 된 시점이어서 폐허나 다름없는 국토를 재정비하고 경제를 부흥시키는 데 여념이 없던 시절이라, 경제개발의 견인차로서 경제개발5개년계획의 산실이자 총 사령탑 역할을 했던 경제기획원은 많은 엘리트 공무원들의 선망의 대상이 되고 있었다. 더욱이 내가 발령받은 당시의 경제기획원은 강력한 리더십과 추진력을 지닌 장기영 부총리가 1969년 취임한 김학열 부총리와 함께 경제기획원을 전성시대로 이끌어가던 시기였으니, 비록 말단이긴 했지만 그런 부처의 일원이 된다는 것이 자랑스럽지 않을 수 없었다.

경제기획원 청사 앞에 선 햇병아리 공무원 시절의 필자. 옆은
연대 행정과 입학동기인 박창덕 군.

　거기에다 당시 경제기획원이 청사로 쓰고 있던 건물은 서울에서도
보기 힘들었던 8층짜리 최신식 건물로서, 그 옆의 USOM(주한미경
제협조처, 뒤에 USAID로 바뀌었다가 지금은 미대사관 건물로 쓰이
고 있음) 건물과 함께 중앙청(지금은 허물어버려 없어진 옛 조선총
독부 건물) 앞 그 넓은 광화문거리 한복판에 덩그러니 서 있었는데,
당시만 해도 광화문 대로에는 지금의 정부제2종합청사나 세종문화
회관, KT빌딩, 교보문고 같은 현대식 고층빌딩은 하나도 없었던 때
라, 두 쌍둥이 빌딩이 유독 우뚝하고 멋있게 보였기에 그런 훌륭한
건물에서 근무해보고 싶은 충동을 일으키기에 충분했다.

옛날 조선시대 6조 관아가 밀집해 있던 서울 한복판 심장부, 건물 좋고 힘 있는 그런 인기 부처에 발령을 받았으니 발령을 받는 그날부터 의기소침했던 지난날들을 다 잊은 듯 의기양양해졌고, '정말이지 말단으로라도 공무원 되기를 참 잘했구나! 하는 생각을 가지게 되었던 것이다.

발령 한 달 만에 들통난 '입건된 자'

경제기획원 발령을 받고 한 달도 안 된 어느 날 총무과장님이 찾으신다는 비서아가씨의 연락을 받았다.

무슨 일로 찾으시나 궁금해 하면서 총무과장실로 들어서니 책상 앞 소파에 앉아 계시던 과장님이 화난 얼굴로 벌떡 일어서시더니 종이쪽지 하나를 불쑥 내미셨다.

"어이, 조정현 씨 이게 뭐야!"

먼저 눈에 들어온 글자가 맨 위의 '신원조회서'였고 아차 싶어 맨 아래를 보니 '치안국장'이라 쓰여 있었다.

'집회 및 시위에 관한 법률위반 및 공무특수방해죄로 입건된 자임.'

총무과장 앞으로 날아든 치안국장 명의의 신원조회서였다.

치안국장 이름 옆에 치안국장 직인이 묵직하게 찍혀 있었다.

순간 온갖 생각들이 머리를 스쳤다.

'이 일을 어찌하면 좋지?'

난감한 게 한두 가지가 아니었지만 제일 난감한 건 '이 일을 아버님께 과연 말씀드려야 하나'하는 문제였다. 아버님께는 재판 받을 때까지 만이라도 다녀보려고 우선 하위직을 뽑는 시험에 응시하여 경제기획원에 다니게 되었다고, 몇 번을 망설이던 끝에 며칠 전에야 겨우 말씀을 드렸는데 괜히 말씀드렸구나 싶은 게 정말 후회막급이었다.

아무 말도 못하고 서 있는 나에게 총무과장님이 재차 물으셨다.

"자네, 데모했어!?"

무어라고 대답을 해야 할지 얼른 생각이 나질 않았다.

순간 죄송스러운 생각이 앞서면서 '경제기획원 들어오려고 머리 싸매고 고생한 것도 없는데 그만두면 되지 뭐, 좀 아쉽기는 하지만!' 하는 생각이 든 데다, '말단인데….'하는 생각까지 들자 나도 모르게 "전 이런 게 날아올 줄은 미처 몰랐습니다. 과장님 죄송합니다. 내일부터 안 나오겠습니다." 그렇게 대답하고 말았다.

그런데 과장님의 반응은 의외였다.

"그게 아니고… 자네 아직 정식 재판은 안 받았지!?"

"네."

"그럼 내 모른 척하고 있을 테니, 재판 받을 때 꼭 선고유예를 받도록 해! 어떻게 하든 선고유예를 받아야 돼! 알았어!?"하시는 게 아닌가.

이렇게 해서 정이 채 들기도 전에 그만두었을 지도 모를 경제기획원이란 부처는, 그 후 내가 33년이란 긴 공직생활을 하면서 가장 긍지와 자부심을 갖고 근무했던, 한평생 자랑스럽게 생각하는 그런 직장이 될 수 있었다. 당시 총무과장이셨던 정상조 과장님은 경북의 명문 K고교와 서울법대를 나오신 분으로 내가 보기에는 조금은 반골기질을 가지셨던 것으로 기억되는데, 그 분이 만일 그 때 날 봐주시지 않고, "자네, 집회 및 시위뿐 아니라 공무특수방해죄로까지 입건이 돼 있으니 공무원 계속하기는 힘들 거야! 다른 직장을 구해보는 게 어때?"하셨더라면 지금 나는 어떻게 되어 있을까?

그리고 만일 내가 그때 경제기획원을 쫓겨나서 공직이 아닌 다른 직장을 구했더라면, 공직생활을 32년 이상이나 하고서도 공직자로

서 누릴 수 있는 가장 큰 혜택인 공무원연금을 받지 못하는 억울함은 면할 수 있었을 텐데 하는 생각이 들어 씁쓸하기도 하다.

그로부터 반년이 지난 1967년 5월에야 정식 재판을 받을 수 있었다. 당시는 6·3사태로 인해서 워낙이나 학생데모가 많았던 시절이라 그 많은 사건을 제때에 처리할 수가 없었던 때문이리라. 아무튼 총무과장님이 시키시는 대로 선고유예를 받기위해 내 딴에는 최선의 노력을 다했다.

'학생신분으로 데모를 했을 뿐인데 공직을 그만 두게 할 정도의 중죄를 줄 리야 없겠지!'하는 안일한 생각도 들었지만, 혹시라도 잘 못되면 어쩌나 하는 생각에 국선변호인에게 열심히 부탁도 드렸고, 그래도 미심쩍어 당시 서울지방법원 부장판사로 계셨던, 나한테는 사형되시는 분(사실대로 말하자면 나한테는 큰집 형수님의 남동생 되시는 분으로, 김영삼 정권 때 청와대 사정담당비서관을 지내셨고 그후 감사원장까지 지내신 김영준 님)한테도 큰 맘 먹고 찾아가 부탁을 드리기도 했다.

그래서 모든 게 잘 되겠지 안심하고 기다렸다.

물론 판결내용은 바라던 대로 선고유예였다.

그런데 그 선고유예가 공무원 당연퇴직 사유에 해당하는 징역형이라는 꼬리표가 붙은 선고유예일 줄이야! 그리고 그 꼬리표가 공직을 퇴임한 후에도 나에게 너무나 큰 멍에가 될 줄은 그 때는 정말 몰랐었다. 32년 이상을 성실하게 공직에 근무하고서도 공무원연금을 받지 못하는 원인이 되고 말았으니….

외자도입의 역군이 되다.

　내가 처음 발령받았던 경제기획원 투자진흥관실은 발령일인 1966년11월1일자로 신설되는 부서였다.

　당시만 해도 경제개발을 위한 투자재원을 외자에 의존할 수밖에 없어 외국인투자의 중요성이 날로 높아지고 있던 때라 외국인투자를 보다 적극적으로 유치하기 위한 조치의 하나로 경제기획원에 전담부서인 투자진흥관실을 신설하기에 이르렀는데, 그 신설된 부서에 내가 공직의 첫 발을 들여놓게 된 셈이었다.

　발령장을 받고 1층에 새로 마련된 사무실로 갔더니 '투자진흥관실'이라 쓴 명패만 걸려있을 뿐 책·걸상 하나 없는 빈 방만 나를 기다리고 있었다.

　첫날부터 경제기획원 옆 건물인 USOM 창고에 보관되어 있던 중고 책·걸상과 캐비넷(중고지만 새것보다 더 좋은 철제 사무용품들) 중 깨끗한 것을 골라 우리 사무실로 옮겨오는 일부터 했다.

　책·걸상이 놓이고 그 주인공들이 모여들자 투자진흥관실은 드디어 진용이 갖춰졌는데 그 분들의 면면을 보면,

　양윤세 국장님(後에 청와대 비서관과 주미대사관 경제공사, 동자부장관 역임)을 비롯해 이선기 과장님(동자부장관 역임), 차화준 서기관님(울산출신 국회의원 지냄), 김동배, 박수환, 이성곤, 이학성 네 사무관님, 이강두님(거창출신 4선 국회의원 지냄), 윤영흠님과

막내인 나 그리고 타자수를 겸한 여직원과 사환 각 1명 등 총 12명의 단출한 식구였다.

　투자진흥관실이 개설되면서 제일 먼저 착수한 일이 외국인투자환경 개선이었다. 외자도입법을 개정하여 외국인투자기업에 대하여는 조세를 대폭 감면하는 등의 인센티브를 제공하고 각종 규제를 완화했으며 투자절차를 간소화하는 등 투자환경을 개선해 나갔다.

　이러한 과감한 개혁이 가능했던 것은 당시 장기영 부총리의 외자도입에 대한 소신 있는 추진력과 양윤세 투자진흥관에 대한 상부의 신임이 두터웠던 때문이라고 생각되었다.

　이처럼 외국인투자환경을 개선하는 한편 미국으로부터 대규모 투자사절단을 유치하기도 했다.

　미 국무차관을 지낸 George Ball씨가 존슨 대통령에 의해 단장으로 지명돼 20여명의 미국 저명 기업 대표들로 구성된 투자사절단을 이끌고 1967년 2월 한국에의 투자를 탐색하기 위해 우리나라를 찾은 것이다.

　이들을 맞이하기 위해 김정렴 당시 대통령 비서실장을 단장으로 모시고 양윤세 국장님의 진두지휘 하에 투자설명회 자료와 각종 연설문을 국문, 영문으로 따로 만드는 것을 비롯하여 스케줄 작성, 공항영접, 사절단원들의 Walker Hill 숙소배정 및 안내, 투자설명회 행사장 안내, 명패작성 등 잡다한 준비를 10여명의 식구들이 한 치의 차질도 없이 해 내는 것을 보고 투자진흥관실 상사님들과 선배님들의 능력과 일처리 솜씨에 감탄을 금할 수 없었다(물론 외국인 자문관 1명을 두고 자문을 받았었다). 경제기획원에는 우수한 인재들이 참 많구나 하는 것을 실감할 수 있었고 공무원을 시작한 지 얼마 되지 않은 때라 정말이지 신선한 충격을 받았었다.

그때 외국인투자설명회 행사장이 어디였는지 정확한 기억은 없지만 사절단을 비롯한 미 대사관 직원들과 외국인투자기업 대표등 행사장을 가득 메운 외국인들이 양윤세 국장님의 능숙한 영어스피치에 박장대소를 하기도 하고 박수를 치며 환호하던 모습은 지금도 눈에 선하게 남아있다. 코넬대학을 나오시고 하버드대학원에서 수학하신 양윤세 국장님의 영어실력이 EPB 내에서 단연 으뜸이라는 소문이 사실로 확인되는 자리이기도 했다.

내가 투자진흥관실에 근무했던 6년 동안 외국인투자는 매년 늘어 1967년에는 3천만 불에 불과하던 것이 1972년에는 1억5천만 불 수준으로 늘어나 있었다.

이는 제2차 경제개발5개년계획의 성공적인 수행으로 고도성장이 계속되면서 우리나라에 대한 투자가치와 기대감이 커진 때문이라 할 수 있겠는데, 그 즈음 Motorola, IBM 등 이름만 들어도 알 수 있는 세계 유수의 다국적 기업들이 앞다투어 투자하기에 이르러 가히 외국인투자의 전성기라해도 좋을 만큼 외국인투자가 러시를 이루었다. 처음 11명으로 출발했던 투자진흥관실은 얼마 후 국으로 승격되면서 직원 수도 30여 명으로 늘어났고, 업무도 폭증하여 투자가의 국적에 따라 미주지역, 일본지역, 기타지역으로 나누어 담당해야 할 정도로 늘어났다.

외국인투자가 우리나라에 들어오기 시작한 초기 단계에 투자진흥관실에서 공무원생활을 시작했고, 6년이라는 짧지 않은 기간 동안 비록 말단이긴 했지만 정말 열심히 일해 외국인투자의 기틀을 다지는데 조금은 기여를 했다는 데 큰 자부심과 보람을 느끼고 있다.

그리고 항상 긍정적인 자세로, 또한 민원인의 입장에서 서비스하는 자세로 업무를 처리하던 투자진흥관실 분위기가 나의 공직생활에 알게 모르게 좋은 방향으로 영향을 미쳤으리라는 생각에 지금도 투자진흥관실 첫 근무를 큰 행운이요 보람으로 생각하고 있다.

초임공무원 시절 생각나는 일들

투자진흥관실은 내가 처음으로 공무원생활을 시작한 곳이기도 했지만, 가정교사하며 학교 다니느라 하루도 편안한 날이 없을 정도로 고생만 하던 끝에 얻은 직장인데다, 양윤세 국장님을 위시한 상사들과 동료 모두가 한가족처럼 느껴지는 따뜻한 분위기가 좋았고 또한 남들이 부러워하는 번듯한 직장에 다닌다는 자부심으로 정말 열심히 일했고 또한 즐거운 나날을 보낼 수 있었다.

그러다 보니 즐겁고 재미있는 추억이 많은 곳이기도 하다.

신사복 한 벌 없어 대학 다닐 때 입던 검정색 꾸지리한 작업복 차림으로 출근을 하다가 처음으로 월부 신사복을 맞춰 입고 흰 와이셔츠에 넥타이까지 매고 출근하던 날, 직원들이 와! 함성을 지르며, "조정현씨, 이제 촌놈 때 다 벗었네. 장가가도 되겠다."하며 놀리던 일은 지금 생각해도 얼굴을 벌겋게 달아오르게 한다.

신사복 얘기가 나왔으니 촌놈 때 벗기 전의 일화 한 토막 더.

당시에는 '월간경제동향보고'라고 해서 한 달에 한 번씩 경제기획원에서 대통령에게 경제동향을 보고하는 큰 행사가 있었다.

그날(우리는 통상 '월경날'이라고 불렀다.)은 경제기획원에 비상이 걸리는 날이었다. 총리이하 전 각료와 국회의 관련 상임위원장, 여당인 민주공화당의 정책위의장, 한국은행총재 등이 배석한 가운데 부총리가 대통령에게 보고를 하는 날이었으니, 경제기획원은 잔칫날처럼 붐벼 신분이 확실하지 않은 사람은 철저하게 출입이 통제되고 있었는데, 출근한 지 며칠도 안 된 햇병아리였던 내가 그런 사실을 알 리가 만무했다.

입고 있던 옷이 작업복이라 신경이 쓰이긴 했지만 그래도 태연하게 입구로 들어서려는데 검문하던 경찰이 신분증 제시를 요구했다.

발령받은 지 며칠 되지도 않았던 때라 신분증도 없었으니 영락없는 불량배로 보였을 수밖에. 한참동안 곤욕을 치르다가 대통령께서 가시고 난 다음에야 겨우 입장할 수 있었다.

다음은 시골 촌놈이 최신식 건물 화장실에 놀란 얘기 하나.

발령동기 중에는 서울에 처음 올라온 시골 출신들이 더러 있었는데 그 중 한 친구가 예비소집 날 소집이 끝나고 돌아가는 길에 급하게 화장실에 들어갔단다.

생전 처음 보는 이상하게 생긴 변기였지만 변기는 틀림없는 변기겠지 싶어 급한 김에 엉덩이를 까고 앉았는데 앉아서 앞뒤를 살펴보니 아무래도 방향이 잘 못된 것 같아 안절부절못하다가, 일을 끝내고 아래를 보니 식기로 쓰는 하얀 사기그릇보다 더 깨끗한 변기에 자기가 밀어낸 커다란 퇴물 덩어리만 흉물스럽게 남아 있는 게 너무나 창피해서 그냥 나와 버릴 수도 없고, 한참을 앉아서 궁리를 하던 끝에 용기를 내 뒤쪽에 있는 쇠뭉치(수전간)를 한손을 뻗어 겨우 잡고 밀어도 보고 당겨도 보고 하던 끝에 자기도 모르게 밑으로 힘껏 눌렀더니 펑 소리를 내면서 물줄기가 터져 나오는데, 물살이 하도 세고 많이 나오는 바람에 수도 파이프가 터졌나 하고 놀라 바지를 올릴 새도 없이 튀어나왔다는 얘기를, 지금도 만나는 회식자리에서 고정메뉴로 떠올리곤 한다.

기왕에 투자진흥관실 얘기가 나왔으니 나의 직속 상관이셨던 이학성 사무관님 얘기를 하나 더 해야겠다.

이 사무관님은 내가 투자진흥관실에서 6년 이상 근무하면서 가장 오래 직속상관으로 모셨던 분이고, 33년 공무원생활 중 제일 먼저 직속상관을 하신 분이신데, 선비냄새가 나고 인품이 좋으신데다, 부산 출신으로 집사람의 K여고 선배이신 사모님까지 지성적이어서 내가 가장 존경하는 공무원 중의 한 분이셨다.

한 번은 이 사무관님이 미국 밴더빌트대학으로 유학을 가시게 되었다면서 나에게 수학을 잘 하느냐고 물었다. 그건 왜 물으시냐고 했더니 유학 가서 경제학을 공부하려면 꼭 필요하다며 나에게 수학기초를 가르쳐 달라는 것이었다.

비록 낙방을 하긴 했지만 서울공대엘 들어가려고 두 번이나 응시를 한 경험이 있어 다행히도 그때까지 초보적인 수학정도야 가르칠 실력은 충분했다. 그래서 매일 아침 일찍 출근해서 1차함수, 2차함수, 인수분해와 미분, 적분 등 기초개념을 1시간씩 가르쳐드렸는데 유학 가서 정말 유용했다며 고마워하셨다. (올A를 받으셨다는 얘기를 후에 들었다.)

그리고 또 한 번은 자기 처남(경기고1년생)이 학교에서 영어 웅변대회에 나가려고 원고를 준비하고 있는데 서두를 어떻게 써야할지 몰라 고민하고 있다면서 혹시 좋은 아이디어가 없느냐며 나에게 물으셨다.

나는 고교 2학년 때 우리학교 영어웅변대회에서 1등을 한 고3선배님의 웅변원고가 우리학교 교지에 실린 일이 있어 그걸 몽땅 외웠었고, 이 사무관님이 물어보시던 그 때까지도 그 앞 부분은 외우고 있던 참이라 아주 유용하게, 그야말로 유용하게 써 먹었던 기억도 난다. 그 앞부분은, 'Honorable faculties and my fellow students, I am great honored by having this opportunity to talk about some problems⋯.' 어쩌고저쩌고 하는 것이었는데, 듣고 계시던 이 사무관님이 "조형! 조형한테 물어보길 정말 잘했네요! 정말 고맙소! 역시 경고 나온 사람이⋯."하시던 생각이 난다.

이 사무관님이 물어보시던 그 때가 벌써 40년이 넘었는데 그때까지도 외우고 있었던 걸 보면 '역시 공부는 학교 다닐 때 해야 되는구나.'하는 확신을 가지게 된다.

경제개발계획 사령실의 보조수

처음 발령받은 투자진흥관실에서 6년여 동안 근무한 후 두 번째로 발령받은 곳이 경제기획국 종합기획과였다.

경제기획원의 3대 기능을 꼽는다면 기획·예산 기능과 외국자본을 조달하는 협력기능을 들 수 있는데, 그 가운데서도 기획기능은 경제 기획원을 대표하는 기능으로 꼽히고 있었다.

경제개발5개년계획의 산실이라 할 수 있는 경제기획국은 경제기획원의 핵심조직으로 장기개발계획의 수립과 집행을 담당했었는데, 경제기획국 안에서도 종합기획과야말로 5개년계획을 총괄 지휘하는 사령탑이자 조타실이라 할 수 있었다. 발령장을 받고 찾아간 종합기획과는 분위기가 투자진흥관실과는 전혀 달라 보였다. 일에 너무 몰두한 나머지 옆 사람과 대화도 안 하는 그런 무거운 분위기가 짓누르고 있어 주눅이 들것만 같았다. 그 때가 한창 3차 경제개발5개년계획의 추진상황을 점검하고 4차 계획을 입안하기 시작할 때였으니 그럴 만도 하구나 싶었다. 하지만 그 무거운 분위기가 좋게 느껴지지는 않았다.

당시 사령탑에는 강경식 국장님(후에 대통령 비서실장과 부총리 역임)과 이진설 과장님(대통령 경제수석비서관, 건설부장관 역임)이 계셨고, 그 밑에 사무관으로는 강봉균 사무관(경제기획원장관 역임, 분당 및 군산 출신 3선의원)과 군산 앞바다 훼리호 전복사고 때 유명을 달리하신 고광신 사무관 그리고 정문수 사무관(청와대 경제수석비서관 역임), 최창림 사무관 네 분이 계셨는데, 나는 당시 수석사무관이었던 강봉균 사무관의 조수로 일하게 되었다.

1등 부처인, 경제기획원의 수석국 경제기획국에서도 수석과의 수석사무관을 도우는 조수가 된 셈이었다. 하지만 내 능력이나 실력으로는 수석사무관의 짐을 조금도 덜어줄 수가 없었다.

경제기획국의 우수한 사무관들은 단순히 장단기 경제계획을 수립하는데만 그치는 것이 아니라 대내외의 경제여건을 파악하고 이에 대응하는 정책수단을 개발하는 역할도 담당하고 있어 경제적인 식견과 소양을 갖췄음은 물론 끊임없이 공부하고 연구하는 학자적인 기질도 갖추고 있었다. 그런 사무관 밑에서 일해야 하는 나는 대학 1, 2학년 때 경제원론과 재정학, 회계학을 한두 학기씩 들었을 뿐 경제분야에는 기초적인 소양조차 갖추지 못한데다가 대학을 졸업하고 투자진흥관실에서 6년여 동안 정신없이 일하다 보니 경제관련 책이라고는 한 권도 제대로 읽지 못한 형편없는 실력의 소유자였으니 종합기획과 수석사무관의 기획업무를 덜어주기는 커녕 오히려 짐이 되는 것 같았다.

투자진흥관실에 근무할 때는 일 잘한다는 소리를 듣기도 했던 터라 일하는 재미가 있었는데 여기서는 전혀 그렇지가 못하니 시간이 지날수록 재미를 잃어가고 있었다는 게 솔직한 심정이다. 그러면서도 전자계산기를 두드리고 공문을 수발하는 등의 단순업무를 도우면서 2년 이상을 버렸으니 이때가 나에게는 정신적으로나 경제적으로 가장 어려웠던 시기였다는 생각이 든다.

마누라와 마주앉아 원고지 메우고

경제기획국은 경제기획원의 중추적 역할을 담당하고 있었지만 현실적으로는 일하기가 가장 힘든 부서였다.

예산국은 예산 배정과 집행 등을 통해 정부 각 부처나 공기업에 막강한 힘을 행사하고 있었고, 경제협력국과 투자진흥국은 외자도입을 통해 산업계와 접촉하는 등으로 비빌 언덕이라도 있었지만, 그렇지 못한 기획국은 큰소리 칠 곳은 아무데도 없는데 자료 얻으러 여기저기 아쉬운 소리나 해야 하는 입장이었으니 힘들 수밖에 없었다.

경제개발5개년계획을 한창 입안할 때에는 기획국 직원이면 누구나 다 토요일도 없이 야근하기가 일쑤였고 일요일에도 출근해야 하는 경우가 많았다. 매일 저녁 경제기획원 근처 식당에서 설렁탕을 먹거나 수송반점이란 중국집에 짜장면이나 짬뽕을 냄새가 나도록 시켜 먹었다.

그러다 보니 외상값 밀리는 건 다반사였고 몇 달에 한번씩 밀린 외상값을 정리하곤 했는데 그 많은 식비가 어디서 나와서 한꺼번에 정리를 할 수 있었겠는가!?

출장이라도 가는 부처 같으면 가라출장(?)이라도 끊어서 보태겠지만 달리 방도가 없었으니 원고료라도 타서 해결하는 수밖에!

국(局) 서무담당은 야근비등 시간외 근무에 따른 비용 충당을 위해 직원들에게 원고를 쓰도록 권유했다.

원고지 100매당 원고료가 얼마나 나왔는지는 알 수 없지만 예산에 책정된 쥐꼬리만한 시간외 근무수당만으로는 밤낮 없이 야근을 해대는 직원들의 식비도 부족한 형편이었으니 예산국에 특별히 로비를 해서 원고료 예산만은 좀 넉넉하게(?) 배정을 받아두고, 그 예산만큼은 한 푼도 남기지 않고 전부 집행해 국 공동경비며 외상식대 갚는 데에 썼고, 남는 것은 직원들에게 후생비 명목으로 조금씩 지원을 했는데 그 돈이 생계에 많은 보탬이 되었었다.

공무원 봉급 받아서는 빠듯한 생활도 어려운 실정이었으니 결국 원고료는 기획국 직원들에게는 불가피하게 생겨난 생활보조 수단이었던 셈이다.

원고료를 타려면 원고를 써야만 했다. 각자에게 배정된 원고 매수를 채워야만 했는데, 실제 머리를 써서 글을 쓰는 게 아니라(대부분의 직원들은 그럴 능력은 커녕 시간도 없었다) 번역한 글이든 국내 학자나 교수들이 쓴 글이든 경제란 낱말이 들어간 책은 모조리 구해다가 그냥 베껴서 원고지 매수를 채우기만 하면 되었다.

할당받은 원고 매수를 다 채우려면 시간이 부족할 수밖에 없었다.

일과시간 중에 쓸 때도 있었지만 쓰다가 못 쓰면 집에 가지고 가서라도 써야만 했는데 그럴 때가 더 많았다.

혼자서 쓰면 하루에 300장을 쓰기도 어려웠다. 보다 못한 마누라도 거들기 시작했다. 그 원고료가 생활비에 큰 보탬이 되었으니….

민원업무를 주로 다루는 투자진흥관실과는 달리 명절이나 연말이 되어도 설탕표나 구두표 한 장 생기지 않는, 그야말로 쥐꼬리 봉급만으로 생활하는 맑고 깨끗한 부서이다 보니 생활이 참으로 어려웠고 그래서 퇴근 후에는 중학교 다니는 주인 집 딸애와 그 친구들 2, 3명을 하루 두 시간씩 일주일에 서너 차례 가르치는 과외교사 노릇도 하던, 장위동 전셋집에 살던 시절이라 마누라도 열심히 거들 수밖에 없었다. 애들 셋을 다 재워놓고 마누라와 함께 앉은뱅이 책상을 마주하고 앉아서 밤늦게까지 정말 열심히 베꼈다. 글씨는 아무래도 좋았다. 많이만 쓰면 되었으니….

　애들까지 재워놓고 한밤중에 마누라와 둘이 앉으면 더 재미있는 일도 많을 텐데 하필이면 보기도 싫은 원고지를 밤마다 메워야 했으니 그 처량한 모습을 생각하면 지금도 눈물이 날 것만 같다.

드디어 사무관이 되다

　최 말단으로 공무원을 시작한 지 11년 만에 드디어 사무관으로 승진을 했다. 너무도 늦은 승진이었다.

　천성이 워낙 낙천적인데다 남한테 아쉬운 소리하기를 죽기보다 싫어했고 자질구레한 일에는 신경조차 안 쓰는 무딘 성격을 가지고 있다 보니 승진 서열은 항상 남들보다 뒤처질 수밖에 없었다.

　최 말단에서 주사까지 승급하는 데에도 동기생들보다 2~3년이 늦어버렸고, 다 된 밥에 코 빠뜨린다고 주사생활 2년을 넘긴 막바지에 재무부로 옮기는 악수를 두는 바람에 1년 이상이 더 늦어져 하위직 생활 10여 년만에 겨우 승진기회가 주어졌기 때문이었다.

　종합기획과 시절 주사경력 2년을 넘기면서 이제 시험 준비를 해야겠구나 하고 마음을 굳히자 초조해지기 시작했다.

　그 때 동기생들 중에는 이미 사무관이 된 친구도 있었고 대부분이 막바지 시험 준비를 하고 있었는데, 하필이면 우리 과에는 몇 번이나 낙방한 고참 주사가 앞을 가로막고 있어 초조하다 못해 조바심이 나던 판에 재무부에 다니던 친구로부터 눈이 번쩍 뜨이는 소식 하나를 듣게 되었다. 재무부에는 사무관이 되기 전에 공무원생활을 청산하고 금융계로 빠져나가는 주사들이 많아 승진 기회가 많다며 재무부로 옮길 의향이 있으면 인사계에 얘기를 해 주겠다는 것이었다.

　과장님과 사무관한테는 미안한 마음이 들었지만 내 문제도 신경을 써야겠다는 짧은 생각에 옮기기로 작정을 했더니 그 다음 날 당장 재무부 인사담당자로부터 연락이 왔다.

바로 할애요청을 하겠다며 우선 공보관실에 가 있으면 5~6개월 후에 희망하는 데로 옮겨주겠다는 언질까지 주는데에야 더 이상 머뭇거릴 이유가 없었다. 과장, 계장님께 사실대로 말씀드렸더니 일주일도 안 돼 재무부로 전출명령이 떨어졌다.

새로 옮긴 공보관실은 어차피 거쳐 갈 곳이라 승진 문제는 신경도 쓰지 않고 묵묵히 일만하고 있었는데 이번에는 이재1과 이수휴 과장님(후에 국방부차관과 은행감독원장 역임)께서 나를 부르시더니 같이 일하는 게 어떠냐며 나의 의향을 물어보시는 게 아닌가!

그때만 해도 이재국은 재무부뿐 아니라 모든 부처 중에서도 가장 힘이 있는 부서 중의 하나로 꼽히고 있었으니 마다할 이유가 조금도 없었다.

재무부로 전출간 지 7개월 만에 재무부의 핵심부서인 이재1과로 옮겨 당시 차석사무관이던 윤진식 사무관(후에 대통령실 정책실장 역임, 한나라당 국회의원 지냄)을 보좌하게 되었다.

당시 이재1과에는 양만기 사무관(후에 수출입은행장 등 역임)이 수석 사무관이었고 신호주 사무관(코스닥증권주식회사 사장 등 역임)과 이경태 사무관(OECD대사 등 역임)이 윤진식 사무관 옆에 나란히 앉아 각자 맡은 일을 서로 경쟁이나 하듯 정말 열심히 하고 있었다.

일은 배울만 했고 재미도 있어 매사에 치밀하고 성실하신 사무관을 도와 승진할 때까지 함께 근무하고 싶었지만, 승진문제가 워낙

급했던 나로서는 적어도 1년은 기다려야 승진기회가 올 수도 있다는 그 자리에 마냥 눌러앉아 있을 수는 없는 입장이었다.

배타적인 재무부가 타 부처에서 전출온 고참 주사에게 당장 유리한 서열을 줄 리가 만무하다는 사실을 간과한 채 승진기회가 많다는 친구 말만 믿고 섣불리 옮겨온 게 잘못이었다. 1년 이상을 더 기다릴 수는 도저히 없었다. 고민고민 끝에 이재1과로 옮긴 지 6개월 만에 다시 경제기획원으로 돌아와야만 했다.

종합기획과를 떠날 때와 마찬가지로 이재1과를 떠나올 때도 과장님과 사무관님께 꼭 배신을 하는 기분이었고 송구스럽기 그지없었다. 너무 경솔했던 내 처신을 40년이 지난 지금도 후회하고 있고 네 분 상사님들께는 아직도 죄송한 마음을 가지고 있다.

결국은 경제기획원으로 다시 돌아와 중동경제협력관실에서 근무하게 되었고 조경식 국장님(후에 농림수산부장관과 한국해양대학 총장 역임)의 배려로 돌아오자마자 바로 승진기회를 잡았으나 이번에는 준비 부족으로 실패하고 말았다.

6개월 후 두 번째 기회를 얻었을 때에는 한 달 가량 사무실로 출근도 않고 집에 틀어박혀 정말 열심히 했다.

한평생 그렇게 열심히 해본 적이 없을 정도로 열심히 했다.

그 때는 이미 동기생들 보다 2~3년이나 늦어지고 있은 때문이기도 했지만 그 보다는 시험공부에 방해가 될까봐 애들 셋을 데리고 하루 종일 밖으로 나돌다가 저녁때가 되어서야 돌아오곤 하는, 고생하는 집사람을 위해서라도 이번에는 꼭 합격을 해야만 했기 때문이었다.

그런데 시험을 치고 난 뒤 발표 때까지 하루도 맘 편할 날이 없었다. 그냥 조마조마해서라기보다는 아무리 생각해도 답안을 잘못 쓴 것 같고 이번에도 또 떨어질 것 같아 아무에게도 말 못하며 불안해하고 있었는데, 합격자 발표 날 총무처에 미리 전화로 확인을 하던 나의 직속상관 김택용 사무관이, "그래요? 합격이라고요!?"하며 나를 향해 두 손가락으로 동그라미를 그려 보였다.

드디어 사무관으로 승진을 하게 된 것이다.

너무 좋아 아무 말도 할 수가 없었다.

합격소식을 집사람한테 제일 먼저 전하면서 코끝이 찡했다. 정말이지 눈물이 났다. 집에 오자마자 마누라를 힘껏 안아주었다.

나이 서른일곱에 겨우 사무관, 그것도 서자 취급받는 특승사무관이 되었지만 그래도 너무 좋았다.

온갖 짐을 한꺼번에 벗어 버린 것 같았다.

사무관 책무가 그렇게 무거울 줄이야.

승진시험에 합격한 기쁨이 채 가시기도 전에 사무관 발령을 받았다. 경제협력국 경협2과였다. 당시 경제협력국은 민간 차관인 상업차관을 다루는 경협1과와 공공차관을 다루는 경협2과로 크게 나누어져 있었는데, 내가 속한 경협2과는 주로 IBRD, ADB, IMF등 국제금융기구로부터의 차관을 도입하고 관리하는 업무를 맡고 있었다.

당시 경제협력국장은 앞에서도 잠시 소개한 바 있는 차화준 국장님(후에 울산출신 국회의원 지냄)이셨고 경협2과에는 박종근 과장님(후에 대구출신 한나라당 국회의원 지냄)을 비롯하여 한덕수 사무관(현 국무총리, 부총리 및 주미대사 역임), 현정택 사무관(여성부차관, KDI원장 역임), 강석인 사무관(산업은행 감사 및 한국신용정보 주식회사 대표이사 역임)과 나 그리고 사무관 밑에 주사 한 사람씩과 여직원 등 모두 10명이 있어 비교적 단출한 식구였다.

내가 맡은 업무는 PL480(Public Law 480, 미 공법 480호)에 의거 밀, 옥수수 등 미국 잉여농산물을 원조나 다름없는 유리한 조건의 차관형태로 도입하는 것이었다. 농림수산부등 관련부처를 통해 밀, 옥수수등 농산물의 년간 소요량을 파악한 다음 그 중에서 되도록 많은 물량을 상기 차관으로 도입하기 위해 USAID측과 협상을 벌이는 게 주된 임무였다.

내가 경협2과에 재직했던 2년여 동안 매년 약 2, 3억불 상당의 물량을 도입했었는데, 지금 돌이켜보면 그 업무가 그렇게 어려운 것은 아니었지만 내가 사무관으로 발령을 받고 처음 그 업무를 담당했을 당시에는 엄청난 부담과 스트레스를 받아야만 했다.

사무관 한 사람이 주사 한 명의 보조를 받아 그 업무를 담당하고 있었는데, 나에게 엄청난 스트레스를 준 것이 바로 USAID와의 물량확보를 위한 협상이었다. 스트레스를 받지 않으면 안 되었던 이유를 얘기하자면 대충 이렇다.

첫째는 나의 영어회화 실력이 그야말로 형편없었다는 것이다.

솔직히 말해 필기시험이라면 낙제점이야 면할 수 있겠지만 외국인과의 대화는 간단한 인사 한 두 마디 외에는 해 본 적이 없는데 발령을 받자마자 그 다음 날부터 당장 USAID측 담당자와 네고를 해야만 했으니 얼마나 당황스럽고 또 홍역을 치렀겠는가!

생각해 보시라. 명색이 한국측 담당자라며 찾아온 경제기획원 사무관이란 자가 영어 한 마디 제대로 못 하고 손짓 발짓만 하고 있어서야 엘리트 부처라고 자처하는 우리 EPB(Economic Planning Board)의 체통이 어떻게 되겠는가 말이다.

둘째는 내 책임 하에 네고를 하고 확정해서 도입해야 할 차관 규모가 엄청 크다는 사실이었다. 불과 4~5년전 투자진흥관실에 근무하던 때에는 많아야 몇 백만불, 보통 몇 십만불짜리 외국인투자를 다루는 게 고작이었는데 하루아침에 몇 천만불도 아닌 몇 억불짜리 차관을 다루어야만 했으니 우선 그 규모에 겁을 먹을 수밖에 없었고, 행여나 사소한 실수로 일이 잘못 되기라도 하면 어떡하나 하는 두려움과 무거운 책임감에 사무관이고 뭐고 다 집어치우고 어디로 숨어버릴까 하는 생각이 들 정도로 스트레스가 컸던 것이다.

셋째는 동료 사무관들의 뛰어난 영어회화 실력이 옆 사람을 주눅 들게 만든다는 사실이었다. 한덕수 사무관과 현정택 사무관은 둘 다 전국 최고의 명문고 출신에다 서울상대 수석졸업, 행시 수석합격이라는 그야말로 빵빵한 실력자들이었고 강석인 사무관 역시 연대를 나온 행시 출신의 이름난 일꾼이었는데, 유독 나 혼자만 특승 출신이라는 사실도 나를 주눅 들게 하기에 충분했다.

현정택 사무관과 함께 체육의 날 행사 때 서울 근교 어느 절에서.

그 뿐만 아니라 한덕수, 현정택 두 사무관은 IBRD나 ADB측 직원들이 사무실에 오기라도 하면 유창한 영어로 같이 웃고 떠들며 마음대로 대화를 해 옆 사람의 기를 사정없이 꺾어 놨는데, 혹시라도 다른 사무관들이 있을 때 USAID에서 나를 찾는 전화라도 오면 다 죽어가는 소리로 쩔쩔매는 불쌍한 꼬락서니를 보여주어야 했으니 내가 받은 스트레스가 얼마나 컸겠는지는 생각만 해도 능히 짐작하고 남으리라 믿는다.

아무튼 너무나 큰 스트레스에 정말 죽을 노릇이었다. 사무실 나가는 게 고역이었고 밥맛을 잃어 한동안 밥을 통 먹지 못할 정도였다. 실력도 없는 사람을 예쁘게 보시고 그런 자리에 발령을 내 버리신 우리 국장님이 그렇게 원망스러울 수가 없었다.

그런데 세월이 약이라던가. 그토록 심하던 스트레스가 날이 갈수록 조금씩 약해져 갔다. 한 달 정도를 그렇게 고민하던 끝에 '이래서는 안 되겠다 정신을 차려야지!'하면서 생각해 낸 것이 '몸이 아프다며 며칠 휴가를 얻어 최근 몇 년 동안의 차관협정서 등 네고와 관련있는 문서에 자주 등장하는 전문용어와 단어들을 추려서 네고하는 데 필요한 대화체 영어문장을 내가 직접 만들어보자! 그래서 그걸 외워서 써먹자!'하는 것이었다.

용기를 내 '존 웨인'이란 별명을 가졌던, 키 크고 무섭기만 하던 과장님 방으로 들어갔다.

"과장님, 이유도 없이 머리가 띵 하고 어지러운 게 영 몸이 안 좋습니다. 며칠 쉬면 안 되겠습니까?"

과장님도 내가 어려워하고 있음을 눈치채고 계셨던지, "그래? 거라믄 집에 가서 푹 시라꼬!(쉬라고!). 사무실 걱정은 안 해도 댄다꼬!"하시는 게 아닌가.

하버드대학 유학중인 강석인 사무관 부부와 함께. 뉴욕 여행중 보스턴으로 달려가 대학 구경도 하고 맛있는 피자 대접도 받고.

119

지금도 박종근 의원님은 대구쪽 사투리를 유난히 많이 쓰신다. 그때도 꼭 그런 표현을 쓰셨던 것으로 기억하고 있다.

아무튼 4~5일 휴가를 얻어 수십 개나 되는 문장을 만들어서 입에서 줄줄 나올 때까지 외우고 또 외웠다. 그렇게 해서 임기응변으로 위기를 모면했던 기억이 난다. 그 때 내가 손수 만들어 쓴 영어야 말로 진짜 엉터리 영어였을 텐데도 말이다.

800m 달리기 대회에서 얻은 교훈
- 재무부 시절, 체육대회를 회상하며

봄 가을이 되면 정부 각 부처는 체육대회라는 거창한 행사를 한다.
토요일 하루, 전 직원들이 야외 운동장으로 나가 축구, 배구, 달리기 등으로 국 대항 시합을 하면서 하루를 즐기는데, 체력 단련은 물론 직원들 상호간의 협동심을 기르고 유대를 강화한다는 것이 주된 목적이다.

경재기획원과 재무부의 조직개편에 따라 재무부로 옮겨와 보니 체육대회 열기가 대단함을 느낄 수 있었다. 재무부의 오랜 전통인 듯 했다. 특히 축구의 경우가 심했는데 훌륭한 선수감이 있으면 다른 부처에서 스카웃을 하는 경우도 있었고, 실업팀에서 훌륭한 코치를 모셔다가 선수들을 훈련시키는 경우도 많았다. 출전선수로 뽑히면 업무 챙기랴 연습하랴 한 달이 언제 지나가는지 모를 정도로 바쁘게 뛰어야만 했다.

내가 재무부로 옮겨 온 것이 1982년 3월이었는데, 그 해 4월에 체육대회가 열렸다. 체육대회 종목에는 경제기획원에는 없는 800m 달리기대회가 있었다. 희망자는 누구나 뛸 수 있었지만 출전선수를 30대 이하 그룹, 40대 그룹, 50대 이상 그룹 이렇게 세 그룹으로 나누어 자기가 속한 그룹에서만 뛸 수 있게 되어 있었다.

그 때 내 나이가 만으로 40세가 되는 해였으니 40대로 출전하면 가장 젊은 선수가 되는 셈이었다. 운동이라면 남에게 뒤지지 않을 정도로 기본은 갖추고 있는데다 체력 단단하겠다 거기다가 평소에도 운동을 게을리하지 않는 편이었으니 800m에 출전하면 1등도 문제없겠다는 생각이 들었다. 1주일 전부터 근처 초등학교에 가서 운동장을 천천히 돌면서 몸도 풀고 호흡조절도 해보는 등 대비를 했다.

드디어 체육대회 날. 기다리던 그날이 왔다.

당시 나는 젊었고 또 날쌘 편이라 축구선수로도 뛰었지만, 내가 속한 국고국 축구팀은 준결승전에도 못 올라갈 실력이어서 한 차례 축구시합에 선수로 뛰었지만 가능한 한 힘을 아끼며 무리하지 않으려고 노력했다. 체육대회의 꽃이라고 할 수 있는 800m 달리기대회를 염두에 둔 꼼수였음은 물론이다.

오후 늦게 모든 시합이 다 끝나고 오늘 대회의 하일라이트인 달리기 대회만 남았다.

모든 직원들이 오늘의 히어로를 보기위해 스탠드로 모여들었다.

망설여지기도 했지만 두근거리는 가슴을 안고 선수 대기석으로 갔다. 30대 그룹이 먼저 출발했는데 한창 나이라 그런지 달리는 속도가 생각보다 훨씬 빨랐다. 전속력으로 달리는 것 같았다. 내 실력으로는 어림도 없겠다는 생각이 들며 불안해지기까지 했다.

하지만 이미 엎질러진 물. 착잡한 마음을 누르며 출발선에 섰다. 출전한 선수들을 훑어보니 저 사람들 쯤이야 하는 생각이 든 데다 만년 우승을 한다는 "봉철이형"이라는 사람이 오늘 따라 보이질 않았다.

아 이것도 행운이로구나! 순간 자신이 생겼다.

출발신호가 들리기가 무섭게 선두그룹의 맨 앞으로 나섰다.

우선은 선두 그룹과의 간격을 벌려야 한다는 생각이 들었고, 30대 그룹 선수들이 뛰는 걸로 봐서는 조금은 빠르게 달려야겠다는 생각에서였다. 정신없이 달리다 보니 한바퀴, 400m는 금방 달려버렸다. 200m를 더 달려 뒤를 돌아보니 2위 그룹과의 간격이 30m도 더 돼 보였다. 이 정도면 되겠구나, 200m만 더 달리면 되는구나. 그런 생각을 하면서 뛰는데 아! 이게 어찌된 일인가!?

갑자기 발이 말을 듣지 않는다. 숨이 콱콱 막혀왔고 100m를 달리는데 그렇게 힘이 들 수가 없었다. 힘껏 뛰는데도 뛰어지지가 않았다. 그 때까지도 내 앞에는 아무도 없었다. 그런데 누가 내 옆을 지나갔다. 힘이 쭉 빠지면서 하늘이 노래졌다.

그 때였다. 보다 못한 우리 과 여직원이 달려와서 응원을 했다. 트랙 안쪽에서 나란히 달리면서 "조사무관님! 힘내세요. 조사무관님 다 왔어요!" 목청껏 응원을 하고 있었지만 이미 내 귀에는 아무 소리도 들리지 않았다.

골인 지점이 얼마 남지 않았는데 두세 명이 더 나를 추월해 갔다. 골인 지점을 겨우 지나 털썩 주저앉고 말았고, 결국은 3등도 못하고 말았다. 그 많은 사람들이 마지막 무너지는 내 모습을 보았다는 생각에 쥐구멍에라도 들어가고 싶었다.

이번 출전은 완전 실패였지만 한 가지 교훈은 얻었다. 800m를 처음으로 달려보았고, 또 계속 선두에서 달려본 결과 선두에서 달리면 유리할 게 하나도 없다는 분명한 교훈이었다. 그 이유는, 힘의 안배가 힘들고, 선두에서 달리니 불안해서 마구 달리게 돼 체력소모가 훨씬 더 빨라지기 때문이라는 생각이 들었다.

그런 경험을 바탕으로 다음 해에도 출전을 했는데 그 때는 3-4등 선수의 발뒤꿈치만 보고 달렸다. 힘이 훨씬 덜 들었고 마지막에는 스퍼트할 힘까지 남아 있었다. 그 때도 1등은 못하고 겨우 3등밖에 못했지만, 그래도 마지막에 무너지는 꼴은 보이지 않고 당당하게 골인할 수 있었던 걸 정말 다행으로 생각하고 있다.

800m 달리기를 하면서 나름대로 얻은 아래 교훈은 100세 시대를 사는 오늘의 나에게 좋은 길잡이가 되고 있다.

'매사를 서두르지 말고 느긋하게!', '매사를 좀 더 신중하게!'

혼자서 타지마할 찾은 진정한 여행 마니아

국장님, 제가 가면 안 되겠습니까?

1989년 재무부에 근무할 때다. 급한 민원서류를 찾으려고 문서접수대장을 뒤적이다가 눈에 번쩍 뜨이는 제목 하나를 발견했다.

'뉴델리대학 세미나 참석희망자 파견요청.' 보사부에서 발송한 공문이었는데 우선 뉴델리라는 도시 이름이 호기심을 자극했다. 제목만 봐서는 구체적인 내용을 알 수 없어 공문을 찾아 봤다.

인도 뉴델리대학 산하 연구소에서 '아시아 지역 농업발전을 위한 Bio Technology 정책'이라는 주제로 세미나를 개최하는데, 참가자에게는 Colombo Plan에서 왕복여비 및 체재비를 지원하니 많은 참가를 요망한다는 내용이었다.

'Bio Technology? 이런 공문이 어떻게 재무부에까지 날아왔지?' 하는 생각이 들었지만 아무튼 여비에다 체재비까지 대 주면서 초청한다니 마음이 동할 수밖에. 우선 희망자가 있는지부터 확인을 해봤다. 물론 없었다. Bio Technology 관련 세미나인데다 인도에서 한다는데 누가 희망을 하겠는가. '옳지, 이럴 때 인도에나 한번 가보자, 절호의 찬스다!'하는 생각이 머리를 스쳤다.

'특별히 바쁜 일도 없겠다, 우리 예산을 축내는 것도 아니겠다, 1주일 정도만 하면 되니까 국·과장님도 반대는 안하시겠지!' 용기를 내 국장님한테부터 먼저 말씀을 드렸다.

"세미나는 그냥 참석만 하면 되는 거고, 사실은 인도에 꼭 한번 가보고 싶습니다. 국장님, 제가 가면 안 되겠습니까!?"

단도직입적으로 그렇게 말씀 드렸더니, "인도라면 나도 한번 가보고 싶던 곳이요. 달리 희망하는 사람도 없고 돈도 대준다니 초청장을 썩히는 것 보다야 낫지요. 다녀오세요!"

이렇게 해서 생각지도 않던 해외여행을, 남들 같으면 감히 엄두도 못 낼 그런 여행을 하게 되었다.

뉴델리 대학 세미나장 입구에 선 필자

그 때만 해도 인도는 소수의 관심있는 사람들만 찾는 모험의 땅이었다. 막상 떠나려니 겁도 나고 걱정도 되었지만 미지의 땅을 밟아본다는 막연한 동경심에서 내가 자청한 일이라, 일단 부닥쳐 보자

하는 마음으로 비행기에 올랐다.

실로 10여 년 만의 해외여행 이었다.

이리하여 인도가 아니면 감히 맛볼 수 없는 색다르고 흥미진진한 경험을 많이도 하게 되었으니….

당시만 해도 김포공항에서 인도의 수도 델리로 가는 직항편이 없던 시절이라 홍콩에서 환승을 해야 했었는데, 다행히 홍콩에는 ㈜농심 주재원으로 있던 대학 친구(김신야)가 있어, 말로만 듣던 그 화려한 홍콩을 이틀 밤낮으로 쏘다니며 구석구석을 구경한 뒤라, 설사 인도여행이 기대에 못 미친다 하더라도 서운함은 덜하겠다는 생각으로 홍콩발 델리행 비행기에 몸을 실었다.

인도 비행기가 연발·착이 심하다는 그 친구의 얘기대로 출발부터가 40분 이상이나 늦더니 예정시간보다 1시간 정도 늦게, 저녁 11시 55분에야 델리공항에 도착했다. 짐을 찾아 도착로비로 나오니 12시 30분이 지나 있었다.

나를 픽업하기로 되어있던 세미나 관계자는 아무리 찾아도 보이지 않고, 두리번거리며 난감해 하고 있는데, 한 젊은 녀석이 다가오더니 낚아채듯 내 가방을 빼앗아서는 델리까지 태워주겠다며 앞장을 서는 게 아닌가!

어차피 택시라도 타야할 형편이었고, 혹시라도 택시보다 쌀 지도 모르겠다며 그 친구를 따라 나섰다.

청사 밖으로 나오니 너무나 어두웠다. 국제공항 주차장이 이렇게 어두울 수 있나 싶기도 하고 불안한 생각도 들어 그 녀석을 불렀으나 그 녀석, 들은 체도 않고 사방을 두리번거리며 뭔가를 계속 찾고 있었다. 아마 나를 태워갈 차를 찾고 있는 모양이었다.

내 가방을 끌고 어두운 주차장을 왔다 갔다하는 게 아무래도 불안하게 보여 가방을 빼앗다시피 하여 청사 안으로 도로 들어왔다.

청사 안에는 사람도 별로 없어 어떻게 할까를 궁리하고 있는데 그 친구가 다시 나타나서는 차를 찾았다며 내 가방을 또 말도 없이 끌고 가더니 이상하게 생긴 차의 트렁크 안에다 실어버리는 게 아닌가! 얼른 타라는 손짓을 해 차에 타려고 보니 불도 켜지 않은 어두운 차에는 운전석과 조수석에 시커먼 사람이 하나씩 앉아 있었다.

조수석 사람을 가리키며 저 사람은 뭐냐고 물었더니 밤중에는 안전을 위해 둘이서 다닌다며 차 떠나기 전에 팁부터 계산하라고 했다. 시키지도 않는데 가방을 맘대로 끌고 온 사람과 호텔까지 안전하게 모시고 갈 조수석 사람의 팁 10불씩을 합해서 전부 120불만 내란다.

호텔까지 안전하게(?) 모시고 가는 값이 120불!? 전혀 내키진 않았지만 그 야밤중에, 더구나 한 번도 와보지 않은, 치안이 불확실한 나라, 인도인데 어쩌겠는가!? 울며 겨자 먹기로 그 안전하다는 차에 몸을 맡겼다.

첫날부터 똥바가지를 그대로 뒤집어쓰는 기분이었다.

태연한 척 앉아 있었지만 온 신경을 곤두세워 차창 밖도 주시하고 앞에 앉은 두 녀석의 거동도 살피자니 온몸에 진땀이 다 났다.

고속도로도 아닌지 군데군데 신호등이 있고, 빨간 불이 켜지기라도 하면 한참이나 멈춰 서 있는 게 정말 불안했다.

우리나라 공항 가는 길처럼 밝기라도 하면 덜할 텐데, 어두워서 지척을 분간할 수 없는 길을 달리고 또 달리니 마치 괴한들한테 납치라도 돼 가는 기분이었다.

차안이 조용하니 더 불안했다. 그래 은근히, 이쪽이 그렇게 허무한 사람이 아님을 보여주자는 생각에서 내가 말문을 열었다.

"당신들 혹시 작년에 한국에서 올림픽 개최한 거 알아요?"

조수석에 앉은 녀석이 안다며 고개를 끄덕였다.

"그러면 개막식 중계도 봤겠네?"

그건 못 보았단다.

혹시라도 보았다면 태권도 시범하는 장면 얘기를 끄집어내 한국 사람들은 누구나 태권도를 한다면서 은근히 겁을 주려했는데 못 보았다는데야 어떡해? 그래도 억지로 그 얘기를 꺼내, 한국 사람들은 대부분이 태권도 유단자로 혼자서도 보통 사람 다섯 정도는 단숨에 해치울 수 있다고 허풍까지 떨며 겁을 줬는데도 시큰둥한 반응이다.

얼마나 달렸는지 한참을 가다보니 가로등이 하나씩 보이기 시작했다. 그제서야 이 녀석들이 정말 안전하게 모시는가 싶은 생각도 들었다. 1시간 이상을 달려서 새벽 3시가 다 되어서야 호텔에 도착했다. 세미나 주최 측에서 미리 지정해준 호텔이라 그런대로 깨끗하고 커 보였다. 짐을 내리고 호텔로 들어서려는데 이 녀석들이 또 따라오면서 팁을 달란다. 열받은 내가 참지를 못하고 버럭 고함을 지르고 말았는데 놀라 달려온 벨보이를 보고서는 그제서야 슬금슬금 꼬리를 감추더니 달아나 버렸다. 며칠 뒤에야 안 일이지만 인도에서는 사진 한번 찍어 주고도 꼭 팁을 요구한다는 것이다.

아침 8시까지 뉴델리대학으로 가는 셔틀버스를 타야했기에 7시 모닝콜을 부탁하고 자리에 들었다.

얼마 잔 것 같지도 않은데 벨소리에 놀라 잠을 깨었다. 눈을 떠 천정을 보는 순간 소스라치게 놀랐다. 천정 모서리로 뱀 같은 게 기어가고 있는 게 아닌가! 벌떡 일어나 침대 주변부터 살폈지만 다행히 침대 주위에는 아무것도 보이지 않았다. 전정과 벽 여기저기를 자세히 살펴보니 세 마리나 되는 도마뱀이 늦었다며 빨리 서두르라고 재촉하고 있었다. 면도를 하는 둥 마는 둥 내려가 스쿨버스를 타니 맨 뒷좌석 두 개만 남아있었고 일본인 한 사람이 헐레벌떡 달려와 내 옆 좌석에 앉자 버스는 출발했다.

옆의 일본인에게 몇 시 비행기로 왔으며 공항에서는 어떻게 왔느냐고 물어보았다. 물어보기가 무섭게 그 일본인, 어제 밤 당한 얘기를 어이가 없다는 듯 해주었는데, 호텔까지 오는 택시 요금을 팁까지 합해서 무려 210불이나 줬다고 했다.

나보다도 곱빼기로 바가지를 쓴 일본인과 나란히 버스를 타고 가는 동안 기분이 한결 나아지는 것 같았다.

신비의 '타지마할'에 넋을 잃다

세미나는 아주 진지하게 진행되었고 우리 단장님도 주제발표를 하셨는데 발표내용이 좋았던지 많은 질문을 받았을 정도로 호응이 컸었다는 건 지금까지도 기억하고 있다.

이틀간의 일정이 끝나자 그것으로 인도 방문의 첫 번째 목표는 달성되었고 이제부터는 자유로운 스케줄이 기다리고 있었다. 단장을 포함한 우리 일행은 식사 한번 나누지 못하고 뿔뿔이 헤어졌다.

싱가폴, 홍콩, 마닐등 행선지가 모두 달랐는데, 분명한 건, 인도에 남아서 인도관광을 하겠다는 사람은 나 하나밖에 없었다는 사실이다.

'이번 기회가 아니면 인도를 언제 다시 와보겠는가!? 기왕에 여기까지 왔으니 그 유명한 타지마할도 가보고 봄베이며 칼캇타도 둘러보자!' 그런 생각으로 나 혼자 인도에 남았던 것이다.

'신비의 타지마할'을 첫 방문지로 정했다.

버스로 가면 뉴델리에서 6시간 정도 걸린다고 했다.

기차보다는 인도라는 나라를 더 구석구석 볼 수 있을 것 같아 버스를 이용하기로 했다. 중앙선도 제대로 없는 도로를 오토바이와 릭샤, 자동차는 물론이고 자전거까지 뒤섞여 다니니 혼잡하기 이를 데 없는데, 가끔은 소라는 놈까지 길을 턱 막고 있으니 처음엔 신기하기도 했지만 나중에는 여간 짜증나는 일이 아니었다.

거리의 그런 분위기로 인해 인도에 대한 기대가 차츰 실망으로 변해가고 있을 무렵 드디어 인도의 상징, 「타지마할 궁전」이 눈앞에 나타났다. 타지마할은 과연 인도 예술품의 백미였다.

16세기 중엽 인도의 어느 황제가 너무나 사랑했던 그의 두 번째 부인의 죽음을 슬퍼하며 지은 능이라고 했다.

이것이 능이라니! 세상의 어떤 왕궁보다도 화려하고 아름다울 것 같았다. 순백색의 대리석으로 지어져 멀리서 보면 눈부시게 하얗지만 가까이에서 보면 하얀 대리석 위에 형형색색의 보석들이 촘촘히 박혀 꽃모양을 이루고 있었는데, 미적 감각이 둔한 나마저도 감탄을 연발하지 않을 수 없었다.

인간의 손으로 어떻게 이렇게 웅장하고 아름다운 예술품을 만들수 있었는지 벌어진 입이 다물어 지질 않았다. '정말 잘 찾아왔구나!' 혼자 남아서 이런 오지까지 찾아온 내 용기에도 찬사를 보내고 싶었다.

코브라 춤추게 하는 피리도 불어보고

타지마할 관광을 끝내고 돌아오는 막차를 탔더니 오후 9시가 넘어서야 델리에 도착했다.

아침 일찍 나왔던 그 호텔을 다시 찾았다. 도마뱀이 기어 다녀 께름칙했지만 새벽이라 호텔을 옮길 수도 없어, 짐을 그냥 맡겨둔 채 떠났기 때문에 어쩔 수 없었다.

카운터에 도마뱀 얘기를 하면서 방을 옮겨 달라고 했더니 호텔 종업원은 놀라는 기색이라곤 조금도 없이 다른 방도 한 두 마리씩은 다 나온다며 대수롭지 않다는 투였다.

하지만, 내가 제일 싫어하는 뱀같이 생긴 놈이 두세 마리나 기어다니는 걸 알고서는 도저히 편안하게 잠을 이룰 수 없을 것 같아 사정하다시피 부탁해 방을 옮겼다. 아침에 눈을 뜨자마자 천정부터 살폈는데, 종업원 말대로 한두 마리 기어 다니는 건 맞았지만 어제 본 것보다 훨씬 큰 놈 두 마리가 뭘 봐 하는 듯이 날 노려보고 있었다.

인도의 상징 타지마할은 당일치기로라도 다녀왔으니 이제 인도에서 가장 큰 도시 봄베이(언제부터인지 뭄바이라고 부르고 있다)와 칼캇타를 둘러볼 차례다.

봄베이는 델리에서 멀기도 하지만 이런 기회에 국내선도 한 번 타보자는 생각에 봄베이까지는 비행기를 이용했다.

공항에 내려 택시를 타고 서울에서 예약한 리라펜타호텔로 갔더니 너무 고급호텔이라 예약을 취소하고 근처의 중급 호텔을 찾아 체크인을 한 다음 시내 구경도 할 겸 릭샤를 타고 해안가로 나가 보았다. 가는 도중 릭샤는 쉴 새 없이 멈춰 섰다. 신호등 때문이라기보다는 워낙 길이 혼잡한 게 원인이었다.

타지마할의 도시 아그라에서처럼 거리가 혼잡하기 이를 데 없는데다 차가 조금이라도 멈추기만 하면 어느새 나타났는지 손을 내밀며 구걸하는 걸인들이 득실거리니 거리가 더 짜증스럽고 복잡해 보였다.

그런 짜증스런 거리를 한참 만에 벗어나니 드디어 봄베이 해안가가 보이기 시작했다. 시원한 바다를 보니 그리고 비릿한 바다냄새를 맡으니 살 것만 같았다.

조금만 걸어도 콧속이 새까매질 정도로 혼탁한 거리를, 옆 가리개도 제대로 없는 릭샤를 타고 다녔으니 탁 트인 바다에서 불어오는 바람이 얼마나 시원했겠는가!? 속이 뻥 뚫리는 듯 상쾌했다.

심호흡을 몇 차례 하며 쉬고 있는데 그 때 짚으로 엮은 둥글넓적한

망태기 둘을 양쪽 끝에 매단 굵은 막대기를 어깨에 걸친, 중늙은이 한 사람이 다가오더니 망태기를 길바닥에 내려놓았다. 장사를 하려고 전을 차리는구나 생각돼 무심코 보고 있는데, 둥그렇고 납작하게 생긴 그 망태기 뚜껑을 여니 망태기마다 뱀이 가득가득 들어있는 게 아닌가!

능구렁이, 실뱀, 살무사, 독사등 각양각색의 뱀이 마치 실타래처럼 엮여 있었고, 역시 짚으로 만든 또 하나의 조그만 상자 뚜껑을 여니 그 안에서는 커다란 코브라 한 마리가 밖으로 나오려고 머리를 치켜들고 있었다. 언제 모였는지 구경꾼들이 빙 둘러섰다.

뱀 장수가 안주머니에서 피리를 꺼냈다.

'아! 피리를 불어 코브라를 춤추게 한다는 그 마술을 보여 주려는구나!'

침을 삼키며 기다리고 있는데 역시 그 뱀 장수 마술하는 사람처럼 눈을 지그시 감고 피리를 부니 코브라란 놈도 마술에 취한 듯 머리를 치켜들며 좌우로 흔들기 시작하는 것이 아닌가!

한 1분 남짓 그러더니 이내 지쳤는지 머리를 내리기 시작하자 그 늙은 뱀 장수가 손바닥 끝으로 머리를 탁! 치니 성난 코브라가 다시 머리를 치켜들며 피리소리에 따라 좌우로 흔들었다.

신기하게 바라보고 있는 나에게 뱀장수가 피리를 내밀며 불어보라는 시늉을 하기에 인도에서만 할 수 있는 경험이다 싶어 코브라를 향해 장단도 맞지않은 피리를 열심히 불었고, 그 사이 그 늙은이는 내 사진기를 뺏어들고 열심히 사진을 찍어댔다.

연주가 끝나자 이번에는 2m도 넘는 굵고 긴 얼룩뱀 한 마리를 자기 목에 걸고 감아 본 뒤 나에게도 한번 해 보라며 '노 뿌라부럼'을 연발했다. '노 뿌라부럼'하며 사진 몇 방 찍어주는 값으로 10불을 줬지만 그 돈은 별로 아깝다는 생각이 들지 않았다.

사기꾼 따라 들어가 본 인도 화장장

다음 날 아침 칼캇타행 비행기를 타려고 서둘러 공항으로 갔는데. 아직 출발 시간이 한 시간 이상이나 남았는데도 입구에는 'CLOSED'라는 간판을 세워놓았다. 공항직원인 듯한 제복 입은 사람에게 아직 시간이 많이 남아있지 않으냐며 들어가게 해달라고 사정을 해도 대꾸도 않고 고개만 옆으로 흔들었다. 우리나라 공항 생각만 하고 나갔다가 낭패를 본 셈이었다. 다음 비행기를 타려면 무려 다섯 시간이나 기다려야만 했다.

시간도 보낼 겸 봄베이 시내 중심가를 한 바퀴 둘러본 뒤 시원한 바닷바람이나 쐴 양으로 또 바닷가로 갔다. 그런데 이번에는 허우대도 좋고 잘 생긴 쉰 살쯤 돼 보이는, 남방차림에 슬리퍼를 신은 남자 한 사람이 접근해 오더니 말을 걸어왔다.

"일본 사람입니까?"

"아니, 한국사람인데요."

"오, KOREA! 작년에 올림픽 잘 합디다."

그런데 이 사람은 영국 유학이라도 다녀왔는지 여느 인도인과는 발음이 달랐다. 대부분의 인도인들은 영어발음이 따다따다 끊어지게 들리는데 이 사람은 훨씬 부드러운 게 고급 영어를 하는 것처럼 들렸다.

"봄베이는 처음이지요!?"하며 봄베이의 어원에 대해 설명을 해 주었다. '바스코다가마'가 처음 인도를 발견했을 때 제일 먼저 닻을 내린 곳이 이곳 봄베이였고, 지금 우리가 서 있는 이 자리에서 항구를 바라보니 마치 여인의 목걸이처럼 해안선이 아름다워 목거리라는 의미의 봄(bom)에다 항구라는 의미의 'bay'를 붙여 '봄베이'라고 이름지었다는 것이었다.

영어발음도 좋은데다 교양도 있어 보여 호감을 가졌더니 '시간이 있으면 좋은 구경거리 하나를 소개하겠다'고 나섰다.

속으로 시간은 충분하니 됐다 싶어,

"무슨 구경거린데요?" 물었더니 해안선 끝 쪽을 가리키며, '저기 해안선 쪽을 따라가다 오른쪽으로 돌면 힌두교 교회당(?)이 있는데 거기서 지금 한창 힌두교 페스티벌을 하고 있으니 같이 가서 구경이나 하자'는 것이었다. '힌두교 Festival?' 호기심도 나고, 시간도 많고,

좋은 구경하겠구나 싶어 두 말 않고 따라 나섰다.

가는 도중 이런저런 얘기를 나누며 걷다보니 어느새 해안선 끝 부분에 이르렀고 오른 쪽으로 돌아 한참을 들어가니 비석들이 많이 세워진 공동묘지가 나왔다. 그 맞은 편을 따라 조금 더 가니 시멘트 블록으로 된 기다란 담장이 나왔는데 잠깐만 기다리라며 그 사람 혼자서 담장 밖으로 나 있는 조그만 문을 열고 안으로 들어갔다.

문 옆에는 'NOTICE'란 굵게 쓴 글자 밑에 '허락 없이는 아무도 들어갈 수 없음'이라는 문구가 페인트로 쓰여 있었다. 잠시 후 그 남자가 들어오라는 손짓을 하여 입구 옆 수위실로 들어서니 허우대가 큰 남자 두어 명이 나를 빤히 쳐다보고 있었다.

'멀리 한국에서 오신 분인데 부인은 독실한 불교신자'라며 나를 소개했다. 얼떨결에 악수를 하고 얼른 수위실을 나와 안쪽으로 걸어들어가니 오른 편에는 제법 높아 보이는 담장이 기다랗게 늘어서있고 담장을 따라 놓여 있는 긴 나무의자에는 사람들이 줄지어 앉아서 나를 응시하고 있었는데, 그 눈초리들이 고등학교 때 본 엘리자베스 테일러 주연의 '지난 여름 갑자기'라는 영화에 나오는 정신병자들의 눈초리와 너무나 똑 같아 소름이 끼쳤다. 순간 007가방을 든 손에 잔뜩 힘을 주며, '여차 하는 순간에는 담장쪽으로 달려가 가방은 담장너머로 집어던지고 훌쩍 뛰어 담장 위쪽에만 손이 닿으면 넘는 건 문제 없겠다'하는 생각까지 했다.

"아니, 힌두교 페스티벌 간다더니 왜 이리로 갑니까!?"

'이 길은 질러가는 길'이라는 그 남자 말에 하는 수 없이 계속 따라 갔다. 우리가 가고 있는 왼쪽에는 아직도 시체 태우는 장작불이 훨휠 타고 있었다. 그때 우리는 화장장 안을 통과하고 있는 중이었다.

힌두교인은 아직도 남편이 죽으면 그 부인도 함께 산 채로 화장을 하는 관습이 내려오고 있는데, 지금 타고 있는 사람이 그런 사람이라 했다. 굵은 나무등걸을 가로로 열 개 그 위에 세로로 열 개 또 가로로 열 개, 세로로 열 개 하는 식으로 10층으로 쌓은 뒤 시체를 얹고 그 위에 다섯 층을 더 쌓은 뒤 태운다는 것이었다. 한창 타고 있는 나무등걸을 보니 소름이 끼쳤다.

조금 더 가니 한 늙은이가 화장하고 남은 뼛가루를 쓸어담고 있었는데 그걸 가리키며 이 친구 하는 얘기가 '돈 있는 사람 뼈는 잘게 빻아서 인다스강이나 간지스강에 뿌려주지만, 돈 없는 사람 것은 대충 쓸어담아 담장 밖으로 휙 던져버린다'는 것이었다.

그런 얘기를 들으며 걸어가다 보니 앞에 창고 같은 건물이 나타나며 길은 막혔고 질러간다는 길도 보이지 않았다. 순간 이상하다는 생각이 머리를 스쳤다.

뒤를 돌아보며 "이봐요! 질러간다더니 길이 없잖아요!" 겁먹은 표정을 애써 감추면서 신경질적으로 쏘아붙였다.

아무 반응이 없었다. 그런데 다시 뒤를 보니 아! 이게 어찌된 일인가! 지금까지 보이지 않던 두 거인, 나를 안내해 온 친구보다 덩치가 훨씬 더 큰 친구 둘이가 팔짱을 끼고 떡 버티고 서 있는게 아닌가! 아라비안 나이트에 나오는 거인들처럼. 순간 온갖 생각이 다 들었다. 설마 날 해치기야 하겠나! 그런데 조금 전에 들은 얘기가 께름칙했다. 몇 년 전에 일본 비행기 한 대가 추락하는 사고가 있었는데, 그 조종사를 여기서 화장한 일이 있다며 이 안에서 그렇게 해버리면 아무도 알 수 없다는, 나 들으라는 소린지 알 수 없는 그런 얘기를 했었다.

옛말에 호랑이한테 물려가도 정신만 차리면 산다지 않았는가! 신경을 바짝 곤두세우고 있는데 그 사내가 아라비안 나이트의 거인들을 두고 한다는 소리가 더 기절초풍할 것 같았다.

"이 둘은 아이들 화장을 책임진 사람들인데, 왼편은 여자 아이를, 오른편은 남자 아이를 각각 책임지고 화장하는 불쌍한 사람들이니 적선을 하세요! 좀 넉넉하게. 돈은 지니고 있어봐야 죽으면 아무 소용없는 겁니다."하는 게 아닌가.

속으로 살았다 싶었다.

"알았소! 아까도 얘기했지만 나는 공무로 출장 중인 사람이오! 공금을 빼고는 다 줄 테니 딴소리 마시오!"하며 지갑 한 쪽에 든 20불짜리 10여 장을 세지도 않고 몽땅 꺼내 주었다. 또 무슨 얘기를 하려는 눈치라 눈을 부릅뜨고, "빨리 나가요!"하며 악을 썼다.

그 친구도 하는 수 없이 엉거주춤 따라나오고 있었다.

아까 들어왔던 그 작은 문까지 가는 길이 그렇게 멀게 느껴질 수가 없었다. 드디어 그 문을 빠져나와 한참을 걸어가고 있는데, 그 친구, "왜 여기까지 데리고 온 나한테는 팁이 한 푼도 없느냐?"며 따라오면서까지 팁을 달라고 했다.

그 담장이 멀어졌다 싶을 때 돌아보며, "갓 뎀!!", "산 옵 비치!!", "화큐!!" 아는 욕은 다 동원하며 고래고래 고함을 지르고는 걸음아 날 살려라 하고 줄행랑을 쳤던 것이다.

14년 만의 서기관 승진

사무관에서 서기관으로 승진하는데 꼬박 14년이 걸렸다.

승진후보자 명단이 장관 결재를 거쳐 확정된 후 하루하루를 가슴 졸이며 마지막 대통령 재가가 나기만을 기다리는 나에게 '원안대로 재가를 받았다'는 소식이 전해졌다. 그 소식이야말로 나에게는 감격 그 차체였다.

그 보다 더 반가운 일이 또 있겠는가! 정말이지 날아갈 듯이 기뻤다. '혹시라도 안 되면 어떡하나?' 혼자서 고민만 하고 있었던 지난 날들을 생각하면 그럴 수밖에 없었다. 남들은 10년 정도면 승진을 했고 빠른 사람은 8년 만에 승진한 경우도 있었지만 나에게는 승진이 늦는 건 아예 문제가 아니었다. 승진을 하느냐 못하느냐 그것만이 문제가 되었을 뿐이었다.

대학 다닐 때의 집시법 위반으로 유죄 판결을 받은 사실이 혹시라도 승진에 걸림돌로 작용하면 어떡하나 하는 고민이 항상 나를 따라다니며 괴롭혔던 것이다.

당시의 정권이 완전히 민주화된 정권은 아니었고 민주화 과정에 있었던, 군사정권 연장선상의 정권이었으니 안심할 수만은 없는 노릇이었다. 더욱이 그 때는 육사 출신의 이른바 '유신사무관'들이 각 부처에서 한창 서기관으로 승진을 하고 있을 때였으니 더욱 그랬다.

조금이라도 민주화가 더 진행된 뒤라면 설사 그걸 문제 삼는다 하더라도 그 강도가 약해질 테니 '급할 것 없다, 좀 더 기다리자' 하는 생각을 하게 되었고, 일찍 승진하겠다고 서둘다가 행여 그 전력이 불거지면서 승진도 못해버리면 어떡하나? 하는 막연한 불안감 때문에 남들처럼 조금이라도 빨리 승진하기 위해 애쓴 적은 한 번도 없었다. 오히려 승진 기회가 늦게 오기를 바라는 마음도 있었다는 것이 그 때의 솔직한 심정이었다.

그러다 보니 승진을 위한 성적 관리에는 전혀 신경을 쓰지 않았고 결과적으로는 그냥 내버려 두었더니 14년 만에 절로 승진을 하게 된 셈이었다.

남 앞에 굽신거리기 싫어하는 성격이라 좋은 성적 달라며 국장들 찾아다닌 일도 전혀 없는데다 '특승사무관'이니 '타 부처 출신 사무관'이니 하며 유별나게 차별하는 국장 만나서 나쁜 평정을 한번이라도 받아버리면 승진에 치명적이라는 건 누구나 다 아는 사실인데, 내가 그런 국장을 만난 일이 있었으니, 3-4년 정도 늦어진 건 어찌 보면 너무나 당연한 결과였다고 해야겠다.

한번은 C총무과장님이 나를 찾으셨다. 사무관 된 지 10년이 넘었는데도 아직 승진후보자 명단에 이름조차 못 올리고 있는 내 처지를 너무 딱하게 보신 모양이었다.

"조사무관이 혹시 타 부처 출신이라 제대로 된 평정을 못 받고 있는 건 아닌지 걱정이 돼서 불렀어! 혹시 옮기고 싶은 과라도 있으면 서슴없이 얘기해! 희망하는 데로 옮겨줄 테니!"

얼마나 내 성적 관리가 엉망이었으면 총무과장님까지 그렇게 걱정을 해 주셨을까!? 총무과장님 역시 타 부처에서 전출오신 분이시라

역지사지로 내 처지를 진정으로 걱정해주시는구나 생각하니 고맙기 그지없었지만 "제가 경제기획원에서 넘어온 사무관 중에 제일 고참입니다. 경제기획원 출신들의 안방이라고 할 수 있는 경제협력국에서도 1등을 못 받는데 다른 국에서 어떻게 1등을 받을 수 있겠습니까? 좀 늦게 승진을 하더라도 꼭 협력국에서 승진을 하고야 말겠습니다." 그렇게 대답했던 기억이 난다. 그리고 결국은 경제협력국에서 승진을 했다.

내가 승진할 당시의 국장인 L국장님은 협력국장으로 부임하시자마자 사무관들이 다 모인 회식 자리에서 "다음 근무성적 평정 때 우리 국의 수1번은 조정현사무관 차례입니다."하고 공개적으로 선언을 해버리셨던 기억이 난다.

그 정도로 나의 성적 관리는 엉망이었고, 그럼에도 국장님이 그걸 바로잡아 승진을 시켜주셨으니 참으로 고맙기 그지없다.

앞에서 말한 C총무과장님과 L국장님은 조건호 과장님과 이정보 국장님으로 두 분 다 KS마크(경기고·서울대 출신 인사를 지칭하는 말)였고, 잘 생기신 데다 참으로 멋쟁이 신사분이셨다.

142

국세심판소 서절의 씁스레한 사건 하나

1991년 6월, 사무관이 된 지 14년 만에, 공무원 시작한 지 무려 25년만에 꿈에도 그리던 서기관으로 승진을 했고, 승진과 동시에 국세심판소 조사관으로 발령을 받았다.

국세심판소는 한마디로 납세자의 국세에 관한 불복청구를 공정하게 심리·결정함으로써 납세자의 권익을 보호해 주는 기관이다.

다시 말하면 세무서장의 위법·부당한 처분으로 권리침해를 받은 납세자가 세무서장의 상급기관인 국세청장에게 세무서장의 그러한 처분의 시정을 요구(심사청구) 했음에도 받아들여지지 않았을 경우, 최종적으로 독립된 기관에 심판을 청구하도록 하고 있는데, 그 기관이 바로 국세심판소다.

법원으로 치면 대법원에 해당하는 국세심판소는 소장을 비롯해 국장급 상임심판관 5명과 외부전문가인 비상임심판관 5명 등 11명의 심판관이 납세자의 심판청구내용에 대해 각자 자유롭게 소신을 피력한 다음 과반수의 표결로 최종적인 결론을 내린다.

이를 뒷받침하는 부서가 각각 3명씩의 사무관을 배속시킨 조사관이다. 각 조사관실의 업무량은 감당하기 힘들 정도로 많았지만 구성원들의 직무에 대한 보람과 자부심은 대단했고 모두들 정말 열심히 일했다.

나를 포함한 10명의 조사관들이 같은 날 새로 발령을 받았는데, 그

날 L소장님께서 하신 훈시와 격려가 우리들의 가슴을 뭉클하게 했고, 정말 사심없이 열심히 해야지 하며 주먹을 쥐게 만들었다. 정의감이 남다른 내 성격에도 꼭 맞는 일이라 일하는 게 신이 날 정도로 재미가 있었고 보람도 컸다.

그런데 하루는 이름만 들어도 다 아는 정계 실력자의 아들 명의로 된 청구서 하나가 접수되었다. 나한테 배정되었는데 담당사무관 얘기로는 인용하기 어려운 사안이라고 했다. 다른 두 사무관 얘기도 마찬가지였다.

나와 같이 일하는, 실무 경험이 많은 세 베테랑 사무관들의 의견이 모두 그러했고 나 역시 같은 의견이었으니 그 청구는 기각함이 당연하며, 따라서 기각하는 결정 자료를 만들도록 담당 사무관에게 지시를 했음은 물론이다. 그런데 담당 사무관이 국장(심판관)실에 다녀온 뒤 태도가 돌변해 버렸다. 지금까지는 인용하기 어렵다던 사람이 갑자기 인용 쪽으로 돌아버린 것으로 봐서는 아무래도 국장님으로부터 무슨 지시를 받고 온 게 틀림없어 보였다.

당시에는 심판청구가 폭주하여 그때그때 처리하지 못하고 처리시한이 임박해서야 처리하는 게 다반사였는데 유독 그 사건은 접수되기가 바쁘게 검토가 이루어지기 시작했다. 그것도 인용하는 쪽으로. 하지만 나는 받아들일 수 없었다. 그래서 담당사무관에게 그 청구를 인용하는 내용으로 서류를 만들어 올린다면 나는 결코 결재하지 않겠다고 공언했다. 그럼에도 불구하고 국세심판관합동회의에 올릴 인용결정심판안이 만들어지고 있었다.

그 심판안은 결국 담당조사관인 나의 결재 없이 바로 심판관의 결재를 받아 합동회의에 부쳐지게 되었고, 그 회의에서 열띤 찬반 토론 끝에 S대 교수였던 J비상임심판관의 반대의견이 워낙 강해 부결될 위기에까지 가게 되었으나, 우여곡절 끝에 다음 번 합동회의에서 재심의키로 결정되고 말았다. 그런데 정말 우연인진 모르겠지만 적극적으로 반대의견을 피력했던 그 교수 비상임심판관이 다음 번 합동회의에 결장을 하는 것이 아닌가! 그 분이 빠져서 그런지 전에는 반대의견에 동조했던 분들도 조용히 앉아만 계시니 분위기는 자연히 인용하는 쪽으로 기울었고, 결국은 구렁이 담 넘어가듯 슬며시 통과되고 말았다.

도저히 인용될 수 없는 그런 사안이 11명의 심판관이 심도있게 심의한다는 합동회의에서조차 걸러지지 않고 인용 쪽으로 결정되다니! 참으로 기가 막혔다.

인용 결정문에 결재를 하자니 참으로 착잡했다.

정말 마음이 내키지 않았다. 하지만 이번에는 거부할 명분이 없었다. 심판관합동회의에서 인용하기로 결의까지 한 사안을 조사관이 무슨 명분으로 거부한단 말인가! 고민끝에 사인은 하되 소장님께 내 심정을 솔직하게 말씀드려야겠다고 생각했다. 그런데 소장님을 뵙기로 작정한 토요일 오전, 심판관 사무실이 있는 위층에서 고함소리가 들려왔다. 무슨 일인가 하고 올라가 보니 내가 지금 소장님께 말씀드리려는 그 사안을 놓고 두 심판관이 언쟁을 벌이고 있는 게 아닌가!

적극적인 반대론자인 심판관 한 분이 그런 사건을 어떻게 인용되게 처리할 수 있느냐며 주심심판관인 우리 국장에게 심하게 따지다 보니 언쟁으로까지 발전한 모양이었다. 두 분 모두 지방의 명문 K고교 출신들로 앞에서 언급한 정계 거물의 고등학교 후배들이었다.

입법부의 수장인 최고위 공직자가 돈 몇 푼 된다고 정당하게 내야 할 세금조차 안내려고 후배에게 압력을 넣을 수 있는지(그 공직자 본인도 모르게 아랫사람이 한 짓이라면 그 쓸개 빠진 아랫사람이) 참으로 한심하다는 생각이 들었다.

두 심판관이 빨리 싸움을 끝내고 퇴근을 해야 할 텐데…. 혹시나 그 사이에 소장님이 퇴근을 해 버리시면 어떡하나…. 초조하게 기다리고 있는데 두 심판관이 화해주라도 나누시려는지 함께 퇴근하는 것을 확인하고 소장실 문을 노크했다. 방으로 들어서니 소장님은 그 때까지도 혼자 남아서 그 많은 결정문을 하나하나 읽으시느라 여념이 없으셨는데 두꺼운 안경알이 더 굵게 느껴졌다.

"소장님 드릴 말씀이 있어 왔습니다."

"그래요? 뭔데요!?"

소장님은 나의 방문 목적을 짐작하고 계시는 것 같았다.

그 심판청구서가 접수되고 난 뒤의 처리과정과 그 간의 내 심정을 솔직하게 다 말씀드리고 난 뒤, "정말 인용결정문에는 사인을 하기가 싫었습니다! 그렇지만 어쩔 수 없었습니다!"

"그래요, 나도 그 심정 충분히 이해합니다. 그리고 조과장도 내 입장이 되면 나를 이해할 겁니다. 이해를 해 주실거라 믿습니다."

시원하게 뚫어지진 않았지만 그래도 소장님께 말씀이라도 드리고 나니 답답하던 가슴이 한결 시원해졌고, 가벼운 마음으로 퇴근을 할 수 있었다.

4부

세무서장 시절의
잊을 수 없는
일들

나이 너무 많으면 가고 싶어도 못 갑니다.

사무관 승진 14년 만에 겨우 서기관으로 승진을 했고 서기관 승진의 기쁨이 채 가시기도 전에 생각지도 않던 세무서장으로 발령을 받았으니 공무원은 종이(발령장) 한 장에 이리도 가고 저리도 가야하는 신세인가보다.

1991년 서기관으로 승진해서 국세심판소 조사관으로 발령을 받은 지 채 두 달도 안 됐는데 하루는 L총무과장이 부르더니 느닷없이 세무서장으로 나갈 의향이 없느냐고 물었다.

생각해 본 일도 없다며, 그리고 우리 집 둘째 딸애가 고3이라 딴 데 신경쓸 겨를이 없다며 정중하게 거절을 했더니 '알겠다'면서 지금까지의 이야기는 아예 없었던 일로 하고 어느 누구한테도 말하지 않았으면 좋겠다고 했다. 그렇게 약속을 하고 나왔는데, 이듬해 1월 하순경 또 총무과장이 날 찾았다.

똑같은 질문을 재차 하면서 내 의향을 다시 물었다. 그래서 "심판소에서 일한 지 6개월밖에 안 돼 아직 국세의 세(稅)자도 잘 모르는데 어떻게 서장으로 갈 수 있느냐?"며 또 정중하게 거절을 했더니,

"선배님, 나도 서장을 해 봤지만 세법 하나 더 공부한다고 서장 잘하는 거 아닙니다. 가서 부딪혀 봐야 배워집니다."

총무과장은 나의 긍정적인 대답을 이끌어 내기 위해 애를 쓰고 있었다. 그래도 선뜻 대답을 안 하고 있으니까 이번에는 작심이라도

한 듯 내 아픈 데를 찔렀다.

"조선배님! 선배님 나이가 50이 넘었는데 조금 더 있으면 그 때는 가고 싶어도 못갑니다. 저 쪽에서 안 받아 줍니다. 잘 생각해 보십시오."했다.

많은 사람 가운데 당신을 찍어서 좋은 델 보내준다는데 왜 망설이느냐 하는 것 같았다.

L총무과장은 부산의 P고 출신이라 날 고향 선배로 배려를 해 주는구나 하는 생각도 드는데다 나이 더 많아지면 가고 싶어도 못간다는 말이 나를 꼼짝 못하게 만들었다.

'직원이 아닌 서장으로 가는 건데 어때서? 그리고 내 나이 벌써 50이니…'하는 생각도 들며 갈등이 일었다.

사실 그 보다는, 그때는 이미 퇴직하고 없었지만 내 동생이 20년 가까이나 세무서에 있었기 때문에 많은 사람들의 오해를 받을 수도 있겠다는 게 싫었고 또한 1등 부처에서 나쁜 이미지의 부처로 옮기는 게 싫어 더 망설여졌다.

'집에 가서 집사람과 진지하게 상의를 해 봐야지….'

그 생각에 오후 내내 일이 손에 잡히질 않았다.

그런데 오후 6시경 퇴근시간이 가까워 올 무렵 세제실장실에서 전화가 왔다. K실장님이 찾으신다는 전갈이었다.

'그 일 때문이구나, 실장님께서 직접 푸쉬를 하시려는 구나.'

직감적으로 그렇게 생각했다. 노크를 하고 실장실로 들어서기가 무섭게 K실장님이 반기셨다.

"오! 조과장, 어서 들어와, 여기 앉아!"

실장님이 시키시는 대로 옆 좌석에 앉자마자,

"그래 생각 잘했어! 조과장 나이면 서장으로 가는 게 훨씬 좋아, 아무나 갈 수 있는 거 아니야! 아무튼 생각 잘 했어!"

내 어깨를 툭툭 치시면서 '잘 생각했어!'를 연발하셨다.

나한테는 말할 기회조차 주지 않으셨다. 겨우 틈을 얻어,

"그게 아니고… 작년 7월경인가 총무과장이 그 얘기를 해서…."하는 데도, "그래, 그때도 내가 알아보라 그랬어!"하시면서 혹시라도 내가 안 된다고 할까 봐 그런 얘기를 끄집어 내지도 못하게 말을 막으려는 듯 했다.

"아무 걱정 마! 내가 뒤에서 힘이 돼 줄께! 자네 같은 경우에 서장으로 나가면 잘 해야 부산 정도 가게 되는데 부산 갔다가 서울까지 올라오려면 적어도 4~5년은 걸려. 그런데 조과장은 나이도 있고 사무관도 오래 했으니 서울 근교로 가게 해 줄게."하시는 것이었다.

왜 그러시는지 이유는 알 수 없었지만 순식간에 서울 근교 세무서 장으로 가는 게 양해가 되어버렸다.

그런 일이 있고 그 다음 다음 날 저녁이었다. 파주세무서 총무과장 이라는 사람한테서 전화가 왔다.

"조과장님이시죠? 조과장님께서 우리 세무서 서장님으로 오시게 되었다는데 과장님 댁이 청실아파트 O동 O호 맞으시죠? 모레 아침 에 차를 그리로 보내려고 하는데 그래도 되겠습니까?"

하루아침에 서장님 소리도 듣고 기사 딸린 차를 보내겠다는 연락 을 받았으니 서장이 되기는 된 모양이었다. 번갯불에 콩 볶아 먹는 것도 아니고 서장으로 내 보내는 게 이렇게 전격적일 수가…!

어떻든 K실장님의 파워가 그렇게 막강한 줄을 그제서야 알게 되었 다.

기자 호통 친 세무서장

파주서장으로 발령받아 근무한 지 며칠 되지도 않았는데 L국세심판소장님께서 전화를 주셨다. X일보 아무개 기자가 찾아갈 테니 얘기 잘 들어보라는 말씀이었다. 평소에 존경심마저 갖고 있던 상사이신지라 소개하신 분이 오면 말이나 잘 들어볼 생각이었다.

그런데 그 다음 날 아침 과장들과 회의를 하고 있는데 누군가가 노크도 없이 들어오더니 과장 옆 빈 좌석에 앉는 게 아닌가!

지금 서장이 과장들과 회의를 하고 있는 줄 번연히 알면서도 죄송하다는 말 한마디 없이 재산세 과장이 누구냐고 묻고선 자기가 찾아온 사연을 얘기하기 시작했다.

하도 어이가 없어 혹시 심판소장님 소개로 오신 분이냐고 물었다. 이렇게 무례한 친구를 어떻게 소장님이 소개까지 하면서 보내셨을까 하는 의구심이 들어서였다. 일반적으로 기자들이란 예의 없는 게 보통이지만 이 친구는 좀 심하다 싶었다.

간부회의는 중단되었고 자연히 그 사람 얘기를 모두가 경청하게 되었는데 과장들 반응이 모두 안 된다는 쪽이었다. 그래서 내가 그 사람 얘기를 중단시키고 재산세과장한테 "이 분 말씀하시는 게 되는 겁니까, 안 되는 겁니까? 분명히 말씀하세요."했더니 "분명히 안 됩니다."했다.

"김 기자님, 담당과장이 안된다고 하잖습니까!"

점잖게 얘기를 해 주었는데도 여전히 과장에게 떼를 쓰듯 계속 자기주장만 했다. 관련법 규정까지 대며 안 되는 사유를 설명했는데도 그 기자란 양반은 막무가내였다. 심판소장님도 가보라고 했다면서 해 줄 수도 있지 않으냐며 과장한테 반말을 쓰다시피 하며 물러서지 않았다. 보다 못해 내가 나섰다.

"여보세요. 담당과장이 안된다는데 왜 그렇게 우기십니까? 우긴다고 될 일입니까!? 그리고 지금 당신 하는 행동이 그게 뭡니까? 노크도 없이 남 회의하는데 들어와서 서장 앞에서 과장한테 반말이나 하고…!!"

그래도 계속 반말을 해댔다. 존댓말을 아예 모르는 사람 같았다. 이런 버르장머리는 고쳐놔야겠다는 생각이 들었다.

"여보세요! 기자양반, 나가세요! 우리 회의해야 되니까."

그래도 일어설 생각을 안 해 내가 벌떡 일어나며, "우리 지금 간부 회의 하고 있어요. 방해하지 말고 당장 나가요!" 눈을 부라리며 소리를 쳤더니 그제서야 못 이긴 체 나가버렸다.

그 당시만 해도 사이비 기자, 엉터리 기자가 득실거리던 세상이었고 그런 기자한테도 좋은 게 좋다는 식으로 대해주었으니 그런 꼴을 보게 되는 건 당연하다는 생각이 들었다.

이름 있는 일간지 기자명함을 들고 들어온 사람한테 그렇게 시원하게 야단을 칠 수 있는 서장이 과연 몇이나 될까 하고 생각해 보았다. 파주서장으로 간 지 며칠도 안 돼 서장 본때를 제대로 보여준 안성맞춤의 기회였다.

나환자 마을 촌장과의 담판

1년에 한 두 번씩 있는 본청장님과 지방청장님 초도순시 때가 되면 일선세무서 서장들은 너나 할 것 없이 바짝 긴장들을 한다.

작년에는 중앙부처에 있다가 세무서장으로 나온 지 얼마 되지 않았던 때라 뭐가 뭔지도 모르게 지나가 버렸지만 이번에는 서장으로 나온 지 1년이 넘었으니 여간 신경 쓰이는 게 아니었다. 과장, 계장들도 마찬가지였다. 아직 서장이 미숙하니까 혹시라도 자기들한테 불똥이 튀지나 않을까 전전긍긍하는 눈치들이었다.

업무보고를 멋들어지게 해서 청장님께 잘 보일 수 있는 기회가 될 수도 있지만 잘못하여 눈 밖에라도 나면 승진, 전보에 지대한 영향을 미칠 수도 있기 때문이다. 각과에서 계장, 과장들이 온 신경을 써서 만들어 온 기초자료를 취합해서 종합보고자료를 만들어야 하는데 아무리 보아도 눈에 확 들어오는 보고거리가 없었다.

평소에 늘 하는 업무를 아무리 미사여구를 동원해서 보고해 봤자 청장님이 보시기에는 모두가 말장난이라는 걸 아실 터이고 한 가지만이라도 '아! 이 친구 재무부에서 나오더니 뭔가 다르구나' 하는 인식을 줄 만한 것이 필요했다.

뭐 괜찮은 게 없나 하고 머리를 굴리고 있는데 얼마 전 기관장들과의 회식자리에서 경찰서장한테서 들었던 얘기가 생각났다.

관내에 나환자촌이 하나 있는데, 불법으로 공장을 짓고 영업을 하고 있어 단속을 하려고 해도 워낙 반발이 거세 단속을 제대로 못하고 있다는 얘기였다. 이태 전에는 경찰서와 군청이 합동으로 수십 명의 요원을 동원하여 단속에 나섰지만, 죽창은 물론 삽과 괭이까지 들고 격렬하게 저항하는 바람에 결국은 물러서고 말았다고 했다.

그 안에 집단으로 거주하는 나환자들은 거의가 소규모의 가구공장을 경영하며 살아가고 있는데, 거기에서 만들어진 가구는 대부분이 서울이나 근교의 도시로 팔려나간다는 것이었다. 잘 사는 사람은 외제차를 타고 다니거나 심지어는 애들을 외국 유학까지 보내는 경우도 있다고 했다. '옳지! 이거야 말로 보고거리가 되겠구나.'

당장 보고자료에 큰 제목 하나를 추가했다.

「나환자촌 가구단지 철저히 조사 → 숨은 세원 발굴」

청장님께 보고를 드렸음은 물론이다.

"좋은 생각인데 조심해서 해!"

격려까지 받았으니 이제 실행에 옮기는 일만 남았다. 그런데 그 때는 추운 겨울이라 좀 더 있다가 따뜻해지면 하는 게 좋겠다는 의견이 지배적이었다. 무슨 꿍꿍이 속인지 알 수는 없었지만 대부분의 의견이 그러한데 나 혼자서 강행할 수도 없는 법.

경찰서장과 군수한테 상의를 해봐도 역시 조심해서 하라는 얘기와 봄이 되면 하는 게 좋겠다는 의견이었다. 따뜻해지면 하는 게 좋겠다는 의견에 무슨 특별한 이유가 있는 것 같지는 않았다. 괜히 조사한다며 들어가서 벌집 쑤시듯 분란만 일으키지 않을까 염려되어서 그러는 거라고 생각되었다.

그해 봄이 되어 간부회의를 하면서 가구단지 얘기를 또 꺼냈다. 따뜻해지면 하자던 사람들이 꿀 먹은 벙어리처럼 반응이 없었다.

"왜 말들이 없어요! 문둥이 촌 들어가는 게 그렇게 겁납니까!?"

"겁난다기 보다도…그 사람들이 행패라도 부리면 어쩌시려고요? 그리고 우리가 나선다고 세금을 내려고 하겠습니까?"

이구동성으로 부정적인 얘기들만 쏟아 놓았다. "왜 그 사람들이 세금을 안 낼 거라고 생각을 합니까? 돈이 없어서 못내는 게 아니잖습니까? 도대체 고지서 한 장 안 나가는데 누가 세금을 냅니까? 그 사람들 중에는 애들 외국유학 보내는 사람도 있고 외제차 타는 사람도 있답니다. 그런데도 보고만 있을 겁니까!? 촌장을 만나 설득이라도 해 봐야지요!"

촌장을 설득하기 전에 과장들부터 설득을 해야만 했다.

그런 논쟁 아닌 논쟁을 벌인 끝에 결국은 4월 부가세 신고가 끝나고 좀 한가해 지면 들어가기로 결론이 났다.

5월이 되어 또 그 얘기를 꺼냈더니 그 때는 어쩔 수 없었던지,

"그러면 누구하고 같이 가시면 좋겠습니까?"

총무과장의 물음이었다.

"그럼 서장이 가면서 계장들 하고 가란 얘깁니까!? 가기 싫은 사람은 안 가도 좋습니다!" 내뱉듯이 쏘아붙였다.

그렇게 해서 과장 둘에 계장 한 사람을 대동하고 나환자촌으로 세원 발굴을 위해 나서게 되었다.

나환자촌, 입구에 들어서니 우리를 바라보는 사람들의 눈빛이 심상찮았다. 넥타이 맨 사람 여럿이 예고도 없이 들어와서 그런가? 사무실이 있는 곳으로 조심스레 다가가 촌장을 찾았다. 모두들 얼굴만

봐서는 나이를 짐작할 수 없었다. 쉰은 넘어 보이는 시골아저씨 같은 인상의 남자가 무뚝뚝하게 "내가 촌장이요." 했다.

"파주세무서에서 나왔습니다. 반갑습니다."

서장 명함을 내밀며 악수를 청했더니 멈칫하며 손을 주지 않는다. 촌장 옆에 서 있는 다른 사람들도 마찬가지였다.

"파주세무서 서장입니다. 반갑습니다."

또 한 번 반갑다며 손을 내밀자 그제서야 마지못해 손을 잡았다. 손에 힘을 주었다. 악수할 때 손에 힘이 안 들어가면 상대방에게 별 호감도 관심도 없다는 뜻이 되고 잘못하면 상대방 기분을 상하게 할 수도 있음을 잘 알기 때문이었다.

내 마음을 알기라도 하듯 그도 힘 있게 악수를 받았다.

촌장을 위시한 나환자촌 간부들과 우리 네 사람이 식탁 같이 생긴 탁자를 사이에 두고 마주 앉았다.

같이 간 과장, 계장들을 소개하고 찾아온 까닭을 얘기하려는데 기억이 정확하진 않지만 오란씨인지 뭔지 쥬스 같은 걸 가져와서 컵에 따라주며 마시라고 했다. 세무서 사람들은 아무도 마시질 않았다. 나는 목이 마르던 참이라 반 컵을 단숨에 마셨다. 그리고는 왜 세금을 내야하는 지를 차분하게 설명해 나갔다.

"장사를 해서 돈을 벌면 세금을 내는 건 당연합니다. 그게 납세의무고 국민된 도리를 하는 겁니다. 여러분들은 국방의무나 교육의무는 몰라도 납세의무는 할 수 있지 않습니까?! 사업을 잘 하시는 분도 많다고 들었습니다. 외제차를 타시는 분도 있고 아들을 외국에 유학 보내신 분도 있다고 들었습니다. 떳떳한 사업을 하시면서 왜 숨어서 하시는 것처럼 세금을 안내십니까!"

컵의 쥬스를 다 비우면서 설득을 계속해 나갔다.

"세금을 내고 국민된 도리를 하시면 아드님도 자부심을 갖게 되고 사회의 일원으로 떳떳하게 생활할 수 있게 되는 겁니다. 내 자식들이라도 사회인으로 떳떳하게 살아갈 수 있도록 해주는 게 여러분들이 지금까지 어렵고 힘들게 살아온 보람 아니겠습니까?"

마음속에 생각했던 바를 거침없이 얘기했더니 모두들 숙연해졌다.

자식들을 위해서라도 세금을 내야 한다는 말에 분위기는 완전히 달라졌다. 반응이 일기 시작했다.

촌장이 입을 열었다.

"솔직히 말하면, 세금을 내고 싶어도 세금 내라는 사람도 없으니 세금을 어디에다 내야 하는지, 얼마나 내야 하는지 우리가 어떻게 알겠습니까? 마침 서장이라는 분이 이렇게 찾아 오셔서 말씀을 해 주시니 우리도 이제는 세금을 내야겠구나 하는 마음이 생깁니다."

그렇게 해서 나환자촌의 숨은 세원은 발굴되었다. 세액의 많고 적음을 불문하고 '소득 있는 곳에 세금 있다'는 슬로건을 실천하겠다는 국세공무원의 마음자세가 중요하다는 것을 말하고 싶고, 그 분들에게는 세금을 내도록함으로써 떳떳한 사회인으로 살아갈 수 있는 계기를 만들어 주었다는 데에 더 큰 자부심을 느끼고 있다.

서장실 있는 2층에 여자 화장실은 안 됩니다.

파주세무서 다음에 근무한 곳이 이천세무서였다.

파주서장 발령을 받고 제일 신나던 일이 시골 직장으로 출근을 한다는 사실이었다. 공직생활 25년을 중앙부처가 있는 서울과 과천에서만 근무하다가 처음으로 시골로 출퇴근을 하니 그렇게 좋을 수가 없었다. 매일 아침 통일로를 시원하게 달리는 기분은 그저 그만이었다. 복잡한 도심을 벗어나 시원하게 탁 트인 들과 산을 바라보면서 달릴 때는 지금까지 경험하지 못한 해방감 같은 것을 느껴볼 수 있었다.

파주세무서 2년이 언제 지나갔는지 모를 정도로 아쉬웠고 그래서 파주세무서와 환경이 비슷한 이천세무서로 옮긴다는 사실은 나에게는 또 다른 즐거움이었다.

이천서로 발령을 받고 출근하는 첫날 시골길을 달리면서 느끼는 상쾌하고 시원한 기분은 파주 못지않게 좋았다. 파주보다 오히려 낫다는 생각도 들었다.

세무서에 도착, 직원들과 인사를 나누고 업무보고를 대충 받은 다음 청사를 한 바퀴 둘러보았다. 시원스레 자라 운치를 더해주고 있는 정원의 고목이 세무서의 역사를 말해주고 있었고 정원도 건물도 시골 세무서다워 마음에 들었다.

그런데 화장실에 들어서면서 깜짝 놀라지 않을 수 없었다. 옷을 추스르며 화장실을 나서는 여직원과 맞닥뜨린 것이다. 화장실이 남녀 공용이었다. 아무리 시골 관청이라지만 아직까지 남녀공용 화장실이 있다니 놀라지 않을 수 없었다. 당장 부속실 여직원을 불러 물어보았다. 불편하지만 어쩔 수 없어 그렇게 쓰고 있다는 대답이었다. 몇 번 건의를 해 봤지만 시정이 안 되고 있다는 대답과 함께.

총무과장을 불렀다.

"여직원들이 불편해서 되겠습니까? 당장 고치세요! 세무서에는 아무래도 남자들이 많이 오니까 1층은 남자화장실로 하고 2층은 여자화장실로 하세요!"

그런데 총무과장의 단호한 대답이 걸작이었다.

"그건 안 됩니다. 서장실이 2층에 있는데 2층에 남자화장실이 없으면 서장님이 불편해서 어떡합니까?! 안됩니다."

"아니 총무과장! 서장은 한 사람이고 민원인은 여러 사람인데 한 사람이 1층으로 내려가면 되지 왜 많은 사람이 2층까지 올라와야 합니까? 서장이 운동하는 셈치고 오르내릴 테니 걱정하지 마시고 그렇게 하세요!"

할 수 없다는 듯 "알겠습니다." 하고 내려간 사람이 그 다음 날 또 올라왔다.

"서장님, 아무래도 안 되겠습니다. 청에서 청장님이나 국장님이 오시면 2층에 화장실이 없으면 되겠습니까?"

참 답답했다.

"이것 보세요! 청장님이나 국장님이 얼마나 자주 오신다고 그럽니까!? 1년에 두세 번도 안 오시는데 그 분들은 1층으로 내려가시면 안

됩니까?"

버럭 화를 내 버렸다. 도대체 윗사람들 불편한 것만 알았지 민원인들은 조금도 생각할 줄 모르는 답답한 공무원들이 있으니 참 한심하다는 생각이 들었다.

지금은 달라졌는지 모르겠지만 내가 이천세무서 서장으로 발령 받은 그 다음 날 1층에는 남자용, 2층에는 여자용 화장실을 따로 만들었고, 여자 탈의실과 휴식실까지 만들어 여직원들이 조금이라도 더 편안하게 직장생활을 할 수 있도록 배려했던 생각이 난다.

이천세무서 얘기를 하면서 골프얘기를 하지 않을 수 없다.

이천세무서로 발령이 나자 모두들 정말 좋은 데로 간다며 부러워했다. 좋다는 의미를 그 때는 알 수 없었으나 첫날 출근해 업무보고를 받으면서 '아! 이걸 두고 하는 말이구나'하는 생각이 들었다.

이천세무서는 관내에 골프장이 많기로 유명하다. 아마 전국에서 가장 많을 것이다. 그러다 보니 골프를 좋아하는 사람들에게는 이천세무서장으로 부임한다는 것이 부러움의 대상이 될 수밖에 없었다. 반면 이천서에는 힘깨나 쓰는 고위직들은 말할 것도 없고 조금이라도 힘이 있는 권력기관 사람들이 너나 할 것 없이 본청, 지방청을 통해 주말 부킹 부탁을 해오는 통에 서장은 전담 직원을 두면서까지 이를 적절히 관리하지 않으면 안 되었다.

행여 위에서 내려오는 부탁을 잘못 처리했다간 곤욕을 치르는 것은 물론 부탁하는 상사와의 관계가 껄끄러워지기도 했기 때문이었다.

이천 서장을 지낸 전임 서장들의 골프와 관련된 얘기는 너무나도 많다. 그 분들의 프라이버시를 생각해서 거명은 못하지만 그 때가 공무원들의 골프가 가장 성행하던 시기여서 이천세무서를 2년 정도 거치면서 맹훈련을 해 실력이 엄청 좋아진 선배들이 많다는 얘기만 들었을 뿐이다.

나도 파주서장 재직 시 기관장들의 성화에 못이겨 겨우 머리를 얹고 한두 번 나가 재미를 붙일 때쯤 이천으로 오게 되었는데, 운동 좋아하고 어울리기 좋아하는 성격에다 산지사방에 골프장 천지인 이천으로 왔으니 YS정권이 1, 2년만 늦게 들어섰어도 내 골프실력이 상당한 수준으로 올라서지 않았을까 싶다.

이천으로 발령받은 지 겨우 한 달 정도 되었을 때 YS정권이 들어서면서 공무원 골프금지령이 발동되었으니 나의 골프운은 억세게도 없는 모양이다. 정말 좋다가 말았다.

본청 2년, 7개 세무서 증설과 많은 직원들 해외여행 보내

남들이 부러워하는 이천세무서 근무 6개월 만에 국세청 행정관리담당관으로 발령이 났다. 재무부에서 전출온 지 2년 6개월여 만에 본청으로 입성하는 셈이었으니 자랑스럽기도 했지만 한편으로는 두렵기도 했다. 국세청에서도 제일 일하기 힘들다는 자리로 전보발령이 났으니 말이다.

본청 국장급인 기획관리관 밑에 과장급 담당관으로 기획예산담당관과 행정관리담당관, 법무담당관 세 사람이 있었는데 그 중 한 자리로 발령이 난 것이다.

당시 행정관리담당관의 당면 과제는 일선 세무서의 증설이었다. 폭증하는 세무업무를 원활하게 소화해 내기 위해서도 필요했지만, 세원을 능률적으로 관리하고 새로운 세원을 발굴하여 세수를 증대시킴으로써 나라살림의 원천이 되는 세입예산을 원활히 확보하기 위해서는 세무서 증설은 필수적인 과제였다.

나를 그 자리로 불러들인 건 나의 대학 전공이 행정학인데다 내가 경제기획원 출신으로 예산실에 아는 사람이 많아, 전쟁이나 다름없는 예산확보에도 도움이 되리라고 본 적절한 인사였다는 생각이 들었다. 세무서 증설을 위해서는 우선 국세청 정원을 늘려야 하고 다음으로 소요예산을 확보해야 한다.

이 두 가지를 해결하지 않고서는 세무서 증설은 불가능하다.

먼저 국세청 정원을 늘리기 위해 이근영 사무관(현 삼성세무서장)과 함께 총무처 조직국을 뻔질나게 드나들었다.

오로지 정원을 늘리기 위해 분투하는 행정부처와 가능한 한 증원 요구를 묵살하려는 총무처와의 싸움도 치열했지만, 한정된 증원수를 놓고 서로 많이 차지하려는 부처 간의 경쟁도 불꽃을 튀길 수밖에 없었다.

"우리 요구는 궁극적으로 세입을 늘리고자 하는 건데 우리 요구보다 더 중요한 게 어디 있느냐!? 총무처에서만 통과시켜주면 예산실에서는 그대로 받아내도록 하겠다. 꼭 통과시켜 달라!"

나의 주장에 일리가 있고 또 워낙 강하게 밀어붙이는데다 내가 경제기획원 출신이라 예산실에서는 꼭 받아내겠다는 말에 믿음이 갔던지 다행히 우리 요구가 거의 수용돼 예산실로 넘어갔다.

예산실에서도 총무처에서와 마찬가지로 투쟁을 했다. 거의 두 달을 예산실에서 살다시피 했다. 담당 국장님한테는 적어도 하루에 두 번은 인사를 하고서야 퇴근을 할 정도였다. 다른 부처로 전출간 EPB 출신이 친정이나 다름없는 예산실에 와서 그렇게 열심히 예산투쟁을 하는 게 안쓰러웠던지 복도에서 만나는 예산실 간부들은, "조과장 정말 대단하네요." "정말 놀랍습니다." 칭찬인지 야유인지 저마다 한마디씩 할 정도였다.

아무튼 그렇게 노력한 보람이 있었던지 행정관리담당관으로 재직했던 2년 동안 국장님이신 안정남 기획관리관과 나 그리고 전술한 이근영 사무관 이렇게 세 사람이 명콤비가 되어 당초 예상했던 것보다 훨씬 많은 7개의 세무서 TO를 확보할 수 있었던 것을 지금도 자랑스럽게 생각하고 있다.

가을 야유회 때 행정관리담당관실 직원들과 함께

400여 명의 하위 직원 해외여행 보내

행정관리담당관으로 재직하면서 또 하나 열심히 그리고 신바람 나게 추진했던 일은 400여명의 국세청 직원들을 해외여행 보내는 일이었다.

YS정권이 들어서고 얼마 지나지 않아 총무처로부터 '가용예산의 범위 내에서 가급적 많은 공무원들을 해외여행 시켜라'는 요지의 공문이 하달되었다.

공무원 사기진작책의 일환이었음은 물론이다.

하지만 그런 공문이 하달되었다고 해서 예산을 전용해가면서까지 직원들을 해외여행 보낼 부처가 과연 몇이나 있겠는가. 예산확보가 얼마나 어려운 일인지를 아는 부처 같으면 생각도 못할 일인데….

그런데 우리 국세청은 그 일을 제일 먼저 추진했었다. 직원들 해외여행과 관계 되는 일은 행정관리담당관인 내가 앞장서고, 예산전용은 국장님 소관사항이니 국장님과 내가 소신있게 나선다면 못할 일이 없겠다는 자신감이 생겼다. 15,000명이 훨씬 넘는 우리 청 직원들 중 음지에서 묵묵히 일하는 직원들에게 해외여행의 기회를 준다면 그 보다 더 좋은 사기진작책은 없겠다는 확신이 섰고 그래서 우리 국장님과 추경석 당시 청장님께 자신있게 말씀드렸다.

"사기진작에 좋은 건 말할 것도 없고 직원들이 정말 고마워하고 열심히 일할 겁니다. 총무처에서 이런 공문까지 왔으니 명분도 좋고 또 얼마나 좋은 기횝니까? 예산확보가 좀 어렵겠지만 저도 열심히 뛰겠습니다."

그렇게 말씀 드리는데야 반대할 이유가 없지 않겠는가! 청장님도 쾌히 승낙하셨고 그렇게해서 일은 일사천리로 진행되었다. 지방청을 통해 가급적 6~7급을 중심으로 직원들을 엄선토록 했고, 이들을 A, B, C급으로 나누어 A, B급은 미주와 구주지역을, C급은 아시아지역을 각각 열흘정도씩 여행시켰다. 그 많은 하위직 일선 직원들을 해외여행 시킨 일은 국세청 30년 역사상 전무후무한 일이었다.

난생처음 미국이나 구라파를 여행하고 다녀온 직원들이 정말 고마워했고 또 사기충천했음은 불문가지. 국세청에 재직하면서 가장 보람을 느꼈던 일이다.

늦게 배운 스키에 날새는 줄 모르고

국세청 행정관리담당관으로 근무하는 동안 고생도 많이 했지만 그 자리에 있었던 덕분에 얻어 낸 보람된 일도 하나 있다.

스키를 배웠다는 사실이다.

예산실 출입을 오래 하다 보니 자연 우리 청 담당인 최종덕 사무관과 접촉할 기회가 많았는데 하루는 그로부터 눈이 번쩍 뜨이는 얘기를 듣게 되었다.

얘기인 즉, 예산실에 근무하다 보면 야근을 밥 먹듯이 해 건강을 해치는 직원들이 많은데, 자기는 일주일에 한 번 토요일 오후에는 꼭 스키를 타기 때문에 아무리 업무에 시달려도 토요일을 기다리다 보면 하루하루가 즐겁고 일주일이 금방 지나가버린다며, 건강에 좋은 것은 말할 것도 없고, 슬로프를 내려오는 순간 쌓인 스트레스까지 날려버릴 수 있으니 그야말로 일석삼조가 아니냐는 것이었다.

평소에 '나도 한번 해 봐야지!' 마음은 굴뚝 같았지만, 60을 바라보는 나이에 너무도 새삼스러운 일이어서 망설일 수밖에 없었는데 마침 최사무관의 권유도 있고 하여 드디어 결심을 하게 되었다.

하루는 아들과 함께 집에서 제일 가까운 홍천 비발디 스키장엘 가서 몇 시간 동안 기초를 익혔다. 연습을 제대로 했는지 아니면 내 기본이 제대로 돼 있었는지 오후 늦게 돌아올 때쯤에는 슬로프를 타고 멋지게 한 번 내려와 보고 싶은 충동을 느꼈다.

아들을 따라 나도 모르게 리프트를 타고 꼭대기로 올라갔다. 리프트에서 내려 출발선으로 가는 동안 참으로 기분이 묘했다. 드디어 출발선에 섰다. 시원스레 눈 아래 펼쳐진 설경을 보는 순간 짜릿한 쾌감과 스릴이 온 몸에 느껴졌다. 숨을 크게 쉬고 아래쪽을 응시하며 다리에 힘을 주었다. 비행기가 이륙할 때를 생각하며 두 손으로 힘껏 스틱을 뒤로 밀었다. 드디어 출발. 정신없이 아들 뒤만 보며 따라 내려갔다. 넘어지지 않으려고 몸의 균형을 잡는데만 온 신경을 집중하며 조마조마했지만 끝내 넘어지지 않고 끝까지 내려갔다.

첫 도전에서 보란듯이 성공을 한 것이다. 또 리프트를 탔다. 이번에도 성공이었다. 스키를 배운 지 하루 만에 스키타는 재미를 알게 된 것이다. 다음부터는 나 혼자서 차를 몰고 스키장을 찾았음은 물론이다.

우리나라 스키장의 경우 슬로프가 몇 안 되는 데다 길이가 짧아 성수기에는 리프트를 타기 위해 줄을 서서 너무 오래 기다려야 한다. 실제 스키를 타는 시간에 비해 기다리는 시간이 너무 길어 몇 번 타보지도 못한 채 돌아오기가 일쑤다. 그래서 '나 같은 노인네까지 끼어들어 더 오래 기다리게 하는구나' 싶어 마음이 편칠 못했고 리프트를 탈 때마다 같이 타는 젊은 사람들에게 늘 미안한 생각이 들었다.

그런데 최사무관 말대로 5시쯤 퇴근해서 바로 스키장으로 출발하면 늦어도 7시 반쯤에는 도착할 수 있고 그 때는 리프트를 타려고 기다리는 사람이 없으니 스키를 타고 내려오자마자 바로 또 리프트를 타고 올라갈 수 있어 시간낭비 조금도 없이 그야말로 스키만 즐기다가 올 수 있었다.

밤 10시 스키장의 불이 다 꺼질 때까지 계속 오르내리면 열 번도 더 탈 수 있으니 얼마나 경제적인가!

혼자서 실컷 타다 스키장에 불이 꺼지면 그 때서야 옷 갈아입고 차 몰고 집으로 오기만 하면 되니 이 얼마나 즐겁고 신나는 일이냐 말이다.

생각해 보면 얼마 전까지만 해도 우리가 스키를 탄다는 것은 상상조차 할 수 없는 일이었다. 저 먼 나라 사람들이나 하는 호사스런 일이었고, 영화에서나 볼 수 있는 그런 것으로 생각했었다.

그런데 그 스키를 우리가, 그것도 우리나라에서 쉽게 탈 수 있다니! 꿈에도 생각 못할 일이 아니었던가!

그렇게 일주일에 한 번씩 토요일 마다 스키를 타니 최사무관 말대로 일주일이 금방 지나가며 그렇게 즐거울 수가 없었고 더욱이 50대 중반의 나이에 스키를 타니 그 만족감은 이루 말할 수 없었다.

다른 운동으로는 도저히 맛볼 수 없는 그런 희열을 느끼곤 했다.

'60을 바라보는 나이에 나도 스키를 탄다.'는 우월감 같은 걸 골프나 테니스를 친다고 느낄 수 있겠는가? 도저히 그렇지 않을 것이다.

큰 사위가 다음 외국 근무를 할 때에는 꼭 알프스나 주변의 아름다운 스키장을 찾아 멋있게, 정말 멋있게 한번 타 볼 생각이다. 더 늙기 전에 꼭 해보고 싶은 마음 간절하다.

3주간의 콜로라도대학 어학연수

　행정관리담당관으로 재직하는 동안 고생도 많이 했고 또 열심히 일한 덕분인지 오랜만에 해외여행을 할 기회를 얻게 되었다.

　총무처에서는 공무원 단기해외훈련 프로젝트에 따라 1994년 10월경 중앙부처에 근무하는 우수공무원 20명을 미국 콜로라도대학 부설 경제연구소에 보내 연수시킬 계획이었고, 그에 따라 각 부처에 '근무성적이 우수한 사무관 또는 서기관급 1명씩을 선발, 그 명단을 통보해 달라'는 요지의 공문을 보냈었는데 그 공문이 우리 청에도 와 있는 걸 우연히 알게 되었다.

　내가 소속해 있는 기획관리관실이 고생을 많이 하는 부서인데다 요즘 특별히 바쁜 일도 없어 신청만하면 다른 부서보다 우선적으로 보내주겠구나 하는 생각이 들었고, 그 때 마침 우리 과의 현안업무였던 국세청공무원증원계획도 그런대로 성공적으로 끝낸 상황이라 '절 보내주십시오'하는 말씀을 드리기가 쉽겠다는 생각이 들었다.

　용기를 내 국장님께 "저 여기 좀 보내주십시오"했더니 "그래, 나도 생각하고 있었어. 다녀와."하시며 흔쾌히 승낙을 해주셨다.

　총무처에 답신을 보낸 지 며칠 만에 국외훈련과에서 전화가 왔다. 조과장님은 여행경험도 있고 나이도 가장 많으니 단장을 맡아달라는 부탁이었다. 처음엔 사양을 했으나 끝까지 거절하기도 어려웠다. 그래 단장을 맡으면 따로 준비해야 할 것은 없느냐고 물었더니 연구소 측에서 환영회를 베풀 텐데 그 때 해야 할 인사말이나 미리 준비해 가시는 게 좋겠다는 얘기였다.

경제기획원 시절 40여 일 간을 시카고를 비롯한 미국 서부와 동부 지역 5대도시를 돌아본 적이 있어 그렇게 흥분되지는 않았으나 그래도 20년만의 미국여행이라 가슴이 설레지 않을 수 없었다.

미국 콜로라도주 Boulder라고 하는 인구 8만 여의 조그마한 도시에 소재한 콜로라도대학 부설 연구소에서 3주간 '인력자원개발'이라는 주제로 강의를 듣는데 일주일에 금, 토, 일 사흘은 뺀 나흘만 강의가 있고, 그것도 마지막 1주일은 워싱턴을 방문하여 현지의 관련기관 견학과 관광을 하도록 되어 있어 말이 연수지 관광이나 다름없는 위로출장 성격의 연수여행이었다.

10월 1일 오후 4시경 콜로라도주 Denver 공항에 도착, 스쿨버스로 한 시간 거리인 연구소에 도착하여 방 배정을 받은 뒤 신선한 채소와 과일을 마음대로 먹을 수 있는 뷔페식당에 가서야 비로소 외국에 온 사실을 실감할 수 있었다.

도착 첫날 일과를 끝내고 침대에 누웠으나 통 잠이 오질 않았다. 시차 때문만은 아니었다. 미국 여행은 이번이 두 번째지만 그래도 20여 년만이고 콜로라도 주는 처음인데다 고등학교 때 배운 '콜로라도의 달 밝은 밤은….'하는 노래가사가 자꾸 떠올라서 지금 당장이라도 밖으로 나가 거닐어 보고 싶은 충동을 느꼈다. 룸메이트가 된 조달청 J사무관더러 같이 나가자니까 이 밤중에 어디를 가느냐며 절래절래 고개를 흔들기에 하는 수 없이 혼자 나섰다. 마침 달이 아주 밝은 달밤이었다.

하늘도 맑아 수많은 크고 작은 별들이 밤하늘에 가득히 박혀 새파랗게 반짝이고 있었고 달문이 훤하게 보일 정도로 달도 밝고 깨끗했다. 우리나라에서는 좀처럼 볼 수 없는 아름다운 광경이었다.

가로등만 하나 둘 서있는 콜로라도의 달 밝은 밤을 노랫말 그대로 혼자서 걸었다. 길을 따라 나있는 조그만 개울에는 물이 가득 차서 좔좔 소리를 내며 흐르고 있었다.

한밤중이라 혹시 들개 같은 게 불쑥 나타나 달려들지나 않을까 겁이 났지만 그래도 이국의 달밤을 혼자서 거니는 기분은 말할 수 없이 상큼하고 즐거웠다. 처음에는 의식을 못했는데 한참을 걷고 있으려니 조금 전부터 차 한 대가 따라오고 있는 것 같은 느낌을 받았다. 자세히 보니 경찰차였는데 혼자 근무 중인 경찰이 누군가와 통화를 계속하고 있었다. '야밤중에 이상한 사람 하나가 한 시간 이상이나 거리를 쏘다니고 있으니 요주의 인물로 감시를 하고 있구나'하는 생각이 들어 그길로 산책을 끝내고 발길을 돌렸다.

갈 때 열심히 익혀둔 대로 좌회전 우회전을 거듭하면서 학교에서 멀지 않은 숙소에 도착하고서야 그때까지 따라오던 경찰이 참 믿음직하게 생각 되었고 미국이란 나라는 역시 다르구나 하는 생각이 들었다.

다음 날 아침 한국에서 온 우리 연수단 일행을 환영하는 행사가 있었다. 소장을 비롯한 지도교수들과 안내를 맡은 행정요원들이 모두 참석한 가운데 내가 대표로 나가 인사를 했다.

미리 준비해 간 인사말은 가기 전에 몇 번을 다듬었다.

경제기획원 국장으로 계셨던 분이 만드신, 그 당시에는 흔치 않던 로펌에서 일하고 있던 옛날 동료(그 국장과 동료 모두 광주일고 출

172

신이었다)로부터 그 로펌에는 하버드나 예일대 출신 변호사들도 많다는 말을 들었던 터라 그 동료한테 내가 만든 원고의 교정을 부탁했더니 정말 맘에 쏙 들게 고쳐주었고, 그렇게 고친 원고를 갖고 있어 영어로 인사말을 해야하는 데도 조금도 두렵지가 않았다.

솔직히 말해 나도 여러 사람 앞에 서서 말하는 걸 싫어하고 두려워하는 편인데 외국사람 앞에 나가 인사를 해야 하는데도 전혀 주눅들지 않는 게 오히려 이상했다. 그건 아마 미국 최고의 명문대 출신 변호사가 교정해준 인사말 원고를 가지고 있었던 때문이리라.

'미리 준비해 온 걸 읽겠다'고 양해를 구한 뒤 그 원고를 자신 있게 읽어 내려갔다. 수십 번도 더 읽어 외울 정도가 되었으니 자신있다는 표현이 조금도 과장된 게 아니었다.

"Thank you, very much." 나의 마지막 인사가 끝나기가 무섭게 조용히 듣고 있던 연구소 사람들이 하나 둘 자리에서 일어나며 기립박수를 보내는 것이 아닌가! 나도 놀라고 말았다.

연수단 환영식에서의 필자

173

이렇게 해서 걱정하던 신고식은 성공적으로 끝이 났다.

기껏 2~3주 어학연수를 받는다고 어학실력이 늘 리가 없다는 것을, 그것도 평소에는 영어를 쓰지도 않는, 나이 많은 직장인들한테는 별 도움이 안 된다는 사실을 모를 사람은 아마 없을 것이다.

단지, 백문이 불여일견이라고, 3주간 미국이란 나라를 보는 것 만으로도 교육효과는 있다고 보는 것이 연구소나 우리 총무처의 생각이리라.

아무튼 그런 교육을 받다보니 교육생들은 마음의 부담이 없어 편했지만 강의하는 교수들은 그렇지가 않아 보였다.

정성을 다하여 강의에 임하는 교수들의 진지함에 절로 머리가 숙여졌다. 그런데도 불구하고 강의를 듣는 몇몇 친구들의 형편없는 수업태도가 나머지 학생들을 너무나 창피하고 부끄럽게 만들었다.

수업시간 내내 창밖만 쳐다보고 있는 친구가 있는가 하면, 있는 대로 입을 벌리고 하품을 하는 친구도 있었고 심지어는 온몸을 뒤틀면서 두 손을 뻗어 기지개를 켜는 친구도 있었다. 가장 모범을 보여야할 감사원에서 온 L과장이 제일 심했다.

예절의 ABC도 모르는, 나라 망신은 다 시키는 그런 친구들이 어떻게 부처 대표로 뽑혀서, 공무원 자격으로 여기까지 왔을까 참으로 기가 막히고 한심했다.

영어로 강의하는 걸 알아들을 사람이 몇이나 되겠는가! 알아들을 수 없으니 지루하고 재미가 없는 건 이해가 된다. 하지만 아무리 그렇기로서니 20명밖에 안 되는 인원인데 그 중 한두 사람이라도 그런 수업태도를 보인다면 교수님은 얼마나 불쾌하고 또 무시를 당한다고 생각하겠는가!

총무처는 연수를 보내기에 앞서 이런 사람들에게 소양교육부터 시켜야 하겠다는 생각이 들었다.

버스타고 Rocky Mountain 정상에 오르다.

연수 받는 동안 제일 기억에 많이 남는 일을 들라면 주저 없이 들 수 있는 게 두 가지다.

하나는 버스타고 Rocky Mountain 정상에 올랐던 일이고 또 하나는 주말마다 렌터카 몰고 주변 관광지를 돌아다녔던 일이다.

연수 이틀째 인솔교사 3명과 버스를 모는 아르바이트 대학원생 한 명을 포함한 우리 일행 24명은 모두 등산복 차림으로 스쿨버스를 타고 Rocky Mountain National Park로 관광을 나섰다.

콜로라도 대학이 있는 Boulder시에서 얼마 떨어지지 않은 곳에 위치한 록키산 국립공원은 캐나다에서 미국을 거쳐 멕시코까지 남북으로 이어져 있는, 북미대륙에서 가장 큰 산맥인 록키산맥의 중간쯤 되는 곳에 있다.

버스로 이동하면서 여기저기를 관광하고 마지막으로 당도한 곳이 국립공원 안내소였다. 그곳에서 홍보영화를 본 뒤 휴식시간을 가진 자리에서 관리책임자(소장)에게 '정상 쪽으로 가는 길 입구에 'CLOSED'라는 팻말을 내 걸었던데 혹시라도 산 정상에 올라갈 수 있느냐'고 물어보았다.

소장의 답변이 의외로 긍정적이었다. 날씨만 쾌청하면 가능하다는 것이었다. 그 말을 듣는 순간 올라갈 수도 있겠구나 하는 생각이 들었다. 그래서 나와 청와대 경호실에 근무하는 장 사무관 둘이서 아주 적극적으로 소장에게 매달렸다.

'정상에 한 번만 올라가게 해 달라. 우리가 죽기 전에 언제 록키마운틴을 찾아올 수 있겠느냐'고.

그런데도 소장은 "지금 날씨는 괜찮아 보이지만 조금만 올라가면 어떻게 변할지 모릅니다. 오늘 일기예보에 의하면 정상부근은 기상이 좋지 않습니다."며 꿈쩍도 않았다. 그래도 포기하지 않고 매달렸다.

"올라가다가 날씨가 변하면 그 때는 내려오겠다. 약속은 꼭 지키겠다."

그래도 대답이 없던 소장이 "록키산 정상에 오르는 것은 꿈에도 생각 못한 일입니다. 허락만 해 주신다면 우리 일행은 소장님의 고마움을 평생 잊지 못할 것입니다."

그런 애원에는 마음이 흔들렸던지, "그러면 나도 버스에 동승하겠다. 만약 도중에 날씨가 나빠지면 그때는 무조건 내려와야 한다."며 조건부 허락을 하고야 말았다.

버스가 고도 1만 피트가 넘는 고불고불한 산길을 아슬아슬 올라가는 동안 보기만 해도 현기증이 날 정도로 아찔한 천길 낭떠러지 옆을 지날 때에는 감사원 L과장은 고소공포증이라도 있는지 겁먹은 소리로 "단장님! 그만 돌아갑시다! 아무래도 안되겠어요!" 돌아가자며 매달리기까지 했다.

혹시라도 날씨가 변덕을 부리지나 않을까 조마조마해 하는 나와는 달리 몇몇 친구들은 오히려 기상이변이 일어나기만을 기다리는 것 같았다. 하지만 하늘이 도왔던지 날씨는 조금도 변함없이 좋기만 했다.

176

드디어 11,800피트 정상에 다다랐다. 평지처럼 널따란 초원에는 안개인지 구름인지 모를 무엇이 저 쪽 끝을 덮고 있는데, 골짜기 너머 저 편에는 난생처음 보는, 눈부시게 현란한 만년설이 거짓말처럼 앞을 가로 막고 있었다. 너무나 감격적인 광경이었다.

산 정상에서 찍은 기념사진. 뒤쪽 거인이 콜로라도 대학원생, 거인 앞이 저자 그 옆이 국세청 정극채 사무관과 감사원 이경우 서기관.

버스에서 내리자마자 모두들 펄쩍펄쩍 뛰며 좋아서 어쩔 줄을 모른다. 관리소장도 축하한다며 악수를 청하면서 연신 싱글벙글했다. 버스를 몰고 힘겹게 올라온 대학원생도 Boulder에 25년을 살았지만 정상은 처음이라며 그렇게 좋아했다. 감격을 이기지 못해 나를 어린애 안듯이 번쩍 안아 들고 몇 번이나 빙글빙글 돌렸다가 내려놓았다.

나도 그 친구를 안아서 한 두 바퀴 돌렸다. 키 190cm의 거구에 몸무게가 자그마치 90kg이나 되는 장사를 60kg밖에 안 되는 내가 들어 올리다니…. 너무 좋아 순간적으로 힘이 불끈 솟아난 것인가!?

키 190cm, 몸무게 90kg의 장사를 번쩍 안아 올렸다.

그런데 나중에 일이 터지고야 말았다. 나도 모르게 한밤중에 잠이 깨었다. 팔이 저리고 이상했다. 쥐가 나는 것 같기도 하고 묵직한 통증으로 잠을 이룰 수가 없었다. 팔을 침대 밑으로 떨어뜨려 보기도 하고 들어올리기도 하고 온갖 방법을 다 써 봤는데도 통증이 가시질 않았다.

이상하게도 낮에는 느끼질 못했는데 밤만 되면 그랬다. 아무리 생각해도 그 이유를 알 수가 없었다. 그러다가 귀국해서 이발관엘 갔다. 면도를 하려고 의자를 뒤로 젖히는 순간 못 견딜 정도로 어깨에 통증을 느꼈고, 치과에 가서도 그랬다. 의자를 높히는 순간 "아…!" 하고 외마디 소리를 질렀더니 치과의사 왈 "이 환자 엄살도 심하시네! 입을 벌리지도 않았는데 아프다니요!"했다.

정형외과 원장인, 고등학교 및 대학교 친구 이헌영 박사를 찾아가서야 통증의 원인이 목디스크임을 알았지만 목디스크가 왜 왔는지는 도무지 알 수가 없었다. 병원엘 다니며 물리치료를 받고 있던 어느 날 현상해 온 여행사진을 한 장 한 장 넘기다가, '아! 바로 이거로구나! 이게 원인 이었구나!'하고 무릎을 쳤다. 조그만 체구의 내가 그 육중한 콜로라도 대학원생을 번쩍 안아들고 있는 바로 그 사진이었다.

그 후로도 두어 달 동안이나 고생을 해야만 했던 기억이 새롭다.

난생처음 해본 렌터카 여행

강의가 없는 주말이면 렌터카를 빌려 손수 운전하면서 현지 관광을 다녔다. 그때까지 외국에서 자동차를 몰아본 경험이 전혀 없었는데 어디서 그런 용기가 생겼는지 나도 모를 일이다.

1980년대 중반 우리나라에 마이카 시대가 오면서 나도 중고차를 하나 사서 서울에서 과천정부청사까지 출퇴근을 시작했으니 운전경력으로 치자면 20년 가까이 됐었지만, 사실 1991년부터 일선 서장을 하면서 운전기사가 모는 차로 출퇴근을 했으니 운전경험이 그리 많은 편은 아니었다. 이번 여행을 준비하면서 우리나라 면허증을 국제면허증으로 바꿀 때만 해도 '꼭 운전을 해 봐야지'하는 생각 보다는 '혹시라도 기회가 된다면'하는 정도로만 생각을 했었다.

경제기획원 햇병아리 시절, 고시출신 젊은 사무관들이 미국 유학 시절을 얘기하면서 걸핏하면 '주말에 차를 몰고 어디를 다녀 왔는데, 아무리 달려도 끝도 없는 대평원뿐이어서 가속 페달을 계속 밟았다'며 자랑을 늘어놓을 때마다 그게 그렇게 부러울 수가 없었고, 그래

White River 공원 앞에서. 렌터카를 처음 몰면서 이렇게 많은 연수생들을 태우고 다녔다.

서 '나도 다음에 기회가 되면 꼭 한 번 몰아봐야지'하는 마음이 간절했던 건 사실이다.

그런데 여기 연수를 오자마자 첫날부터 콜로라도의 아름다움에 반해버린 데다가 대학원생이 버스를 몰고 그 험준한 록키산을 오르는 것을 보고, 그리고 경제기획원의 그 젊은 사무관들을 떠올리면서 용기를 얻었다고 할 수 있겠다.

'그 친구들이 모는데 내가 못할 리는 없지!'하는 자신감과 오기가 렌터카를 빌리는데 조금도 주저함이 없게 만들었던 것이다.

외국에 나가 길도 생판 모르면서 차를 빌려 탄다는 게 그리 쉬운 일은 아니잖은가?

자신감과 오기만 있다고 한 번도 안 타 본 남의 차를 덜렁 빌려서 그것도 외국에서 탄다는 게 보통 용기로는 쉽지 않을 것이다. 혹시

고장이라도 나면? 경찰이 따라와서 검문이라도 하면? 길도 잘 모르는데 어떻게 찾아다니지? 그런 자질구레한 걱정을 하는 사람은 아예 생각을 말아야 한다.

그런데 나는 주말마다, 그것도 일행을 대여섯 명씩이나 태우고서 초행길을 렌터카 몰고 다녔으니…. 지금 생각해 보면 어디서 그런 용기가 났는지 정말 알다가도 모를 일이다.

아무튼 주말만 되면 가까운 관광지 중에서 가보고 싶은 곳을 골라 아침에 출발하여 저녁에 돌아오곤 했는데, 첫째 주에는 금, 토, 일 3일을, 다음 주에는 금, 토 이틀을, 그렇게 2주일에 닷새를 다니다 보니 Boulder시 인근의 중요관광지 중에서 의외로 많은 곳을 돌아볼 수 있었다.

영어도 서툰데다 관광안내원 하나 없이 우리 일행들만 다니다보니 수박 겉핥기식이 될 수밖에 없었지만 그래도 기억에 남는 곳은 많다.

콜로라도 스프링스의 미 공군사관학교를 비롯해서, 저 아래 까마득히 보이는 강물까지 2,000피트가 넘는 천 길 낭떠러지의 대협곡을 한눈에 내려다 볼 수 있는 로열고지(Royal Gorge), 성모 마리아가 아기 예수를 업고 있는 모양 등 갖가지 형상의, 온통 붉은 바위들로만 이루어진 신들의 정원(Garden of the Gods)도 가봤다.

북미대륙에서 경치가 아름답기로 유명한 곳이라 말 그대로 주마간산식으로 지나가면서 바라보기만 해도 감탄사가 절로 나오는 아름다운 곳이 참으로 많았다. 1만 2천 피트가 넘는 눈 덮인 Independence Pass도 올라가 봤고, Estes Lake와 White River에서는 멋있는 사진을 찍기도 했다.

록키산맥 분수령인 고도 12,000피트의 눈덮인 인디펜던스 고갯마루. 렌터카를 처음 몰면서 여기까지 올라왔다.

　내가 운전할 때는 항상 청와대 경호실의 장 사무관이 옆자리 조수석에 앉아 지도를 보며 길을 안내했는데, 육사를 나와 그런지 지도 보는 솜씨가 탁월해 왕초보 렌터카 기사에게는 큰 도움이 되었다는 걸 꼭 얘기하고 싶다. 그리고 난생처음 렌터카를 몰면서 가보고 싶은 곳 마음대로 다녔지만 한 가지 유감인 것은, 감탄사가 절로 나는 멋있는 곳을 지날 때마다 같이 탄 일행들은 "와! 와!" 탄성을 연발하지만 정작 핸들을 잡은 나는 조심 운전하느라 곁눈질조차 할 수 없었다는 사실이다.

　그게 너무 불공평했지만 그래도 그때 내가 모는 차를 타고 같이 구경을 다녔던 일행들은 지금도 만날 때마다 '조과장님 덕분에 정말 좋은 구경 많이 했다'며 진정으로 고마워하고 있어 그것만으로도 렌터카 여행을 한 보람을 크게 느끼고 있다.

국세청 6급 직원이 8천만 원 고액과외(?)

　개포세무서 서장으로 근무하던 1998년 8월 어느 날.

　아침 일찍 배달된 조간지 C일보를 집어들고 무심코 몇 장을 넘기다가 눈이 휘둥그레졌다.

　'아니, 뭐라고!?'

　「국세청 6급 직원, 8천만 원 고액 과외」

　사회면 톱기사 제목이었다.

　그것도 대문짝만한 활자에다 6단 크기로 실었으니 대서특필이라 해야겠다. 고액과외가 한창 사회적인 문제로 대두되고 있을 당시 였으니, 8천만 원 고액과외라면 사회면 톱기사거리로도 충분했겠지만, 정작 국세청에 몸담고 있는 사람으로서는 대서특필한 그 기사를 대하는 순간 참으로 어처구니가 없었다.

　출근하기가 바쁘게 본청 총무과로 전화를 걸어 확인부터 했다.

　'신문에 난 사람이 우리 청 6급 직원이 맞느냐!?'고. 다행스럽게도 이미 6년 전에 퇴직한 사람이니 지금은 국세청 직원이 아니라는 답변을 들을 수 있었다. 정말 다행이었다.

　6년 전에 퇴직한 직원이라면 지금 국세청 직원이 아님은 분명한데 마치 현직 6급 직원인 양 기사를 썼다면 그 기사는 분명 사실이 아닌 기사임엔 틀림이 없다.

　매일처럼 직원들에게 세금수납과 체납세액 정리를 독려하는 책임자 입장에서 직원들 사기는 물론 일할 의욕마저 완전히 꺾어버리는 이같은 기사를 보고도 어찌 분개하지 않고 또 모른 체할 수 있단 말인가!?

더욱이 이런 기사를 읽고 분노하고 있을 국민들에게 어떻게 감히 '세금 좀 빨리 내 주십시오'하며 찾아다닐 수 있겠는가 말이다.

총무과에 다시 전화를 걸었다.

"일이 이 지경이 되었으면 청에서는 국장급 이상 고위 간부들이 신문사를 찾아가서 집단 항의라도 해야 하는 것 아닙니까!? 그럴 계획이라도 있습니까?" 따져 물어도 묵묵부답이었다.

감사관실에 전화를 걸어 물어봐도 역시 마찬가지였다.

오히려 나더러 "서장님이 항의를 좀 해주시죠!"하는 게 아닌가!

어떻게 이런, 사실이 아닌 창피스러운 기사가 대문짝만하게 실렸는데도 청 차원에서 가만히 있을 수 있단 말인가!? 참으로 한심했다. 그냥 지나칠 수는 도저히 없고 내라도 나서야지 하는 의무감, 정의감 같은 게 솟구쳤다.

C일보에 전화를 걸어 그 기사를 쓴 기자부터 찾았다.

몇 번이나 전화를 하고 메모를 부탁했는데도 자리에 없다느니 취재하러 나갔다느니 갖가지 핑계를 대면서 바꿔주지 않았다.

사회부장을 찾아도 마찬가지였다. 직접 찾아가지 않는 이상 전화 통화는 어려울 것 같았다. 하는 수 없이 최고 책임자라고 생각되는 편집국장을 찾았다.

편집국장 역시 세 번 만에야 겨우 통화를 할 수 있었다.

내 관등성명을 대고 오늘 아침 기사에 항의할 게 있어서 통화를 원

한다는 메모를 남기고서야 겨우 통화가 된 셈이었다.

먼저 전화한 까닭을 대충 언급하면서 '사실이 아닌 기사를 어떻게 사회면 톱으로 그렇게 대서특필할 수 있느냐!?'고 했더니, 나더러 개포세무서장이 맞느냐고 묻고는, "무슨 시나리오가 있는 겁니까? 하필이면 왜 개포서장이 전화를 합니까?" 내가 묻는 말에 대답은 커녕 그렇게 따지기부터 하는 게 아닌가.

국세청장의 지시에 따라 어떤 순서에 입각해서 개포서장이 먼저 전화를 건다고 생각하는 모양이었다. 그렇지 않고서는 일개 서장 나부랭이가 편집국장한테 감히 그런 전화를 할 수 있겠느냐고 생각하는 것 같았다.

"시나리오요!? 국세청 직원이라면 그 기사를 보고 흥분 안 할 사람 있겠습니까? 개포서장은 국세청 직원이 아닙니까? 그래서 전화를 하는 건데 시나리오는 무슨 시나리오란 말입니까? 그 사람이 전직 국세청 직원이라고 썼다면 우린들 무슨 말을 할 수 있겠습니까? 입이 백 개라도 할 말이 없을 겁니다. 그런데 우리 국세청을 음해하려는 의도가 아니고서야 어떻게 사실이 아닌 기사를 이렇게 대서특필할 수 있습니까! 아무튼 사실이 아닌 기사임은 틀림없지 않습니까!?"

흥분한 나머지 거침없이 항의성 발언을 쏟아냈다. 결국에는 정정기사를 싣든지 아니면 사과문이라도 실어야 하지 않겠느냐는 말까지 하고서야 흥분이 다소 가라앉았다. 그래서 한마디 덧붙였다.

"저는 고등학교 다닐 때 국어시간에 이런 말씀을 들은 기억이 납니다. 일본의 요미우리 신문사에서는 신문에서 오자나 탈자를 하나라도 찾아내는 독자에게는 상을 주고 있었는데, 어느 할머니 한 분이 돋보기로 한 자 한 자 읽어내려 가다가 오자 하나를 발견하여 상을 받은 일이 있었다면서, 훌륭한 신문이 되려면 오자 탈자 하나에도 신경을 써야한다는 선생님의 말씀을 지금도 기억하고 있습니다. 그런데 우리나라에서 발행부수도 제일 많고 식자층 독자도 가장 많이 확보하고 있는 C일보에서 사실이 아닌 기사를 이렇게 대서특필하다니 말이나 됩니까! 나는 C일보를 정말 애독하는 사람입니다. C일보를 좋아하고 아끼는 마음에서 이런 전화를 하는 겁니다."

그제서야 편집국장이라는 양반도 잘못을 인정하는 게 낫겠다고 판단했던지 사과하는 투의 말을 했다.

그렇게 편집국장이라는 사람한테 항의 전화를 해서 사과성 발언을 듣는 것으로 분을 삭이기는 했지만 왠지 씁스레한 기분은 지울 수가 없었다.

국세청 수장들이 어느 누구 할 것 없이 하나같이 떳떳하지 못한 일로 신문지상을 더럽히고 있는 작금의 국세청을 보면서, 지금 같으면 그런 항의전화를 할 수 있었겠는지 솔직히 부끄러운 생각이 든다. (최근 국립중앙도서관에 가서 당시의 대서특필된 그 기사를 찾았더니 그 기사는 온데간데 없어지고 다른 페이지에 조그맣게 관련 기사가 실려있었다)

사표제출 않는다고 들이닥친 감찰반

1999년 초봄의 일이다.

하루는 서울청장실 여비서로부터 내일 오전 중으로 들어오라는 전갈을 받았다. 갑작스런 전화에 불길한 예감도 들었지만 혹시 무슨 좋은 일이라도 있나 하는 궁금한 마음으로 청장실로 들어섰다.

청장님은 말을 꺼내기가 어려워서인지 한참을 망설이시다가 심호흡을 한 끝에, "조서장. 국세청 방침을 전하는 거니까 너무 섭섭하게 생각지 마시오…. 조서장도 이제 후배들을 위해 용퇴를 해 주셔야겠습니다."

청천벽력 같은 얘기를 하시는 게 아닌가!

아직 정년까지는 2년도 넘게 남아있는데!

"청장님, 저도 윗분이 그만두라면 두 말 않고 '예, 알겠습니다' 고분고분 따를 사람이지만, 제가 지금은 그럴 형편이 못됩니다."하고서는 내가 당시에 처한 딱한 사정을 솔직히 말씀드렸다.

"동생들 때문에 빚을 좀 지고 있어서 당장 그만 두기는 어렵다."고.

청장님은 '알겠다'고 하시면서 그렇게 보고하겠다고 했다.

청장실을 나와 세무서로 돌아올 때 기분은 오히려 가벼웠다.

그렇잖아도 정년이 될 때까지 계속 근무할 수 있게 배려해 주십사고 언젠가는 본청장님께 부탁말씀을 드려야지 고민하고 있던 참이었는데 다행히도 서울청장님을 통해 간접적으로나마 말씀을 드린 셈이 되었으니 오히려 잘되었다는 생각이 든 때문이었다.

그런데 다음 날은 본청 차장님이 찾으신다는 연락이 왔다.

차장님은 왜 또 찾으시나 그 때까지만 해도 의아한 마음으로 차장실 문을 노크했다. 방으로 들어서자 차장님의 첫마디가 나를 놀라게 했다.

"빚이 많다면서요!?"

그러고서는 한참 말이 없더니 "정년 때까지 근무한다고 그 빚이 없어지는 건 아니잖습니까!?" 그렇게 잘라 말했다.

차장님께도 내 어려운 형편을 말씀 드리지 않을 수 없었다.

"차장님, 청장님이나 차장님 두 분 모두 정말 어려운 환경에서 공부하시고 고시에 합격하신 걸 잘 알고 있습니다. 저도 어머니가 일찍 돌아가셔서 중·고 때는 말할 것도 없고 대학 다닐 때도 고생을 많이 했습니다. 그런데도 아직까지 동생들 때문에 고생을 하고 있습니다. 차장님, 제 딱한 사정을 봐서 한 번만 배려해 주십시오!"

그렇게 노골적으로 매달렸다. 그 말이 차장님의 심금을 울리기라도 했던지,

"조서장님, 그렇게 고생을 했으면서도 명문 학교만 나오셨네요!"

내 손에다 자기 손을 얹으면서 진심으로 위로하듯 말했다.

차장님은 연세가 나보다 두어 살 정도 아래여서 부하인 나에게 '님' 자를 붙이신 모양이었다.

차장님께 속에 있는 말까지 다 하고 나오니 정말 후련했다.

어제는 내 어려움을 다 털어 놓았는데도 왠지 개운치 않았는데 오늘은 마음이 한결 가벼웠다. 청장님께 그대로 말씀드리겠다고 하셨으

니 이제는 됐구나 하는 생각에 날듯이 기뻤다.

그날 일과 후 과장들과 저녁을 먹는 자리에서 어제 오늘 있었던 일들을 죄다 털어놓았다. 내 어려움을 잘 알고 있는 과장들이라 정말 잘됐다면서 자기들 일처럼 좋아하며 축하해 줬다.

집사람이 좋아한 것은 두말할 필요조차 없다.

그런데 다음 날 출근을 했더니 총무과장이 사색이 되어,

"서장님, 큰일 났습니다! 본청에서 감찰반이 나와서 서장님을 기다리고 있습니다."하는 게 아닌가!

"감찰반이?!"

국세청은 1만5천 명이 훨씬 넘는 직원들의 불미스런 사태를 예방하기 위해 무서우리만큼 엄격한 감찰반을 운용하고 있어 감찰반이 출동하면 직원들이 벌벌 떨 정도로 무섭다는 소리를 들었다. 방으로 들어서자마자 감찰반장이란 사람이 뒤따라 들어와 앉았다.

"어제 차장님 만나신 일까지 다 알고 왔습니다. 이제 더 이상 버티실 수도 없습니다. 여기에 서명을 해 주십시오."미리 준비해온 사직원을 내밀었다. 어제까지만 해도 모든 걱정이 사라지기라도 한 듯 좋아했는데 이건 또 무슨 청천벽력이란 말인가! 눈앞이 캄캄했다. 최악의 상황이 현실로 나타나고 있는 것 같았다.

"여보시오! (반장이란 소리도 나오지 않았다.) 내가 당신 앞에서 사직서를 쓸 것 같소!? 청장님을 만나서 직접 얘기를 들어보기 전에는 서명할 수 없으니 그렇게 아시오!" 그 말을 남기고 서장실을 뛰쳐나왔다.

국세청까지 가는 동안 온갖 생각이 머리를 스치고 지나갔다.

정말 큰일 났구나 하는 생각에 머리가 멍하고 어지럽기까지 했다.

당시 A청장님은 내가 행정관리담당관으로 재직 시 1년 동안 직속 상관으로 모셨던 분이라 나의 곤란한 처지를 어느 정도는 알고 계실 테니 만나서 간곡히 부탁드리면 내 청을 들어주실 거라 믿고 있던 참이었다.

가슴을 두근거리며 떨리는 마음으로 청장실로 들어섰다.

K 비서관이 내 얘기를 듣더니 '어제 차장님께 그런 말씀을 드렸다면 차장님부터 먼저 만나보시죠' 했다. 차장실로 들어갔더니 차장님의 난처해 하시던 모습 지금도 잊을 수가 없다.

"차장님, 감찰반이 나와서 사직서를 내놓고 서명을 하라는데 어떻게 된 겁니까!?"

차장님 말씀을 들어보니 뾰족한 방도가 없을 듯 했지만 그래도 청장님은 만나봐야겠다는 생각에서 청장실로 다시 들어갔다.

'청장님은 지금 외부에 계시고 언제 들어오실지 모른다'는 비서관의 얘기만 들을 수 있었다. 일부러 만나주지 않는구나 하는 생각에 별수 없이 발길을 돌렸다.

사무실에 돌아오니 과장들이 사색이 되어 있었다.

5, 6명의 감찰반원들이 4층 방 하나를 감찰반 전용으로 쓰면서 온갖 서류들을 가져오게 해 이것저것 뒤지고 물어보는 등 본격적인 활동을 개시했다는 것이었다.

과장들은 나의 딱한 처지를 잘 아는지라 참으로 난감해 하며 내 눈치만 보고 있는 입장이었다. 잘못하면 직원들까지 다치게 할 수도 있겠구나 하는 데 생각이 미치자 마음이 흔들리기도 했다. 하지만 최선을 다해보지도 않고 사표를 쓸 수는 없는 노릇이었다.

그날은 사무실에서 버티다가 일과 후에 또 과장들과 서로 위로하고 격려하는 자리를 만들었다. 두세 잔밖에 못 마시는 소주를 그날은 한 병 이상 마신 것 같다. 집에 도착하니 제법 취기가 돌았다. 집 앞까지 배웅해준 과장들을 보내고 집으로 들어가야 하는데 도저히 들어갈 용기가 나질 않았다. 집사람이 측은하고 불쌍해서….

어제까지만 해도 그렇게 좋아했었는데 어찌 오늘 있었던 그 엄청난 일을 얘기할 수 있겠는가!? 호주머니를 뒤져보니 다행히도 자동차 열쇠가 손에 잡혔다. 생각할 겨를도 없이 고속도로 쪽으로 차를 몰았다.

'그래! 어머니, 아버지 산소엘 가자. 거기 가서 다시 생각을 해보자.' 고속도로를 타자마자 가속 페달을 계속 밟았다.

가다가 사고라도 나면, 그래서 죽기라도 하면 대서특필한 기사가 실리겠지! 차라리 그렇게라도 되었으면 하는 심정이었다. 무서울 게 없었다. 가속페달을 마구 밟아댔다.

한밤중에 술에 취한 상태에서 김해에서도 10리를 더 들어가는 부모님 산소까지 천리가 넘는 길을 차를 몰았으니….

운이 좋았던지 부모님이 도와주신 덕분인지 무사히 산소 앞에 차를 세우고 잠이 들었다. 아침에 눈을 뜨니 10시가 넘어 있었다. 산소에 앉아 이것저것 생각하고 또 생각한 끝에 결코 물러서지 말자는 결의를 다시 한 번 다지게 되었다.

나는 서울에 살면서 혼자서 감당하기 힘든 어려움이 있을 때는 언제나 부모님 산소에 내려와서 모든 걸 털어놓고 위로를 받거나 결심을 굳히곤 했다. 경제기획원, 재무부시절에도 그랬고 세무서장이 되고 난 뒤에는 동생들 때문에 말할 수 없는 어려움을 겪었으니까 여러 번 찾아와서 괴로움을 토해내곤 했다.

결심을 굳히니까 한시 바삐 서울로 가야 한다는 생각에 마음이 급해졌다. 아무것도 모르고 걱정만 하고 있을 집사람 얼굴이 불현듯 떠오르며 나도 모르게 벌떡 일어나 운전대를 다시 잡았다.

고속도로 톨게이트 부근 전화부스에 들어가 청장실로 전화를 걸었다. K비서관이 받아서는 지금 어디 있는지부터 물었다. 내가 출근하지 않은 사실을 알고 있는 걸로 봐서는 아침부터 날 찾아서 난리가 난 듯 싶었다. K비서관한테 한 번 더 부탁을 하고 서울로 급히 차를 몰았다. 도중에 비가 억수같이 퍼붓는데도 계속해서 가속페달을 밟았다. 퇴근 시간이 가까워지면서 고속도로도 붐비기 시작했다.

아무리 달려도 퇴근 시간까지 도착하기는 힘들 것 같아 휴게소에 들어가 또 전화를 했더니 K비서관이 대뜸 하는 말, "서장님, 오지 마십시오. 아무래도 안되겠습니다."했다.

참으로 기가 막혔다. 온몸에 힘이 빠지고 맥이 탁 풀렸다.

실오라기라도 잡으려는 절박한 심정으로 빗길 속을 달려왔는데…. 의지가 약해지니 청장님을 만나서 사정해봐야 들어주시지도 않을 것 같다는 생각이 들었다. 결국은 모든 걸 포기하고 패잔병처럼 힘없이 세무서로 발길을 돌리고 말았다.

서장실에 들어서서 커피를 한 모금 마시고 있는데 차장님 한테서 전화가 왔다. "서장님 어쩔 수 없습니다. 이 도도한 물결을 혼자서는 거스를 수 없습니다. 차라리 사표를 내시고 다른 데 취직이나 부탁해 보시는 게 좋지 않겠습니까?"하시는 게 아닌가.

"알겠습니다. 그렇게 하겠습니다." 힘없이 대답하고 말았다.

대기하고 있던 감찰반장이 들어와서 사직서를 내 밀었다.

아무 말 없이 서명하고 날인을 했다. '청장님 뵙기 전에는 당신 앞에서 결코 쓰지 않겠다'고 큰 소리쳤던 내 모습이 너무나 초라하게 느껴졌다. 적장 앞에서 항복문서에라도 서명하는 심정이었다.

단칼에 달아난 26명의 세무서장 모가지

이렇게 해서 나는 하루아침에 거리로 내쫓기는 신세가 되고 말았다.

'후배를 위해 용퇴해 주셔야 겠습니다'하는 지방청장님의 말씀 한 마디에 대부분의 서장들이 사표를 썼고, '나는 못 쓴다'며 버티는 서장도 몇 있었다지만 이들조차 국세청의 감찰반을 동원한 압력행사에 견디지 못하고 결국은 옷을 벗고야 말았다.

그렇게 해서 옷을 벗은 사람이 모두 26명이나 된다. 세무서장 모가지가 한꺼번에 26두나 달아난 셈이다. 세상에 이런 驚天動地(경천동지)할 일이 또 있겠는가!?

26명? 어떻게 들으면 별로 많아 보이지 않을 수도 있다. 하지만 20년이 훨씬 넘었거나 30여 년을 성실하게 공직에 근무한 사람을, 아직도 법적 정년이 엄연히 남아있는 사람들을 26명이나 무더기로, 그것도 말 한 마디로 쫓아내는 이런 무지막지한 나라가 세상 천지에 또 있겠는가!

아무리 생각해도 상식적으로는 도저히 납득할수 없는 엄청난 사건이 아닐 수 없었다.

그 당시 전국에는 125개의 세무서가 있었다. 그러니 세무서장은 전국을 통털어도 125명밖에 안 되었다. 그 중에서 26명을 날려버렸으니 5명 중에서 1명을 내쫓아버린 꼴이 아닌가!

실로 대단한 개혁이라 아니할 수 없다.

세무서 하나 더 늘리겠다고 그렇게 욕을 보며 경제기획원 예산실을 문지방이 닳도록 들락거렸고, 국세청 차장이 예산실장 앞에 머리를 숙이는 그런 저자세도 마다하지 않으면서 7개 세무서를 증설하게 되었다고 흡족해 한 지가 불과 2-3년 전의 일이 아니던가!

그렇게 힘들여 만든 세무서를 한꺼번에 26개나 없애버리는 건 또 어떻게 설명할 수 있단 말인가! 바로 그 해, 국세청은 개혁을 잘 했다고 우수기관으로 선정돼 무슨 대상을 받았다고 들었다.

옷을 벗는 것만으로도 억울한데 하필이면 그 때 옷을 벗음으로 해서 마치 개혁의 대상이 되어 옷을 벗는 것처럼 돼버렸으니 그 억울함은 또 어떻게 말로 다 표현할 수 있겠는가!

박봉에 시달리면서도 법적으로 신분을 보장받을 수 있기에 일찍부터 공직에 몸을 담은 사람들인데…. 나라와 국민을 위해 봉사하는 공직을 천직으로 알고 한평생을 봉직해온 선량한 공무원들을, 그 중에는 행정고시라는 어려운 관문을 뚫고 공직에 입문해서 본청 국장이나 지방청장도 한 번 못해보고 겨우 서기관급인 서장 직에 만족하면서 열심히 살고 있는 사람들을 나이가 많다는 등의 아주 사소한 이유로 그렇게 쉽게 쫓아낼 수 있단 말인가!

돌이켜 생각해 보니 국세청 감찰반이 들이닥치기 한 달 전 쯤 감사관실로부터 월 급여액 중 각종 보험료로 지출되는 내역을 상세히 보고하라는 통지를 받은 일이 있었다.

연중행사로 하는 공직자 재산신고 때 신고 되지 않은 보험료가 많아서 그런가 하고 꼼꼼하게 그 내역을 밝혀 소명한 적이 있다. 사실 보험료로 지출되는 금액이 많기는 했다. 월급이 많아서였거나 생활에 여유가 있어서 그런 건 아니었고, 단지 내가 마음이 여리다보니 딱한 처지의 지인들이 내가 명색이 세무서장이라고 찾아와서 어려운 사정을 얘기하면 내 처지는 생각지도 않고 여기저기 보험에 들어주다보니 그렇게 되었던 것이다.

매월 불입하는 보험료 합계액이 년간 일정금액 이상만 신고하도록 되어 있는 규정에 따라 신고를 안했을 뿐이기 때문에 의도적인 신고 누락과는 전혀 상관없는 일이었다.

그런데 지금 와서 생각해 보니 그게 신고대상이 아니었기 망정이지 신고 대상이었음에도 실수로나마 누락을 시켰더라면 틀림없이 지난 번 사건 때 찍 소리 한번 못해보고 사표를 썼어야 했겠구나, 불명예스럽게 옷을 벗는 꼬락서니가 되고 말았겠구나 생각하니 끔찍하기 까지하다. 그런 누명을 쓰고 옷을 벗지 않은 게 천만다행이구나 싶다.

아무튼 그 대단한 개혁으로 인해 하루아침에 옷을 벗는 신세가 되고 말았으니 그 참담함이야 어찌 말로 다 표현할 수 있겠는가! 이것저것 생각하면 분통이 터질 노릇이었지만, 하지만 어쩌겠는가! 그것이 다 내 운명인 것을….

33년을 근속하고도 연금을 못 받다니

33년여 동안 비가 오나 눈이 오나 특별한 일만 없으면 하루도 빠짐 없이 열심히 다녔던 직장인데 그걸 하루아침에 빼앗아 버리다니!

갈 곳이 없어졌다는 게 그렇게 허망하고 비참하게 느껴질 줄은 몰랐다. 남들은 세무사 개업이라는 제2의 창업을 꿈꾸며 동분서주하느라 하루가 어떻게 지나가는 줄도 모를 판국인데 나는 세무사 자격하나 없이 거리로 쫓겨나고 말았으니….

그렇다고 망연자실 앉아만 있을 수도 없는 일. 우선 당장 급한 게 공무원연금을 타는 일이라 공무원연금관리공단으로 달려가 급하게 연금지급을 신청했는데, 아! 그것마저도 대학 다닐 때의 집시법 위반사건으로 인해 지급대상이 되지 않을 수도 있다는 담당자 얘기를 들었을 때는 정말 눈앞이 캄캄했다.

당장 필요한 생활비는 말할 것도 없고 매월 꼬박꼬박 내야 하는 은행이자는 무엇으로 감당을 한단 말인가!

공무원연금 관리공단 담당자 얘기로는 집시법위반사건으로 선고유예판결을 받은 일이 있으니, 그 판결문을 봐야지만 정확히 말씀드릴 수 있다면서 판결문 제시를 요구했다.

판결문을 찾으러 서울지방법원으로 달려갔으나 너무 오래된 사건이라 거기서는 찾을 수 없었고, 묻고 물어 정부기록물보관소라는 데를 찾아갔더니, 나의 딱한 사정을 들은 담당자가 오래된 자료지만 찾아보겠다며 정말 열심히 전산기록을 뒤적이는데도 사건번호 같은 직접적인 정보 없이 내 이름 석 자만으로는 찾을 방도가 없었다.

생각다 못한 담당자가 나와 함께 재판을 받았던 사람들의 이름이라도 알아볼 수 없겠느냐고 하기에 연세대 도서관에 가서 그 당시의 대학신문을 다 뒤졌다.

당시 일주일에 한 번 발행되던 연세춘추 제404호(65.9.20자)를 뒤적이자 1면 「구속학생 17명, 수사중 6명, 기소 9명」 제하의 「구속수사중인자」 명단에 조정현을 포함한 6명의 이름이 나오는 게 아닌가! 어렵게 찾아낸 그 이름을 들고 다시 기록보존소로 갔다.

기록물의 제목이, 6명중 가나다 순으로 제일 먼저인 사람 △△△의 이름을 따 '△△△외 5인의 판결문'으로 되어 있어 내 이름으로는 찾을 수가 없었던 것이다.

담당자가 기록물을 찾는 중에도, "작년 이 맘때 어느 시골 초등학교 교장선생님이 공무원연금을 못 받게 된 걸 비관해 목매 자살한 거 아시죠? 서장님도 그 교장선생님과 케이스가 비슷합니다."했던 담당자 말이 자꾸 생각났다.

그 교장선생님은 젊었을 때 친구들과 장난삼아 닭서리를 했고 닭 주인이 이들을 고발함에 따라 절도죄로 선고유예를 받은 일이 있었는데, 선고유예기간이 끝나기 전에 교사채용시험에 합격하여 30년 이상을 근속하면서 교감, 교장을 다 지내고 정년이 되어 연금을 타려는데 옛날 그 사건으로 인해 연금을 못 타게 되자 그걸 비관한 나머지 대들보에 목을 매 자살한 사건이었다.

나도 그 기사를 본 적이 있었고 내 경우가 그 케이스와 비슷하다면 나도 연금지급대상이 되지 않을 수도 있다는 얘기구나 싶어 와락 겁이 났지만 담당자가 자료를 찾고 있는 동안 '제발, 좋은 자료가 나와야 할 텐데!' 안절부절못하며 기도만 하고 있었다.

드디어 판결문이 찾아졌고 그 복사본이 내 손에 쥐어졌다. 속으로는 부덜부덜 떨면서도 겉으로는 태연한 척 판결문을 읽어내려갔다. 주문은 「피고인들에 대한 형의 선고를 유예한다」고 되어 있었는데, 다음 순간 나는 그만 숨이 콱 막혀버렸다.

「선고를 유예하는 형」란에 「피고인 조정현 : 징역 6월」로 되어 있는 게 아닌가!

징역형 선고유예였던 것이다(나를 포함한 6명의 학생 모두 같은 형량이었다). 그렇게 해서 공무원연금 지급대상에서 제외돼 나를 살려줄 한 가닥 희망마저 사라지고 말았다.

당시 김대중 정부는 공무원연금기금이 해가 갈수록 고갈되어가자 공무원 자격에 흠결이 있는 사람은 연금지급대상에서 제외시킬 목적 등으로 해당자들을 강제 퇴직시키고 있었다.

앞서 말한 교장선생님처럼 공무원 임용 전에 어쭙잖은 일로 법을 위반하는 경우는 더러 있다. 싸우다가 남의 이빨이라도 부러뜨리면 폭행죄가 되기도 하고, 사람 잘못 만나면 사기죄를 덮어 쓸 수도 있고, 여자와 사귀다가 잘못 헤어지면 혼인빙자간음죄가 성립될 수도 있고….

이렇게 잡다한 전과로 인해 공직에서 쫓겨난 사람들이 20년 이상 공직에 있었음에도 연금을 못 받게 되자 정부청사 앞에서 시위를 벌이는 등 거세게 항의하기에 이르렀다.

그런 시위에 몰리게 되자 정부에서는 부랴부랴 '임용결격공무원 등에 대한 퇴직보상금 지급 등에 관한 특례법'을 만들어 일시금으로 받을 경우의 연금만큼을 보상금으로 지급했다. 나 역시 그 혜택을 보았다.

그러나 그때가 세계적 경제위기인 IMF사태 때여서 보상금은 년 22~23%라는 최고 수준으로 치솟았을 때의 금리를 적용해서 산출했는지 지금 와서 곰곰 따져보니 정상적인 연금의 1/4 수준도 안 된다는 생각이 든다.

억울하지 않으려면 그런 죄를 짓지 말아야지 지금 와서 누구를 원망하고 누구를 탓하겠는가!?

5부

렌터카 몰고
더 넓은
세상으로

스위스 인터라켄에서 처음 타본 패러글라이딩

구속 없는 세상 살아보니 이렇게 좋은 걸

지난 3월, 마지막 직장이었던, 우리나라 최고의 유아용품 브랜드 '아가방'을 그만 두면서 드디어 나도 완전한 백수가 되었다. 경제기획원에 첫 출근을 한 지 40여 년만의 일이다.

1999년 6월 공직생활을 청산한 후 국세청장의 배려로 ㈜서안주정에 3년 반을 다녔고, 그리고 대학 친구들의 모임인 '삼우회'(연대 정외과, 법과, 행정과의 62학번 동기생들의 모임) 회장을 맡고 있는 김욱 회장의 배려로, 김 회장이 공동대표로 있는 ㈜아가방앤컴퍼니에 3년을 다녔으니 공직 생활 33년을 합해 모두 40여 년의 직장생활에 종지부를 찍은 것이다.

길고도 지루한 터널을 막 빠져나왔을 때의 시원함, 직장을 훌훌 털고 나왔을 때의 기분이 그랬다. 어느 누구에게도, 그 어떤 일에도 구속되거나 얽매이지 않는 완전한 자유를 드디어 찾은 기분이었다.

친구들과 어울려 밤이 늦도록 술을 마시거나 재미있는 TV프로를 보며 늦게까지 앉아있어도, 그리고 한밤중에 일어나 독서삼매경에 빠져도, 다음 날 아침 일찍 일어나지 않아도 되는, 사무실 걱정이라고는 조금도 없는 완전한 자유를 누릴 수 있게 되었으니 이거야 말로 무엇과도 바꿀 수 없는 진정한 행복이 아니겠는가!

지난 몇 개월을 그런 자유와 해방감을 만끽하면서 백수만이 누릴 수 있는 행복이란 게 바로 이런 거구나 깨달으면서 하루하루를 즐겁게 보내고 있다.

특별한 일이 없는 날엔 간단한 등산복 차림으로 광교산엘 오른다. 군데군데 만들어 놓은 통나무 긴 의자에 앉아 새소리 들으면서 책 읽는 맛은 무엇과도 바꿀 수 없는 즐거움이다.

책 읽다 잠이 오면 짊어지고 온 배낭 베고 누워서 한숨 자기도 하고 잠이 깨면 일어나서 또 읽고. 책 한 권 읽는 데 닷새면 어떻고 일주일이면 어떠냐! 가는 일만 남았는데 바쁠 게 뭐 있겠는가!?

앉아 읽는 곳이 집구석이면 궁상맞아 보일 테지만 조용한 산 중턱이니 잔소리하는 사람 없고 간섭하는 사람 없어 더욱 좋다. 독서삼매경에 빠지다보면 하루가 금세 지나간다.

그 동안 직장 다니느라 바쁘다는 핑계로 못 읽었던, 읽고 싶은 책들이 얼마나 많은가! 「젊은 베르테르의 슬픔」도 좋고 「몬테크리스토 백작」도 좋다. 유식한 척 하는데 필요한 책이나 형이상학적인 책만 아니면 된다. 그런 책들을 한 권, 두 권 읽다보면 책만 읽어도 10여 년 여생은 즐거울 거라는 생각이 든다.

언제든 떠날 수 있는 렌터카 여행, 백수로 사는 재미 느끼게 해줘

백수 되니 좋은 게 한두 가지가 아니지만 내가 좋아하는 해외여행을 떠나고 싶을 때 언제든 떠날 수 있다는 게 가장 큰 즐거움이 아닌가 한다. 그거야말로 백수만이 누릴 수 있는 특권이요 자유가 아니겠는가!

지난 5월 그런 자유를 만끽하는 기회를 가졌다.

브뤼셀에 사는 큰딸네 집에 들렀다가 차 빌려 타고 스위스, 오스트리아 등지를 20여 일 동안 맘껏 돌아다니다 온 것이다.

어떤 친구는 가진 돈이 많으니 그런 여행을 할 수 있는 거라며 숨겨 논 돈이 있느니 없느니 빈정대기도 한다. 한마디로 천만에다. 돈이 있고 없는 건 생각하기 나름이다. 그리고 있다고 해서 누구나가 다 그렇게 쓸 수 있는 건 아니잖은가!?

나는 가진 거라곤 다 털어봐야 3~4억 원밖에 안 된다. (물론 총자산에서 부채를 뺀 순자산 개념이다.) 하지만 그 정도면 하고 싶은 것 하면서 사는 데는 아무 문제없다고 생각하는 사람이다. 나보다도 훨씬 많으면서, 몇 배나 심지어는 열 배 이상이나 되면서 돈 몇 푼 쓰는데 벌벌 떠는 친구들이 얼마나 많은가!? 그래서야 어찌 해외여행이든 뭐든 내가 좋아하는 걸 맘대로 하며 살 수 있겠는가 말이다.

그리고 해외 여행하는데 그렇게 많은 돈이 드는 건 아니다. 한번 여행하는 데 좀 크게 잡아서 천만 원 쯤 든다고 치자. 열 번을 한다해도 1억 원 정도면 된다. (75세까지는 렌터카 여행을 할 정도로 건강할 거라 치고 일 년에 두 번 한다면 열 번이다)

좀 크게 잡아서 1천만 원이라 했지만 실제로는 5~6백만 원 정도면 그런대로 실속 있는 여행을 할 수 있다. 투자하는 돈에 비해 얻는 즐거움은 말할 수 없이 큰데, 여행을 하는 해에는 1년의 반 정도는 즐거움으로 가득한 생활을 할 수 있다. 여행기간 중에는 말할 것도 없고 여행을 다녀와서도 한동안은 여행의 흥분이 가라앉지 않는다. 떠나기 전에는 계획을 세우고 준비하느라 더 바쁘다. 정말 시간 가는 줄 모른다. 알찬 여행을 위해 여행할 나라의 대사관을 찾아 홍보자료들을 모으고 세상에서 가장 세밀하다는 ATLAS 세계지도책을 사 필요한 부분을 떼어 붙여 여행할 지역의 지도를 만들고, 거기에 가보고 싶은 곳을 점으로 찍어 이으면 지도책 위에 훌륭한 여정이 그려 넣어진다. 틈틈이 시간을 내 영어회화 공부도 해야 한다. 어쩌다 한번 씩 하는 영어라 유용하게 써먹으려면 준비 없이는 어림도 없다. 기본적인 회화책 하나 정해놓고 갈 때마다 책 한 권을 통째로 외운다. 일주일에 두세 번 가는, 집에서 가까운 광교산 등산 때에는 책 몇 쪽을 복사한 종이쪽지를 꼭 지참한다. 산을 오르내릴 때 큰 소리로 외울 수 있어 회화연습에는 등산이 안성맞춤이다. 계획한 양을 그날그날 다 외우기 위해 어두워져서야 하산하는 경우도 있고 그래도 모자라면 전철 안에서 외울 때도 있다. 한번은 전철에 앉아 열심히 중얼중얼 외우고 있는데 옆자리에 앉은 사람이 '정말 대~단 하십니다.'며 말을 걸어왔다. 나이 지긋한 사람이 눈을 감은 채 무언가를 열심히 외우는데 그게 다름 아닌 영어문장임을 알고 감동을 받은 모양이다. 그런데 듣고 보니 왠지 낯익은 목소리 같아 나도 모르게 옆으로 고개를 돌렸는데 눈이 마주치는 순간 서로 놀라며 "야! 니 정혜이 아이가!" "야! 이게 누고, 병아이 아이가!" 십 년도 넘게 못보던, 고등학교 때 단짝친구였던 노광섭의 대학친구 김병안을 그렇게 우연히 만난 일도 있었다.

하던 얘기로 돌아가서, 재산이 통 털어서 4억원 쯤 되는 사람이 4억 원이 있으나 3억 원이 있으나 살기는 매한가지 아니겠는가!?

갈 때 가져가는 것도 아닌데 그렇게 아껴서 도대체 어디에 쓰려고 그러는가? 가령 1억 원을 아껴서 자식들에게 나누어 준다고 치자.

그렇게 한들 한 자식이 받는 돈은, 자식이 셋일 경우 3천만 원 정도, 둘일 경우엔 5천만 원 밖에 안 되는데, 그 정도 돈으로는 자식들의 삶을 더 낫게 해 주는 것도, 더 가치 있게 해주는 것도 아닌데, 그렇게 바둥바둥 살면서 애들 생각만 할 이유가 없지 않겠는가!?

자녀 때문에 노후가 엉망이 돼버린 전직 장관 얘기나 아들의 사업 빚 때문에 자리에서 물러난 명문 사립대 총장 얘기도 신문에서 읽었다. 경매에 부쳐지는 집의 20%가 자식 빚 보증선 부모들의 집이라고 한다.

힘들여 대학 공부시키고 유학을 보내기도 하고 심지어 결혼시켜 좋은 집까지 마련해 주었으면(그런 분들이 더러 있으니까 하는 말이다) 이제 자식을 위한 헌신은 과감하게 끝을 낼 때가 되지 않았는가! 자식에게 헌신하는 대신 노후를 즐겁게 사는 본보기를 보여주는 것이 더 가치 있는 일이라는 생각이 든다.

그래서 나는 앞으로 한 5년 동안 내가 좋아하는 렌터카여행이나 실컷 하면서 여생을 즐길 생각이다.

싼타페 몰고 브뤼셀에서 스위스까지

10월초 추석 연휴에 외손주도 볼겸 브뤼셀 사는 큰딸네집엘 다녀왔다. 우연히 달력을 보다가 추석 연휴때 2~3일만 빠지면 한 열흘 해외여행도 할 수 있겠구나 눈이 번쩍 뜨이는 순간부터 계획을 세우는 등 여행 준비를 시작했다.

제사가 맘에 걸렸지만 동생에게 맡기기로 했고, 비행기표는 여행사 하는 친구한테 부탁하면 구할 수도 있겠는데, 문제는 마누라의 동의를 얻어내는 일. 한사코 안 가겠다는 마누라 설득해서 따라나서게 하는 일이 해외여행할 때마다 부닥치는 가장 큰 어려움이다.

"여보, 우리도 금방 늙어! 70돼버리면 하고 싶어도 몸이 말을 안들어! 당신이 그랬잖아! 나도 이제 노인이라고!"

어르고 달래고 매달리기도 하고 나중에는 화까지 내 봐도 꿈쩍 않던 마누라가 "여보, 외손주들도 금방 커버려! 지금은 저렇게 할머니, 할아버지 좋아하지만 둘째 놈 내년에 학교 가서 친구 생기면 금방 달라져! 보고 싶을 때, 그리고 '외할머니 언제와?' 해쌓을 때 가서 보고 그러는 게 사람 사는 재미고 보람이지, 너무 돈 드는 것만 가지고 그러지 마!" 외손주들 얘기에 결국은 넘어오고 말았다.

이렇게 해서 지난 달 29일 서울을 출발, 브뤼셀 딸네 집으로 가서 외손주들과 이틀을 놀아주고 다음 날 바로 스위스로 떠났다. 딸애가 타는 현대차 싼타페 뺏아타고 알프스의 나라, 동화의 나라 스위스로.

아침 일찍 서둘러 출발했다. 국경을 넘어서니 색깔부터가 다르다. 아름답기로 유명한 독일의 시골마을이 하나 둘 보이기 시작한다.

뷔르츠부르크에서 시작하는 로만틱가도를 달리다가 사위의 말에 따라 중세도시 로텐부르크를 찾았다.

"브뤼셀에서 스위스까지 가시려면 어차피 독일을 거치셔야 하는데 단번에 퓌센까지 가시는 건 무립니다. 로만틱가도를 따라 가시다가 중도에 있는 로텐브루크를 보고 가시죠!? 12세기에 완성된 성벽은 물론 중세시대의 모습을 거의 완벽하게 보존하고 있어 독일에서는 제일 볼만한 곳 중 하납니다."

독문학을 전공했고 독일의 수도, 본과 베를린에서 근무해본 사위의 말에 따라 퓌센까지 단숨에 달리려던 당초 계획을 바꿔 로텐부르크에서 일박을 했다.

외손자들과 축구놀이 하는 필자

성 안을 돌다가 겨우 발견한 찜머(zimmer, 민박)에 짐을 풀고 밖으로 나오니 날은 벌써 어두웠지만 성 안 여기저기를 산보하는 마누라의 기분이 무척 밝아보인다. 첫날부터 값싼 찜머를 쉽게 찾은 때문이리라.

어제 밤에 불을 밝힌 가게들을 대충 둘러보았으니 시내관광은 오전에 끝내기로 맘먹고 제일 볼 만하다는 시 청사 건물부터 먼저 찾았다. 첨탑에서 바라보는 시내 전경이 너무 아름답다는 관광객들의 얘기를 듣고 250여개나 되는 나무 계단을 부지런히 올랐다. 몸집이 큰 서구사람들은 겨우 오를 정도로 계단이 좁고 가파르다. 첨탑에 올라 아래로 내려다보는 순간 눈이 휘둥그레지며 "야!~" 하는 감탄사가 절로 나왔다. 지붕 색깔과 모양이 저렇게 곱고 예쁠 수가! 이렇게 아름다운 광경은 난생처음이다. 첨탑 위 조망대를 한 바퀴 돌아보고 얼른 내려왔다. 이렇게 좋은 경치를 어찌 나만 볼 수 있겠는가!? 너무 좋다는 내 말을 듣고 낑낑대며 올라온 마누라도 좋아하니 두 번이나 올라왔지만 보람은 있었다.

처다만 봐도 섬뜩한 고문도구들이 많이도 전시되어 있는 중세범죄박물관과 각양각색의 예쁜 상품들이 가득가득 진열된 기념품가게들을 대충 둘러본 뒤 다음 목적지인 퓌센으로 향했다. 가는 도중 어느 시골길에서 우리 국산차 아토스가 앞서 가는 걸 발견했다. 너무 반가워 따라가 봤더니 깜찍스럽게 예쁜 아가씨가 몰고 있다. 까만 아토스가 더 앙징스럽고 예뻐보였다.

퓌센에서도 찜머를 찾아 묵었다. 1박 요금이 45스위스프랑. 다음 날 아침, 그 유명한 노이슈반슈타인성 관광에 나섰다. 퓌센을 찾는 그 많은 관광객들이 오직 이 성 하나를 보기위해 모여든다는 말이 과장된 말은 아니구나 싶을 정도로 성이 아름답고 그 규모 또한 엄청나게 컸다. 숙소에서 머지 않은 곳에 위치하고 있어 일찌감치 관광을 끝내고 내려오면서 보니 한 떼의 우리나라 관광객들이 몰려온다. 치과의사 가족들이 협회 주관으로 버스 네 대에 분승, 단체관광을 왔단다. 이번 여행 중 처음 만난 한국 사람들이었다.

퓌센에서 조금만 내려오면 스위스 국경이다. 아우토반을 타고 국경을 넘으면 비싼 통행료를 내야한다는 말을 듣고 물어물어 겨우 국도를 찾아 월경에 성공했다. 앞서가는 짐차 기사에게 스위스 가는 국도를 물었는데 말이 전혀 안 통하니 손짓 발짓 섞어가며 따라오라는 시늉을 하기에 따라갔더니 우리차가 국경을 무사히 넘어 시키는 대로 우회전 하는 걸 확인하고서는 손 한번 흔들어 주지 않고 오던 길로 되돌아 가버렸다. 야속한 사람! 아무리 바빠도 인사할 틈은 줘야지! 닭 쫓던 개 모양으로 멀어져가는 짐차 뒷모습만 우두커니 바라보며 한참을 서 있었다. 너무나 친절한 그 젊은 양반, 틀림없이 복 많이 받을 껴!

스위스에 들어서니 모든 게 예뻐 보인다. 숲도 집도 기차까지도

국경을 넘자마자 온 세상이 초록물결

브뤼셀 근처에도 가보고 싶은 관광지가 많지만 굳이 머나먼 스위스까지 차를 몰고 간 것은 첫째는, 알프스의 아름다운 자연경관과 전원풍경을 보다 가까이서 보고 싶었던 때문이요 둘째는, 번잡한 도시보다는 한적한 시골길과 호반도로를 달림으로써 자동차여행의 진수를 맛보고자 함이었다.

주차문제 걱정없이 가고 싶은 곳 맘대로 갈 수 있고 지나치기 아까운 좋은 경치 나오면 어디서건 차 세워놓고 사진도 찍고 커피도 한 모금 마시는 여유를 만끽하고 싶었던 때문이다.

독일 남부의 Dornbirn이란 조그만 도시 근처에서 국경을 넘었으니 거기서 제일 가까운 다음 목적지, 센티스 전망대 (Sentis, 해발 2501m)로 차를 몰았다.

국경 넘어 스위스 땅에 들어서니 스위스 특유의 전원 풍경이 펼쳐지기 시작한다. 멀리 보이는 산봉우리들과 언덕도 온통 초록 일색이다.

국경넘어 스위스땅을 밟자마자 온 세상이 초록 일색이다.

"보이는 것이라고는 그저 단풍뿐, 단풍의 산이요, 단풍의 바다다."
라고 한 정비석의 '산정무한' 구절이 생각났다.

널따란 전원 위에 그림 같은 예쁜 집들이 흩어져 있고, 들판과 마을이 모두 공원이라 해도 좋을 만큼 잘 정돈돼 있다. 동화책에나 나옴직한 집들. 예쁜 꽃들로 창문을 장식한 집들이 많았다. 궁금해서 저 위에 보이는 꼭대기 집까지 올라가 봤다. 막다른 길이 나오고 더 이상 올라갈 수 없는데도 그 위에는 또 집이 있고 소들이 있었다. 이곳 사람들은 사는 것도 이렇게 예쁘게, 소처럼 아무 걱정 없이 사는구나 생각되었다.

오후 내내 알프스 산골의 그림 같은 풍경 속을 헤매다가 늦게서야 또 찜머를 찾아 나섰다. 같은 길을 여러 번 왔다 갔다 하면서 겨우 찾아냈는데 오늘따라 빈방이 하나도 없단다. 할 수 없이 식사포함 1박에 80유로나 하는 별 세 개짜리 호텔에 들었다. 그래서 그런지 우리 마누라 심기가 몹시 불편해 보인다. 오늘밤은 조심해야지….

차를 타고 올라가 본 산꼭대기 집. 그 위에도 또 집이 있고 소들이 보였다.

늦게 비가 내렸다. 실망이 이만저만 아니다. 설마 개이겠지!

잠을 깰 때마다 혹시나 하고 창밖을 내다 보았지만 허사였다. 아침을 먹자마자 그래도 올라가 보자며 전망대 올라가는 케이블카 승강장까지 갔었는데 다행히 비는 그쳤지만 자욱한 안개, 짙은 운무가 정상을 가리고 있다. 구름이 걷히기를 한참이나 기다렸지만 그럴 기색이 전혀 없다. 운무 덮인 거대한 절벽을 하염없이 바라보다가 떨어지지 않는 발길을 돌리지 않을 수 없었다.

기대했던 센티스 전망대를 못 봤으니 부근의 그림젤고개(Grim-zelpass)라도 올라보자며 인터라켄 쪽으로 방향을 잡고 전망대 가는 고갯길을 거진 다 내려오는데 언제 그랬냐는 듯 구름이 걷히면서 하늘이 맑아온다. 저 고개까지라도 빨리 올라보자며 차를 급하게 몰다보니 길을 잘못 들었는지 난데없이 호반도로가 나타나며 우리를 호수가로 데려가고 있다.

그 때 갑자기 머리를 스치는 게 있었다. 아름다운 도시 루체른 부근

213

적당한 곳에 차를 세우고 밥 한술 뜨는 사이에 저 아름다운 만년설은 짙은 안개 속으로 온데간데 없이 사라지고 말았다. 이 사진 한 장이 유일한 기념사진이 될 줄이야!

의 경치좋은 호수, 피에발트슈타테 호수를 계속 따라가면 미국의 저 명한 소설가, 마크트웨인이 '내가 살아본 곳 중 가장 아름다운 마을' 이라고 했다는 바로 그 마을이 나타나겠구나 하는 생각이.

그래, 한번 찾아가 보자, 얼마나 아름다운지!

이번에는 루체른쪽으로 급히 핸들을 틀었다. '유럽의 비경'이란 책

차 뒤쪽에서 간단히 준비한 식사 한 그릇씩을 뚝딱 해치웠다. 그렇게 꿀맛일 수가 없다.

해발 2,400m가 넘는 정상까지 올라왔지만 짙은 안개로 아무것도 볼 수가 없다.

에 나오는 대로 루체른 중앙역을 지나 다리를 건넜더니 바로 우측으로 호반도로가 나타났다. 그 길을 따라 묻고 묻고 몇 번을 물어서 그 마을 가까이까지 왔다. 분명 이 부근에 그 아름다운 마을이 있을 거라 확신하면서. 드디어 나타났다. 책에 실린 사진 한 장 달랑 들고 마을 이름도, 주소도, 어디쯤인지도 모르는 이 곳을 찾아 묻고 또 물어서 드디어 찾아낸 것이다.

마을 호반의 벤치에 앉아 쉬고 있는, 귀공자 같이 잘 생긴 청년에게 물었더니 호수위에 떠 있는 젖소(스위스 국기를 두르고 있어 멀리서 보면 빨갛게 보이는 조형물)를 가리키며 빨갛게 보이는 저것이 바로 사진속의 이것이라고 알려주었다. 날아갈 듯이 기뻤다. 내가 물어 본 12번째 사람. 스위스 여행중 가장 보람있는 일이었다.

묻고 물어서 드디어 찾아낸 마크트웨인의 그 '아름다운 마을'

"DIES IST DER LIBELICHSTE FLECKEN ERDE
AUFDEM ICH JE BEWOHNT HABE." "THIS IS THE
MOST CHARMING PLACE I HAVE EVER LIVED IN."

기왕 늦은 거 오늘은 호수나 실컷 보자 맘 먹었다. 호수 쪽으로 난 길만 있으면 이런 좁
은 길도 겁 없이 내려갔다. 혹시나 하고….

　루체른에서 시작되는 스위스에서 가장 아름다운 호수, 피어발트
슈타테의 호반도로를 따라가면 탄성이 절로 나올 정도로 아름다운,
정말 그림같이 예쁜 마을들이 연이어 나타난다. 오늘은 마크트웨
인이 가장 아름답다고 했다던 그 마을을 찾느라 많은 시간을 보냈
고 또 지금 그 호수 근처를 돌고 있으니 기왕이면 아름다운 호수와
마을이나 실컷 보자며 호수쪽으로 난 길만 있으면 아무리 좁고 비
탈진 길도 겁 없이 내려가 봤다. 혹시나 하고…. 지성이면 감천이라
했던가? 여기저기 기웃거린 보람이 있어 멋있는 호반을 또 하나 찾
아냈다.

　부호들만 사는 별장지인듯 선착장도 보이고, 요트도 보이고 캠핑
카도 몇 대씩이나 주차해 있다. 잔잔한 호수 저편에는 유람선도 보
이고…. 멀리 언덕 위에는 고성도 보이고…. 사방을 둘러봐도 눈앞
에 전개되는 정경이 정말 그림같다. 명경지수. 명경같이 맑고 잔잔
한 호수란 바로 이런 호수를 두고 이르는 말이 아니겠는가!?
　하루 종일 호수 구경만 하다가 늦게사 인터라켄 근처의 호텔에 들었다. 아침에 눈을 떠 창문을 여니 거기에도 호수 하나가 가득 들어 있었다. 하기사 인터라켄은 어원자체가 Inter Lake(laken) 아니던가.

호텔주변의 아침풍경. 더할 수 없이
조용하고 깨끗하다.

호텔에서 그리 멀지 않은 호수가에 이렇게
아름다운 선착장도 있다.

알프스의 만년설과 영봉들이 바로 눈앞에.

스위스는 고원지대 특유의 깨끗하고 아름다운 자연환경을 갖추고 있다. 그래서 아름답다는 수식어가 유난히도 많이 붙는 나라다. 알프스의 나라라고도 하고 동화의 나라, 호수의 나라라고도 한다. 어딜 가든 알프스의 만년설을 배경으로한 맑은 호수를 쉽게 볼 수 있고, 푸른 목초지에서 평화롭게 풀을 뜯는 젖소와 양떼들 그리고 동화속의 그림을 연상케 하는 예쁜 집들을 쉽게 만날 수 있기 때문에 붙여진 이름이리라.

스위스의 대명사인 동화의 나라, 호수의 나라는 스위스 국경을 넘던 바로 그 날과 그 다음 날 인터라켄으로 오면서 주마간산식으로나마 보았으니 오늘은 알프스의 나라를 볼 차례다.

알프스를 대표하는 최고봉이요 유럽의 지붕이라 불리는 융프라우

218

를 먼저 올라봐야겠지만 융프라우는 전에 한번 가본 적도 있는 데다 '쉴트호른을 오르면 융프라우도 볼 수 있고, 다른 고봉도 지척에서 볼 수 있다'는 인터라켄에 있는 한국인 가게 주인의 말을 믿고 쉴트 호른을 오르기로 했다.

손을 뻗으면 잡힐 듯 가까이 서 있는 알프스의 또 다른 고봉 아이거호른. 뒷쪽에 보이는 만년설이 융프라우다.

그 전에 짜투리 시간도 활용할 겸 가까이 보이는 봉우리까지 올라가는 버스를 타봤다. 1인당 왕복요금이 14스위스프랑. 버스는 도저히 올라갈 수 없을 것 같은 좁고 꾸불꾸불한 길을 아슬아슬 잘도 올라간다. 정상부근에서 길 한복판에 앉아 쉬고 있는 소떼를 만났는데, 기사양반 크락션 한번 누르지 않고 조용조용 비켜가며 올라간다. "여기까지 와서 왜들 이리 귀찮게 굴어!?"하는 표정으로 한참만에 길을 비켜주는 소들이 너무나 당당해 보였다.

저 아래 마을을 내려다보고 있으려니 알퐁스도데의 <별>에 나오는 그 양치기 소년이 생각
났다. 스테파네트 아가씨를 태운 노새와 노라드 아주머니가 금방이라도 나타날 것만 같다

버스 종점에 당도하니 알프스의 또 다른 고봉 아이거호른이 손을 뻗으면 잡힐 듯 가까이 서 있다. 28스위스프랑이 하나도 아깝지 않았다.

언덕위에 앉아 저 아래 마을을 내려다보고 있으려니 고등학교 때 배운 알퐁스도데의 "별"이 문득 생각났다. 농장주인 집 딸, 스테파네트 아가씨를 흠모하며 뤼브롱산에서 외로이 양을 치며 살아가는 그 목동도 보름치 식량을 갖다 주러 오는 노라드 아주머니의 적갈색 모자가 보이기만을, 그녀가 끄는 노새의 방울소리가 들리기만을 하염없이 기다리며 이렇게 앉아 있었을 것만 같다.

케이블카 승강장에서 쉴트호론 가는 티켓을 샀다. 이 케이블카는 목적지까지 단숨에 오르지 못하고 도중에 세 번이나 갈아타야 한다. 케이블카가 높이 오를수록 별천지가 전개된다.

공기가 세계에서 가장 깨끗하다는 마을, 뮈렌

기기괴괴한 형상을 한 바위산을 바라보며 말문이 막힐 뿐이었다

세계 최고의 깨끗한 공기를 마시면서 예쁜 꽃들로 단장한 집들도 구경하고.

두 번째 환승장에서 잠시 쉬는 동안 공기가 세계에서 가장 깨끗하다는 마을 뮈렌을 둘러보았다. 오랜 옛날 빙하가 흘러내려 절벽을 이룬 골짜기 위 800m 지점에 위치하고 있고, 전기자동차나 마차만 운행하기 때문에 세계에서 공기가 가장 깨끗한 마을이라고 쓰여 있었다. 세계최고의 맑은 공기를 마시며 10여분 동안 산보를 했다. 허브로 뒤덮힌 담벼락이 유난히 눈길을 끄는 집과 눈 덮인 알프스를 뒤로한 오두막, 통나무 집들이 발코니와 베란다에 각양각색의 예쁜 꽃들을 가꾸고 있어 그야말로 한 폭의 그림을 보는 것 같았다.

드디어 정상에 올랐다. 케이블카에서 내려 밖으로 나오니 일망무제. 확 트인 시야에 장엄한 알프스의 고봉, 준령들이 파노라마처럼 한눈에 들어온다. 저마다 위엄을 갖추고 서서 알프스의 최고봉임을 말없이 뽐내고 있다.

말문이 막혔다. 가슴 벅찬 이 감동을 무슨말로 어떻게 표현하면 좋단 말인가!? 나의 무딘 표현력이 답답하기만 할 뿐이다.

눈보라 휘날리는 저 봉우리 넘어가 세계의 지붕이라는 알프스 최고봉, 융프라우다.

세계최고의 국산차, 싼타페 몰고 밤 새 브뤼셀로.

눈 깜짝할 새에 일주일이 지나갔다. 아직 못가본 곳이 많은데….

모레 일요일에는 귀국 비행기를 타야 하니 스위스를 더 구경할 수 있는 시간은 내일 하루뿐. 헤밍웨이의 "무기여 잘 있거라"의 무대가 되었다는, 제네바 근처의 미조레 호수도 가봐야 하고, 스위스 고성 가운데 가장 아름답다는, 레만호 호수가의 시용성에도 가봐야 하고….

내일 하루만 더 머물면서 두 군데를 보고 밤 새 브뤼셀로 달려가서 다음 날 귀국 비행기를 타면 되겠는데…. 그런데…. 외손주들의 서운해 하는 모습이 떠올라서 도저히 그렇게 할 수는 없다.

"오늘밤까지는 꼭 오셔야 돼요! 그래야 내일 시내 구경도 가고 저녁에는 파티도 하죠!" 오늘밤까지는 꼭 와야 한다는 외손주들의 말이 귓전을 맴도는데 어떻게 그 말을 거역할 수 있겠는가!

그 어떤 최상의 수식어로도 모자람이 많을 것 같은 아름다운 나라 스위스를 뒤로하고 지금 우리는 외손주들이 기다리는 브뤼셀로 돌아가야 한다. 아쉬움은 많지만 "다음에 한번 더 옵시다!" 마누라의 약속을 가까스로 얻어낸 때문인지 발걸음은 그런대로 가벼웠다.

브뤼셀 쪽으로 진로를 돌려 달리기 시작한 때는 이미 땅거미가 지기 시작할 무렵. 빠리 쪽은 직진하라는 가끔 보이는 이정표를 따라 아우토반을 계속 달려 한밤중에야 겨우 딸애 집에 도착할 수 있었다.

눈은 좀 붙였지만 편히 쉴 새도 없이 또 시내구경을 나섰다.

가까이 있는 Gent라는 조그만 도시를 먼저 들렀는데 브뤼셀 못지
않게 오랜 역사를 간직하고 있어 많은 관광객이 몰려든단다. 정말이
었다. 가는 곳마다 사람들이 넘쳐났다.

같은 모양 하나 없는, 형형색색의 건물들이 양쪽에 늘어선 운하 주변
은 어딜 가나 관광객들로 붐볐다. 운하의 도시 베네치아 못지않았다.
시청 앞 광장은 더 붐볐다. 중세풍의 고색창연한 시청사 건물은 물론
주변의 아름다운 건물들을 구경하는 사람, 단체사진 찍는 사람, 마차
기다리는 사람, 노천 카페에서 분위기 잡고 한잔 마시는 사람….

브뤼셀은 천년이상의 오랜 역사를 지닌 서부유럽의 고도이다. 유
럽연합(EU) 본부가 있어 유럽의 수도와 같은 역할을 한다.

다국적기업만도 수천 개에 이르며, 아름다운 건축물들이 많아 작
은 파리라 불리기도 하고.

브뤼셀에서 가장 유명한 세계적 관광지 그랑프라스 광장을 두고 빅토르위고는 "세계에서 가장 아름다운 광장"이라고 격찬했단다. 광장을 둘러싸고 있는 건축물들은 모두가 제각각의 역사를 간직하고 있는데, 광장 한가운데에 대표적인 고딕양식의 시청사 건물이 있다. 광장 주변의 건물 대부분이 프랑스의 침공이 있던 1695년 이후에 지어졌으며 지금은 박물관, 최고급 카페 등으로 이용되고 있다고 한다.

광장 모퉁이에서 건물 하나만 돌아 들어가면 그 유명한 〈오줌싸개 동상〉이 있다. 사람들 사이를 비집고 들어가 그 동상을 보는 순간 "에게…!!!" 실망감을 감출 수 없었다. 실망하며 쳐다보고 있는 관중들을 향해 느닷없이 날아오는 오줌줄기에 혼비백산 흩어지며 즐거워하는 모습들이 더 재미있었다.

열심히 찾아가서 실망만 하는 세계 3대 관광명소 중의 하나. 나머지 둘은 스웨덴의 〈인어공주〉와 독일의 〈로렐라이 언덕〉이란다.

돌아오는 길에 딸애 집에서 그리 머지 않은 곳에 있는 워털루전쟁 기념관엘 가 보았다. 나폴레옹과 영국의 웰링턴장군이 맞붙었던, 나폴레옹의 마지막 격전지 워털루. 이 전쟁에서 나폴레옹은 포로가 되고…. 진군 나팔소리와 함께 적진을 향해 내달리는 15만 양쪽 군대의 함성이 들리는 것 같다.

여행기를 끝내면서 이번 여행중 가슴 뿌듯하게 경험한 사실 하나 『국산차가 세계의 명차들과 어깨를 나란히 한다는 사실』을 꼭 얘기하고 싶다. 현대차의 평판이 날로 좋아지고 있고 세계적인 명차들과 비교해도 손색이 없다는 사실은 들어 알고 있었지만, 싼타페를 직접 몰고 주행거리

4000km가 넘는 자동차 여행을 하면서 몸소 체험한 확신이다.

밤늦게 또는 새벽녘에 아우토반을 달리면서 시속 140-150km로 달리는 건 예사였고, 1-2km 전방까지 훤히 보이는 쭉 뻗은 길에서는 180, 190까지도 밟아 봤다. 세계 최고 명차라는 벤츠나 BMW, 아우디를 뒤로 쭉쭉 제치면서…. 달리면 달릴수록 차체가 도로에 착 달라붙는 듯한, 외제차에서만 느낄 수 있다는 그런 승차감을 싼타페에서도 느낄 수 있었다.

1980년대 초에 맞이한 마이카시대. 그로부터 불과 20여 년 만에 우리 국산차가 세계 명차들과 어깨를 나란히 하고 달릴 수 있다는 사실. 이 얼마나 자랑스럽고 가슴 뿌듯한가!! 1966년 말부터 15년간 경제기획원에 재직하면서 우리 경제가 오늘처럼 발전하는데 조그만 기여는 했다고 자부하는 나로서는 당연한 감회이리라.

2006년 9월

내가 본 곳 중 가장 아름다운 오스트리아 시골마을

작년 6월 우리부부와 Wife의 고등학교 친구 두 분(박정자씨와 정자혜씨), 이렇게 넷이서 프랑스와 스위스, 오스트리아 세 나라를 즐겁게 여행할 기회가 있었다. 외손주도 볼 겸 브뤼셀 큰딸 집에 들렀다가 둘이서 딸애 차 빌려타고 프랑스 북부지역을 여행하고 있었는데, 하루는 생각지도 않게 서울 사는 wife의 친구 두 분이 브뤼셀까지 날아와 합류하는 바람에 넷이서 정말 즐거운 여행을 하게 되었던 것. 아무리 오라고 했다지만 설마 여기까지 wife친구들이 오겠나 생각했던 나는 물론이고 wife도 놀랐지만 아무튼 심심하던 차에 둘도 없이 친한 친구, 그것도 여자친구 둘이 찾아와 함께 여행을 하게 되었으니 나로서야 반갑고 즐거울 수밖에! 마누라보다 내가 더 신나하니까 여행분위기는 두말할 필요도 없고.

멀리서 온 친구들을 조금이라도 더 즐겁게 해 드리려고 한번 갔다온 프랑스 북서쪽 끝에 있는 몽생미셸을 한 번 더 가보기도 하고, 최남단의 마르세이유와 니스, 칸느, 모나코까지 둘러보았음은 물론 Package tour로는 구경하기 힘든 유럽 구석구석을 보여드리려고 20여 일 동안 무려 8,000여 Km를 운전하며 스위스, 오스트리아의 산간마을과 오지 깊숙한 곳까지 찾아 다녔으니 운전수 겸 관광안내원인 나의 서비스야 말로 가히 최고 수준이 아니었나 생각된다.

각설하고, 프랑스 남부를 돌다가 스위스 밀라노까지 가면서 고생한 얘기부터 하나 하고 넘어가야겠다. 프랑스 최남단의 마르세이유에서는 몽테크리스토 백작이 갇혀 있었다는 이프섬의 감옥에도 가보고 철가면의 배경이 되었다는 고성도 둘러보면서 하루관광을 잘 끝냈고, 다음 날은 칸느, 니스, 모나코를 둘러본 뒤 당일에 이태리 밀라노까지 가는 일정을 잡았으나 그날 밀라노까지 가기는커녕 경치 그렇게 끝내준다는 이태리 국경 근처의 그 해안도로를 구경 한번 못해보고 밤 새도록 운전만 하며 헤매고 다녔으니…. 칸느와 니스, 모나코. 이름만 들어도 가보고 싶은 정말 매력 넘치는 도시 아닌가! 그 매력에 빠져 여기저기 구경하다 보니, 어느 공동묘지에서는 망자의 이름들이 어디서 들어본 듯하다며 묘비명까지 꼼꼼히 살피다 보니 어느새 해는 져서 깜깜해져 버렸고 늦은 시간이라 숙소를 구할 수도 없어 밤을 새서라도 밀라노까지 갈 수밖에 없게 되었다. (밀라노에는 한국 여인이 운영하는 민박집을 미리 예약해 두었었다.) 그래서 꾸불꾸불한 해안길을, 그것도 비오는 날 밤의 깜깜한 해안길을 밤 새 헤매었으니 그 고생이야 오죽했겠는가! 목적지인 밀라노 민박집에 도착했을 때는 다음 날 아침 해가 중천에 올라온 뒤였다. 너무나 피곤해서 그 한국인 숙소에서 이틀이나 묵었던 일을 생각하면 지금도 울화가 치민다.

밀라노에서 이틀이나 쉬고 상쾌한 기분으로 스위스로 출발했다.
꾸불꾸불한 고갯길도 넘고 긴 터널도 몇 개씩이나 지나 달리다보니 오른쪽으로 제법 큰 호수가 보이기에 무조건 호수 쪽으로 들어가

민박집부터 찾았다. 민박집 구하기가 무섭게 뒷산 중턱까지 차를 몰고 올라왔다. 왜 그랬을까? 그렇게 서둘러 뒷산으로 올라온 것은 사람 안 보는 조용한 곳에서 고기라도 몇 점 마음놓고 구워먹을까 해서였다.

이태리 밀라노에서 여기까지 그 먼 길을 쉬지 않고 달려온 기사양반을 여자 승객들이 챙겨 먹일 모양이다. 국경 근처 슈퍼마켓에서 채소와 고기는 많이 샀고 한국에서 미리 준비해온 쌈장도 실려 있으니….

오랜만에 돼지 삼겹살에 저녁을 맛있게 먹고 커피 한 잔 마시면서 호수 쪽을 바라봤더니 호수 저편에 불기둥 같은, 엄청 큰 무지개가 우리를 반기고 있다. 무슨 좋은 일이라도 있을라나!? 저녁 배불리 먹었겠다, 예쁜 민박집 얻어 놨겠다, 경치 좋겠다, 오늘 저녁은 기분이 째질듯이 좋다. 내려오면서 보니 저 아래 민박집 있는 동네가 마치 우리 동네처럼 정답게 보였다.

난생처음 보는 엄청 큰 무지개. 저 아래 호수가에 민박집이 있다.

민박집에서 간단한 양식으로 아침식사를 끝내고 근처의 조그만 관광지(Emmetten)로 가 1280m고지를 케이블카 타고 올라보았다. 케이블카에서 내려다보니 군데군데 보이는 산간마을이 참 예쁘게 보인다. 이렇게 높은 곳에 사람이 사는 것도 희한했지만 아무리 높은 곳에 있는 집에도 자동차가 다 올라올 수 있게 길이 나 있는 것도 참으로 신기했다.

산꼭대기 주택에 예쁜 차가 있는 게 너무 신기해 보였다.

산을 내려와 호수를 따라 계속 달리는데 얼마 안 가 갑자기 길이 끊어져 버린다. 왔던 길로 되돌아 갈 수는 없고, 별 수 없이 좀 가파르긴 했지만 산쪽 언덕길로 올라왔는데 다 올라와서 내려다보니 어지러울 정도로 가파르다. 저 가파른 길을 어떻게 올라왔는지 모르겠다.

뒤돌아보니 아찔한 저 가파른 언덕길도 자동차를 몰고 올라왔다.
- 스위스 피에발트슈타테 호수 -

조금가다 길가에 서 있는 Hotel이라 쓴 간판이 하도 특이해서 아래로 내려가 봤더니 조그만 선착장이 딸린 고급별장이 있었고 주변 경관 역시 무척 아름다웠다. 그런데 여기저기 사진을 찍다보니 왠지 이 동네가 낯이 익다는 느낌을 받았다. 기억을 더듬다가 미국의 소설가 마크 트웨인이 '내가 살아본 곳 중 가장 아름다운 곳'이라고 했던 그 마을이 바로 이 근처에 있겠구나 하는 생각이 들었다. 그 생각은 맞았다. 3~4년 전에 왔을 때 여러 사람에게 묻고 물어서 겨우 찾아냈던 그 마을이 얼마 안 가서 나타났다. 너무나 반가웠다. 모두들 손뼉을 치며 좋아했고….

지난 번 왔을 때 시간이 없어 보지 못하고 아쉽게 돌아가야만 했던, 스위스 서쪽 끝에 있는 레만호와 시용성을 보기위해 몇 시간을 달리다가 좀 쉬었다 가려고 들른 곳이 바로 베른(Bern)이었는데 뒤늦게 안 사실이지만 지붕이 독특한 건축물들이 중세의 모습을 그대로 간직하고 있어 세계문화유산으로 등재되었다고 한다. 그래서 그런지 강가의 집들이 유별나게 아름다워 보였고 골목골목 한가운데에 한 줄로 늘어서 있는 분수대와 조각상, 시계탑 등 볼거리가 참으로 많아 생각지도 못한 곳에서 월척을 낚은 셈이 되었다.

말로만 듣던 시용성, 중세에는 로마로 향하는 사람들에게 통행료를 받던 곳이었으나 지금은 세계적인 관광명소가 되어 있다.

지난 번 왔을 땐 시간이 없어 보지 못하고 아쉽게 돌아가야 했지만 이번에는 꼭 보려고 천리길도 머다 않고 달려왔다. 와서 보니 과연 그럴 만했다. 호숫가에 서 있는 그 자태는 정말 빼어나게 아름다웠다.

바스티유 감옥으로 더 유명한 레만호의 시용성

스위스에는 세 개의 높은 알프스가 있다. 융프라우(4158m)와 쉴
트호른(2970m) 그리고 마테호른(4478m). 그런데 융프라우는 패
키지투어 단골 메뉴가 되어 안 가본 사람이 없고, 쉴트호른은 지난
번 올랐을 때 너무 좋아 크게 감동을 받았기에 Wife 친구들에게도
꼭 보여주고 싶었지만 한번 가본 데를 왜 또 가느냐며 한사코 안 가
겠다기에 남은 하나 마테호른엘 올라보기로 했다.

호반의 도시 몽트뢰 부근 민박집에서 하루를 쉬고 마테호른으로
향했다. 몽트뢰에서 가려면 두 갈래 길이 있는데 일부러 인터라켄
부근의 브리그를 경유하는 길을 택했다. 그것은 지난 번 여행 때 지
척을 분간할 수 없는 짙은 안개 때문에 아무것도 보지 못하고 실망
만 하고 내려와야 했던 그림젤 고개를 한 번 더 넘어 보기 위해서였

다. 그래서 또 올라가 봤지만 이번에도 허사였다. 해발 2160m밖에 안 되는 고개지만 언제나 안개 속에 묻혀있어 쾌청한 정상을 보기가 어렵다고 한다. 기념품 가게만 덩그렇게 문을 열어놓고 있었다. 다음 번 올 때 또 올라봐야겠다고 마음먹었다.

그림젤 고개를 내려와 브리그 쪽으로 가다가 눈 덮인 산이 보이는 조용한 마을에 민박집을 구했다.

우리보다 나이가 많아 보이는 촌노 부부가 반갑게 맞았다. 이층 계단을 올라 창문 밖을 내다보니 시골냄새 물씬 풍기는 마을 정경이 너무 아름답다. 거기다가 말은 한마디 통하지 않았지만 순박하기 이를 데 없는 촌로들의 환대가 너무 맘에 들어 이 집에서 하루 더 묵기로 했더니 노인 부부가 너무나 좋아했다. 다음 날 아침 눈을 뜨자마자 사진기 챙겨들고 동네 주위를 한 바퀴 돌아봤다. (여행할 때는 언제나 나에게 일과처럼 되어 있는 일이다.) 민박집 뒤 언덕 아래로 내려가니 농부가 한 떼의 소를 몰고 간다. 이런 목가적인 풍경, 렌터카 여행이 아니면 어떻게 구경할 수 있겠는가! 이런 시골마을에 민박 구한 게 참 잘했다는 생각이 든다. 길이 사방으로 갈라지는 곳에 이르니 정말 깜찍하고 예쁘게 만든 이정표가 하나 서 있다. 그 이정표를 보는 순간 기분이 이상해지며 아릇한 착각에 빠져드는 것 같았다. 우리와는 동떨어진 세상에 온 것 같기도 하고, 시간이 멈춰버린 것 같기도 하고…. 그 이정표가 가리키는 곳은 정말 고요하고 성스럽고 평화로울 것 같았다.

숙소 주변 시골마을의 너무나 깜찍한 표지판

마테호른 출발지인 체르마트는 공기를 오염시키는 자동차의 출입
을 일체 허용하지 않는다. 그래서 기차 환승장에 몰고 갔던 차를 주
차시키고 기차로 갈아타야만 했다. 올라가면서 보니 하늘은 맑았지
만 정상 쪽은 구름에 완전히 가려있어 마테호른을 보기는 어려울 것
같다. 정상이 코브라의 머리 형상을 하고 있고, 영화제작사인 파라
마운트사의 로고로 애용되고 있는 그 유명한 마테호른. 그 마테호른
이 구름 밖으로 모습을 나타내기만을 애타게 기다리며 망부석처럼
꼼짝 않고 서있는 관광객들.

리프트를 타고 올라간, 산 꼭대기 마을에서 만난, 너무 행복해 보이는 단란한가족

한 시간 이상을 기다리고 있다는 관광객들도 많았다. 우리도 그만큼은 기다렸지만 나아질 기미는 보이지 않았다. 어쩌다 그 모습을 희미하게나마 드러내면 모든 관광객들이 일제히 와우!!, 야!! 탄성을 지르며 좋아한다. 그런 희미한 모습이라도 본 사람들은 그나마 다행이라며 하나 둘 하산들을 했다. 우리도 아쉬웠지만 어쩔 수 없었다. 하산하는 수밖에. 내려오는 차안에서도 눈은 계속 산 쪽을 바라보고 있는 관광객들. 그러나 기차는 미련 없이 달려 내려가고….

스위스 관광을 그렇게 아쉽게 끝내고, 이번에는 아름답기로 스위스와 쌍벽을 이루는 나라 오스트리아로 차를 몰았다. 오스트리아 역시 볼 곳이 너무 많지만 그 중에서도 숨막히도록 아름답다는 티롤알프스의 중심도시 인스부르크 근교와 오스트리아 최고의 관광지인 잘츠캄머굿 지역만 돌아보기로 했다.

스위스 국경을 넘으면서 리히텐슈타인 근처에 있는, '알프스소녀

하이디'에서 부잣집 소녀 클라라가 요양했다 해서 유명해진 바드 라가츠(Bad Ragaz) 근교의 산골 마을을 찾아 나섰다가 뜻밖에도 그 깊은 꼴짜기에 너무나 아름다운 마을이 숨어있는 것을 발견했다. '세상에 이런 마을도 다 있구나!' 할 말을 잊은 채 멍하니 바라보고만 있었다. 너무 깊은 산속이라 마을 전체를 한 장의 사진에 담을 수가 없었던 게 정말 유감이다. 그런 마을에서 하루라도 머물고 싶었지만 너무 과분한 기대였는지 그 꿈은 이루어지지가 않았다.

인스부르크 근교에 있는 Natters라는 마을과 Aldrans라는 마을을 차례로 찾아봤다. 마을 뒷쪽에는 험준한 알프스 산들이 둘러서 있고 아름다운 호수가 펼쳐져 있어 주위 경관이 무척 아름답다. 근처에 이렇게 아름다운 산간마을이 20여 개나 흩어져 있어 인스부르크를 오스트리아에서 가장 아름다운 도시로 만들고 있다고 한다. 세계적인 음악도시인 잘츠부르크에는 영화 '사운드 오브 뮤직'을 촬영한 장소가 여러군데 있어 많은 관광객이 모여들기로 유명한데 이 마을 Aldrans도 경관이 빼어나 그 영화의 일부 장면을 촬영했다고 한다.

주변의 아름다운 경관에 흠뻑 취해 너무 좋아하는 세 여인

오스트리아 인스부르크 근교에 있는 아름다운 마을 Aldrans. 영화 '사운드 오브 뮤직'의 촬영장소로도 유명

gut)은 음악도시 잘츠부르크 동쪽에 위치한 호수와 산악지역을 말하는데, 우리가 지금 찾아가고 있는 할슈타트(Hallstatt)도 이 지역에 있다. 묻고 물어서 드디어 잘츠카머굿에서 가장 빼어난 풍광을 자랑하는 할슈타트 마을에 도착했다. 도착하자마자 조용한 곳을 찾아 민박집부터 구했다. 할슈타트에는 집 앞에 ZIMMER라고 쓴 예쁜 간판을 붙여놓은 민박집이 많아 쉽게 찾을 수 있었다. 집 뒷쪽에는 물이 넘칠듯이 흐르는 개울이 있고 개울 한복판에 조그만 물레방아(?)를 만들어 놓은 게 퍽 인상적이었다. 우리가 묵을 2층방 창문을 여니 세상에서 가장 평화스러울 것 같은 동네가 내려다 보였다.

다음 날 아침 눈을 뜨자마자 또 사진기 하나 들고 동네를 둘러보러 나섰다. 길가에는 어딜 가나 시원스레 흐르는 크고 작은 냇물을 볼 수 있고 그 냇물들은 모두가 할슈타트 호수로 흘러든다. 가파른 언

덕에 집들이 절벽에 기댄 듯 붙어 있고 창틀마다 꽃이 활짝 핀 화분들을 내놓았다. 호수가 내려다보이는 저 위 전망 좋은 민박집은 빈 방이 없어 얻질 못했지만 다음에 올 때는 꼭 얻어 하루라도 쉬어봐야지 맘먹었다. 식당임을 알리는, 예쁘고 재미있게 그린 표지판 옆을 아침 일찍 등교하는 어린이 셋이 지나간다. 그 어린이들에게선 근심, 걱정이라고는 조금도 찾아볼 수 없는, 그야말로 행복한 아이들 같았다.

어느 집 잔디마당 한구석에 호수를 향해 다이빙 대가 서 있는 걸 보니 호수가 꽤 깊은 모양이다. 마을 한가운데 중앙광장에는 박물관, 우체국, 호텔, 교회등 중요한 건물들이 다 모여 있었다. 가파른 산을 배경으로 예쁜 통나무집들이 다닥다닥 붙어 있고 그 앞으로 잔잔한 호수가 있어 마을 전체가 아름다운 한 폭의 그림이다.

중년 부부가 나란히 서서 발코니 아래로 무언가 열심히 내려다보

할슈타트 호숫가의 예쁜 집들

고 있기에 궁금해 그 눈길을 좇아가 보았더니 다섯 마리의 백조가족이 평화롭게 노닐고 있다. 새끼들을 거느린 백조가족의 평화로운 모습과 그것을 지켜보고 있는 중년 부부의 다정한 모습. 아침부터 그런 아름다운 광경을 보았으니 오늘 하루는 정말 기분 좋은 하루가 될 것만 같다. 민박집에 돌아오니 아침시간이 훨씬 지나 있었다. 담벽에 쌓아놓은 장작더미에서 민박집의 따스한 온기가 넘쳐났다.

할슈타트의 우리가 묵었던 집

240

마지막 일정으로 아름다운 Wolfgang호수와 주변경관을 보기위해 열차를 타고 1732m 고지에 올라봤다. 정상 가장자리에 놓인 벤치에 앉으면 볼프강 시내가 한눈에 내려다보일 것 같은데 유감스럽게도 구름에 가려 한 치 앞도 볼 수 없었다. 내려오는 기차에서 희미하게나마 내려다 볼 수 있어 다행이었다.

산을 내려와 아름다운 볼프강 호숫가를 산책하기도 하고, 영화 '사운드 오브 뮤직'의 여주인공 마리아 수녀와 트립 대령이 결혼식을 올린 교회가 있어 유명하다는 볼프강시의 호반마을도 돌아본 뒤 호숫가 벤치에 앉아 커피 한 잔 마시면서 오스트리아와 아쉬운 작별을 고했다.

2008년 5월

영국, 노르웨이를 잊지 못하게 하는 것들

아침 신문을 뒤적이다가 〈런던왕복 항공료, 30만원〉이란 기사를 우연히 발견했다.

"여보! 영국 왕복 비행기값이 30만원밖에 안해!"

"야, 정말 싸네요! 그럼 당장 확인해 봐요!"

이렇게 시작된 것이 결국은 wife 친구 부부(박정자씨와 부군 손희국씨)와 우리 부부, 이렇게 넷이서 영국과 노르웨이를 20여 일간 여행하는 것으로 발전하게 되었다.

지난 6월 3일 9시에 인천공항을 떠난 비행기는 싱가폴 경유, 현지 시간으로 다음 날 아침 6시경에 런던에 도착했다. 런던 히드로공항에 내리자마자 예약해둔 렌터카 찾아 운전연습부터 했다. (영국은 운전석이 우측에 있고 차량통행도 좌측이라 처음 몰면 헷갈린다.)

공항과 맞붙어 있는 렌터카 주차장 안에서 30여 분간 운전연습을 한 후 옥스포드쪽 고속도로 가는 길을 물어 조심스레 주차장을 빠져나왔다. 이렇게 영국 관광은 처음부터 긴장과 스릴 넘치는 모험으로 시작되었다.

여정은 7일로 잡았지만 런던시내관광 이틀을 빼니 영국을 둘러볼 시간은 겨우 4-5일. 좀 멀긴 하지만 스콧트랜드의 수도 에든버러를 다녀오기로 하고, 가고 오는 길에 전원도시와 역사도시 한 두 곳을

242

영국의 옥스퍼드 교외에 있는 시골 마을

넣어서 돌아보는 일정을 잡았다.

　제일 먼저 찾은 곳이 버턴 온 더 워터(Bourton on the Water)라
는 이름의 전원도시. 런던에서 서쪽으로 약200km, 옥스퍼드 교외
에서 시작되는, 아름다운 마을과 도시가 곳곳에 흩어져 있는 콧츠월
즈(Cotsworlds) 라는 구릉지대 속의 조그만 마을이다. 스토우 온 더
월드니 캐슬 쿰이니 하는 희한한 이름의 도시들이 가까운 곳에 있어
모두 다 둘러볼 욕심으로 그 쪽으로 차를 몰았다.

　버턴 온 더 워터는 콧츠월즈의 베니스라 불리는 아름다운 마을.

　수심이 겨우 10-20cm 정도밖에 안 되는 작은 강이 마을을 돌아
흐르고 강을 따라 17세기경의 석조집들이 늘어서 있다.

　너무나 조용하고 아늑한 곳, 다른 나라에서는 결코 찾아볼 수 없는
아름다운 곳이라 부근에서 이틀이나 묵었다.

함께 여행한 손희국 회장과 부인 박정자 씨

다음 날 에든버러 쪽으로 달리는데 날씨가 구름 한 점 없이 쾌청하다. 우리가 알고 있던 우중충한 영국 날씨, 런던 fog는 찾아볼 수가 없다. 고속도로를 달리다가 지루하면 산길로도 들어가 보고 들판 사잇길로도 몰아 보았다. 새파란 하늘에 맞닿아 있는 푸른 들판을 달리는 기분이 너무 상쾌하다면서 함께 간 손회장 입이 연방 벌어진다. 어디를 둘러봐도 잘 정돈된 목초지와 넓은 평야, 어디 한 군데 푸르지 아니한 곳이 없다.

에든버러성은 험준한 바위산 벼랑위에 세워진 요새이자 오랜 세월 스콧트랜드 왕가가 거처했던 곳. 중세의 옛 모습을 간직하고 있는 올드타운은 차를 탄 채 한 바퀴 둘러본 후 바로 에든버러 성 안으로 들어갔다. 성 안에는 12세기에 지어진 예배당 등 볼거리가 많았지만 수백 년에 걸친 잉글랜드와의 치열한 전쟁을 말해주는 듯 성 아래 바닷가를 겨냥하고 있는 많은 대포들이 더 눈길을 끌었다.

타워브릿지를 배경으로 템스강변에 앉은 저자 내외

에든버러 관광을 당일치기로 끝내고 돌아가는 길에 2천 년의 역사를 간직한 중세도시, 체스터에도 들러 투어버스를 타고 수박겉핥기식 시내관광을 한 후 런던을 향해 바삐 차를 몰았다. 왜냐하면 내일은 아침 일찍 노르웨이 수도, 오슬로로 가야하기 때문에. 런던으로 돌아오자마자 공항가는 길도 미리 알아둘 겸 오슬로 가는 스텐스티드 공항엘 다녀온 뒤 일찌감치 잠자리에 들었다.

에든버러 관광을 끝내고 런던으로 돌아와서 마지막 이틀은 지하철을 타고다니며 시내관광을 했다. 마침 서울에서 예약한 숙소가 지하철 종점 부근에 있어 나다니기에는 정말 편리했다.

난생처음 템스강가에 앉아 보았다. 말로만 듣던 템스강, 너무나 귀에 익은 정다운 이름이다. 타워브릿지도 멋쟁이 영국신사처럼 귀티나게 보였고. 템스강과 타워브릿지, 정말 잘 어울리는 한 쌍의 부부 같다. 그 위를 내가 좋아하는 빨강색 2층 관광버스가 지나갈 때는 더

욱 환상적이었다. 마침 주말이라 시내 중심부는 한산했는데, 시 청사 주변의 한 골목에서는 길 가에 놓인 피아노를 어떤 사람이 치고 있고 그 주위를 지나가는 사람들이 빙 둘러서서 구경하는 한가로운 모습도 볼 수 있었다. 영국 사람들의 품위 있는 모습을 보는 것 같아 참 부러웠다. 같이 간 일행 손회장도 어린시절 풍금치던 솜씨로 동요 한 곡을 쳐 박수를 받았다.

런던관광의 하이라이트인 버킹엄 궁 위병대 퍼레이드를 보러 나섰다. 좋은 자리 잡으려고 아침 일찍 서둘렀으나 다른 델 구경하느라 조금 늦었더니 벌써 퍼레이드는 시작되었다. 궁전 앞 광장은 인산인해. 비집고 들어설 자리가 없다. 어린애도 아닌 사람이 파고들기도 그렇고. 키 작은 내가 좋은 사진 찍기는 이미 글러진 모양이다.

아무리 두 손을 위로 뻗어 찍어봐야 다른 사람들 뒤통수 나오는 사진 밖에 더 찍겠는가? 그렇다고 그냥 있을 수만은 없는 일.

생각한 끝에 앞에 선 키 큰 사람에게 사진기를 주면서 좀 찍어달랬
더니 보기에 딱했던지 그 사람은 제일 앞에 선 사람에게 다시 부탁
을 했고 그래서, 검은 가죽모자와 빨간 복장의 근위병들의 근엄한
모습을 제일 가까이서 담은 멋있는 사진 한 장을 찍을 수 있었다.

올해로써 100년째 매 시간마다 종을 치고 있다는 그 유명한 빅 밴

인산인해를 이룬 구경꾼들을 비집고 사진 한 방은 겨우 찰칵.

(Big Ben)이란 이름의 시계탑도 구경하고, 저 멀리 템스강 너머로
영국의회의 권위가 넘쳐나는 국회의사당도 바라보면서, 또 2000년
밀레니엄을 기념해 만들어진, 한꺼번에 천 명을 태울 수 있다는 세
계 최대의 회전 관람차 런던아이(London Eye)와 항상 젊은이들로
넘쳐나는 트라팔가 광장도 둘러보면서 정말이지 번갯불에 콩 볶아
먹는 식으로 7일간의 영국관광을 끝냈다.

노르웨이 해변길은 이렇게 좁은 길이 많다

노르웨이를 잊지 못하게 하는 것들

노르웨이는 산악지대가 대부분이라 넓은 평야나 목초지는 볼 수가 없다. 해안선 따라 나 있는 꾸불꾸불한 좁은 길과 컴컴하고 긴 터널이 많아 운전하기가 여간 힘드는 게 아니다. 하지만 이번 여행을 하면서 노르웨이 시골길이야말로 자동차여행 하기에는 최고로구나 하는 생각을 하게 되었다.

차도 별로 없고 차선도 없는 좁다란 시골길은 아무리 달려도 직선으로 쭉 뻗은 밋밋한 길은 찾아보기가 힘들 정도다. 호수같이 잔잔한 바닷가 해안선을 따라 굽이를 돌 때마다 동화에나 나옴직한 아름다운 마

페리를 타기 위해 길게 줄을 서서 기다리는 자동차들

왔다갔다 부지런히 실어 나르는 페리　　　페리에서 빠져나오는 자동차들

을과 눈 덮인 산이 나타나고…. 제법 달렸구나 싶으면 어느새 길은 끊어져서 훼리로 갈아타야하고, 비탈길을 꾸불꾸불 오르는가 싶으면 어김없이 피오르드의 장관이 눈앞에 펼쳐지고…. 노르웨이의 멋진 시골길이야말로 어디서도 찾아볼 수 없는 최고의 드라이브 코스였다.

이런 시골길을 가다가 우연히 발견한 정말 멋진 마을이 아울란 (Aulan)이다. 경관이 빼어난 데다 크루즈선과 유람선의 기항지라 많은 관광객들이 붐비는 곳이다. 마을 뒷산에 멋진 전망대가 있다기에 그걸 찾아 나섰다. 오토가 아닌 스틱차를 몰고 꼬불꼬불 비탈진 경사길을 오르면 차안의 모든 사람들이 긴장한다. 어쩌다 후진이라도 해야할 경우에는 그 정도가 훨씬 더해지고…. 운전수는 식은땀이 나고 뒷좌석에 앉은 사람은 오금이 저려온다. 오금만 저리겠는가!

전망대에 올라 내려다보니 크고 화려한 크루즈선이 많이 보였고 가까이서 볼 때와는 전혀 다른 환상적인 모습을 하고 있어 역시 위험을 무릅쓰고 잘 올라왔구나 생각되었다.

전망대에 오른 길에 아울란 피오르드가 숨겨 놓은 또 하나의 비

산길을 돌고 돌아 드디어 찾아낸 노르웨이 최고의 절경

경-아울란 근처 어느 산 정상부근에 있는 Stalheim이란 호텔의 정원에서 내려다 본 계곡-을 찾아 나섰다. 너무나 아름다워 유럽의 고급 달력에만 자주 실린다는데 어찌 그냥 지나치겠는가!

역시 꼬불꼬불 비탈진 산길을 헤맨 끝에 드디어 찾아냈다. 호텔 로비를 지나 뒤쪽 정원에 다다르자 눈앞에 전개되는 황홀한 광경. 정말 비경이었다.

이번 여행하면서 가장 기억에 남는 곳 하나만 들라면 주저 없이 들 수 있는 곳이 바로 Preikestolen의 깎아지른 듯한 바위다.

그날따라 흐리고 가랑비까지 내려 별로 내키진 않았지만 그래도 정상에 올라서니 너무나 환상적인 광경에 넋을 잃을 지경이었다.

보기만 해도 아찔한 벼랑끝 쪽으로 한발짝 한발짝 가까이 다가갔다. 바람이 조금만 불어도 천 길 낭떠러지 밑으로 떨어져 버릴 것만 같다. 다리에 힘이 풀려 몸이 기울기라도 한다면…?

바위 끝 부분이 벼랑 쪽으로 조금 기울어 있어 더 가까이 가려니 불현듯 마누라 생각이 났다. 내가 놀랄까봐 소리도 제대로 지르지 못하는 마누라를 생각해서 더 가까이 가는 건 멈췄다.

시─퍼런 저 물길 속으로 뛰어내리는 것도 깨끗하고 멋있게 가는 방법 중 하나겠구나 하는 생각이 들었다. 이 세상 끝까지 가본 기분이었다.

벼랑끝 쪽으로는 감히 다가설 엄두를 못 내고 있던 우리 여자일행 두 분도 어떤 간 큰 여성이 별 망설임 없이 다가가 저 밑을 향해 한

천길만길 아찔한 저 밑(603m)을 서서 보기는 좀 무엇하고.

조마조마 아슬아슬, 천길 낭떠러지 저 밑을 두 여인은 과연 내려다볼 수 있을까!?

손으론 바닥을 짚고 또 한손으로 카메라를 들이대는 것을 보고서야 엉금엉금 기어서 다가갔다. 둘이서 손을 꼭 붙든 채. 그 모습이 참 재미있어 보였다.

눈 덮인 Hogstolen산 정상을 스틱차 몰고 올라본 것 또한 결코 잊을 수 없는 추억으로 남아있다. 막상 오르려니 렌터카가 자동이 아닌 스틱이란 사실이 제일 맘에 걸렸다. 하지만 조금도 내색 않고 오르기 시작했다. 해발 1739m의 눈 덮인 산을. 노르웨이 서북부 올레순(Alesund) 근처에 있다. 예이랑게르 피오르드 관광을 끝내고 근처에 묵으면서 멀리 바라보이는 저 산엘 꼭 올라봐야지 결심을 했었고 그 결심을 지금 행동에 옮기고 있는 것이다. 부지런히 올라오다 돌아보니 올라온 길이 이렇게도 멀고 험했나 싶다. 정상 부근에 이르니 맑게 개인 파란 하늘이 눈 덮인 산과 어울려 더없이 깨끗한 분위기를 만들어 준다. 그리 높진 않지만 그래도 정상이라 생각하니 험준한 바위들이 위엄이 있어 보였다. 눈 덮인 산을 바라보며 커피 한잔 마시는 사이에 눈에 익은 차 한 대가 우리 곁으로 왔다가 바로 돌아나가기에 얼른 카메라를 들고 따라갔다. 이 험한 골짜기 깊은 산골에서도 우리의 현대차를 볼 수 있다니!! 참으로 반갑고 감개무량했다.

정상에 오른 성취감에 야호도 외치고 커피도 마시고 사진도 몇 방 찍고 하다 보니 시간이 제법 흐른 모양인지 하늘이 이상하게 변하고 있었다. 갑자기 구름이 몰려들면서 사방이 짙은 회색으로 변하는 게 아닌가! 주위가 어두워지기 시작하자 지금까지 한번도 느끼지 못했던 두려움 같은 게 엄습해 왔다. 겁이 덜컹 났다. 우리 차 말고 다른 차는 한 대도 안 보이는데 눈이라도 와서 길이 미끄러워지면 어떡하지!? 모두들 걱정하는 빛이 역력했다. 그렇다고 자신만만해 했던 내까지 겁먹은 소리를 할 수는 없잖겠는가! 무섭지 않은 척 농담도 해 가면서 태연을 가장하느라 혼이 났다. 어떻게 내려 왔겠는지는 여러분들의 상상에 맡

해발 1,740m의 눈 덮인 Hogstolen산 정상에서 만난 낯익은 우리 현대차.
부리나케 따라가 뒷모습만이라도 겨우 찰칵

긴다. 아무튼 이번 노르웨이 여행 중 가장 기억될 만한 하루였다.

다음 날은 늦게 일어나기도 했지만 하루쯤은 쉴 생각으로 피오르드 유람선관광을 하기로 했다. 수면에서 우뚝 솟아 있는 깎아지른 듯한 절벽, 높은 산위에서 바다로 바로 떨어져 내리는 폭포, 산허리를 돌 때마다 나타나는 형형색색의 아름다운 마을등 환상적인 경관을 즐길 수 있는 것이 바로 피오르드 유람선관광이다. 아울란 피오르드(Aurlandfjord)를 관광하기 위해 숙소에서 그리 머지 않은 플롬(Flam)이란 마을로 차를 몰았다. 서둘러 승선했는데도 구경하기 좋은 자리는 벌써 다 차버렸다. 플롬(Flam)을 출발 구드방겐(Gudvangen)이란 마을을 돌아오는 이 유람선은 하루 세 차례 왕복에, 왕복 6시간이 소요된다.

유람선이 출발하자마자 얼마 안돼 아름다운 마을들이 하나 둘 나타나기 시작한다. 이십여 채 혹은 삼사십 채, 어떤 곳은 대여섯 채밖

유람선을 타고 협곡 사이를 지날 때마다 전혀 새로운 정경이 펼쳐지고

에 안 되는 집들이 이런 산간오지에 옹기종기 모여 있는 게 너무나 아름답고 평화스러워 보인다. 저 마을 속 어딘가에 우리가 묵고 있는 캐빈도 있겠구나 생각하니 그냥 그곳에 살아버렸으면 하는 생각도 들었다. 저 말할 수 없이 조용하고 평화로운 정경들을 보고 있노라니 고등학교 때 배운 윤선도의 어부사시사 구절들이 절로 떠올랐다.

동풍이 건듯부니 물결이 고이 닌다. 동호를 도라보며
서호로 가쟈스라. 압뫼히 디나가고 뒫뫼히 나아온다.

무심한 백구는 내 좃는가 제 좃는가?

우는 거시 벅구기가 프른 거시 버들숲가, 어촌 두어집
이 닛속의 나락들락.

이렇게 아름다운 마을이 군데군데 나타난다.

노르웨이의 서부 해안선 어디쯤을 유람선 타고 관광하면서 윤선도의 어부사시사를 떠올리다니 전혀 어울릴 것 같지 않지만 너무나 잘 어울렸다.

　플롬 마을에서 출발, 뮈르달(Myrdal)까지 20km구간의 계곡을 달리는 산악열차도 타보았다. 올라가는 도중에 열차가 두 번 쉰다. 한 번은 내려오는 열차를 기다리느라 또 한 번은 웅장한(?) 폭포를 보기위해…. 폭포 앞에서 5분 쉬는 동안에는 노르웨이 전통음악이 흘러나오면서 여성 무용가가 숲속 요정으로 분장해 신비로운 안무를 펼친다는 홍보물을 봤지만 비수기라 그런지 숲속 요정은 아무리 기다려도 나타나지 않았다.

　내려오면서 보니 점점이 박혀있는 빨간색 지붕의 집들과 호수도 보이고 눈 덮인 산에서 떨어지는 폭포수도 보이고.

폭포수는 콸콸 수정렴 드리운듯 이골물이 주룩주룩…
으르릉 콸콸 흐르는 물결이 은옥같이
흩어지니 소부 허유 문답하던 기산영수가
예 아니냐!?

동화속을 달리는 듯 차창 밖 풍경은 가히 환상적이다.
무릉도원이 어드메뇨…?
정말 아름다웠다. 과연 열차관광의 진수라 할 만했다.

2009년 9월

칠순 기념여행, 현대차 빌려 타고 미국 중부대륙을

알래스카 크루즈여행

지난 초여름 마누라 덕에 40여 일 동안이나 미국 여러 곳을 구경하고 왔다. 30년 넘게 시카고에 살면서 미국 사람이 다 되어버린 집사람의 여고시절 단짝 친구 김상열씨가 10여 년 전부터 꼭 한번 다녀가라는 얘기를 해오던 터라 기회가 되면 그럴 생각이었는데, 마침 자기 남편도 올해 칠순이 되니 두 가족이 칠순잔치도 할 겸 알래스카 크루즈여행이나 같이 가자면서 몇 번이나 또 전화를 걸어왔다. 우리들 표까지 사 두었으니 무조건 오라고.

사실 6월에는 용인 수지 새 아파트로 이사도 해야하고 또 한창 쓰고 있는 내 회고록 원고도 6월말까지는 끝내야 하는데, 하필이면 한 달 이상이나 집을 비워야 하는 일까지 겹치게 되니 선뜻 나서기가 쉽진 않았지만, 그 친구 부부와는 2,3년 전부터 미국 여러 곳을 자동차 몰고 함께 여행하기로 약속이 되어 있었던 터라 이번이 아니면 약속을 지키기가 어려울 것 같아 만사 제쳐놓고 6월 18일 드디어 장도에 오르게 되었던 것이다.

말로만 듣던 알래스카 크루즈여행은 물론이고 미국 제일의 국립공원인 옐로스톤과 그랜드테튼, 마누라는 난생처음인 나이아가라 폭포 그리고 몇 년 전 하민우군 등 고교친구들과 부부동반으로 갔을 때 그 빼어난 경관에 반해 다음에 꼭 한 번 더 와보기로 마음먹었던 저 남쪽 유타주의 모뉴먼트 벨리까지 자동차 몰고 여행한다고 생각하니 가슴이 설레지 않을 수 없었다.

집사람 친구 집은 시카고 다운타운에서 한 시간 가량 떨어진 ROSEL이라는 교외에 있었는데, 시카고는 미국 제2의 도시답게 워

알라스카를 달리는 설국열차

낙 넓고 관광명소도 많아 시내에 나가 이름난 관광지 두어 군데만 찾아다니다 보면 하루가 후딱 지나가 버렸고, 더욱이 꿈같은 나이아 가라 폭포까지 다녀왔으니 시카고에서의 일주일은 정말이지 눈 깜짝할 사이에 지나가 버렸다.

알래스카 크루즈여행은 솔직히 말해 기대 이하였다. 명색이 알래스카 여행이니 그 큰 고래들이 떼를 지어 유영하거나 때로는 하늘 높이 솟구쳐 올랐다가 꼬리로 수면을 내려치면서 잠수하는 모습을 가까이서 바라보며 환호하는 관광객들을 그려보기도 하였고, 개들이 끄는 썰매를 타고 설원을 달리는 내 모습을 상상하며 즐거워했었는데, 어쩌다 저 멀리서 고래인지 물범인지 육안으로는 분간하기조차 힘든 물짐승 한두 마리가 물 위로 치솟았다가 들어가는 게 가물가물 보이는 것이 고작이었고, 개썰매는 본격적인 겨울철에나, 그것도 더 북쪽으로 올라가야지만 가능하다는 가이드의 말에 실망이 이만저만이 아니었다.

그랜드테톤 공원이 보이는 이 지역은 북미에서도 아름답기로 유명하다.
서부영화 '셴'의 촬영장소가 이 부근에 있다.

그랜드테톤 국립공원 내의 호수. 호화 요트가 많이 보인다.

'한두 마리라도 좋으니 진짜 고래란 놈이 가까이서 그 큰 몸뚱이로 하늘 높이 치솟는 모습을 볼 수만 있었어도!'하는 아쉬움이 지금도 남아있다.

그러나 호화여객선 안에서의 하루하루는 마냥 즐거웠다.

아침 일찍 일어나 청정한 공기 마시면서 조깅하는 것과 선상 벤치에 앉아 맛있는 음식 맘대로 가져다 먹으면서 눈이 부시도록 아름다운 알래스카 설산을 바라보는 것도 빼놓을 수 없는 즐거움이었다.

작년 5월 노르웨이를 렌터카 몰고 다녔을 때는, 통나무로 지은 'cabin'이라는 숙소 구해서 한국음식 해 먹느라 북극지방의 대표음식인 연어는 한 번도 먹어보질 못했는데, 이번에는 끼니마다 실컷 먹어보았고, 내가 좋아하는 온갖 종류의 과일이며 초콜릿, 아이스크림과 각양각색의 맛있는 음식들을 먹고 싶은 대로 정말 원도 없이 먹었다.

선내 명품가게를 기웃거리면서 아이쇼핑을 하거나, 1인당 10불을 한도로 슬롯머신을 댕기기도 하였고, live쇼 생음악을 듣거나 영화

호화 요트 앞에서 사진이라도

를 보기도 하였으며 그리고 매일 저녁 식사 후에는 대형 극장에서 호화쇼를 관람하기도 하고….

이렇게 맛있는 음식 맘대로 먹고, 보고 싶고 하고 싶은 것 맘대로 골라가면서 할 수 있는 것 그것이야말로 크루즈여행의 진미가 아닌가 한다.

빙하벽을 최단 거리에서 바라보는 관광객들

미국 중부대륙을 누비다

알래스카를 다녀와서 3일째 되던 날, 렌터카 빌려타고(친구 차는 8기통이라 기름이 너무 많이 먹어 부득이 렌터카을 빌렸다) 미 대륙 중심부를 횡단하는 자동차 여행길에 나섰다. 당초에는 친구부부와 넷이서 떠날 계획이었으나 친구 분 남편이 나이아가라를 다녀온 뒤 갑자기 허리가 나빠져 포기하는 바람에 부득이 우리 부부 둘이서만 나서게 되었던 것이다.

'시카고에서 출발해서 서부지역 와이오밍주의 Yellostone 국립공원과 Grand Teton 국립공원, 콜로라도주의 록키마운틴 국립공원을 돌아보고 올 계획이지만, 가능하면 유타주 북단에 있는 Monument Valley 까지도 다녀올 생각이라니까 그렇게 먼 거리를 자동차 몰고 가는 건 무리라며, '와이오밍주와 유타주 중간에 있고 콜로라도주 한복판에 있는 Denver 까지는 비행기로 가고 거기서 자동차 렌트해서 돌아라'며 친구 부부가 한사코 만류했다. 하지만, 이번이 아니면 미

아예 주저 앉아서 찍지 뭐! 혹시라도 발을 잘못 디뎌 빠지기라도 하면 큰일이니까!
엘로스톤 국립공원에서

263

2000피트가 넘는 천길 낭떠러지의 대협곡 위에 놓인 Royal Gorge Bridge 위로 차를 몰고
들어가다가 증명사진 한방 쾅

대륙 한가운데를 자동차 몰고 돌아볼 기회가 또 있겠는가!? '기왕 도는 것 자동차로 돌면서 미국을 더 많이, 더 가까이서 보자'는 생각에서 내 계획대로 밀어붙였다.

친구 부부가 빠지는 바람에 마누라와 단 둘이서 15일 동안 무려 9개 주, 5천여 마일(정확하게는 66마일 모자라는 5천마일)을 돌면서 구경거리가 좋으면 실컷 구경하고 쉬고 싶으면 쉬면서 정말 느긋하게 또 멋지게 칠순 기념여행을 한 셈이 되었다.

중간중간 관광을 하거나 투숙하기 위해 거쳐 간 주까지 들어보면, 일리노이, 위스콘신, 미네소타, 사우스 다코다, 와이오밍, 유타, 콜로라도, 네브래스카, 아이오와등 9개 주에 이르며, 나이아가라 폭포를 보러 가고 올 때 지나친 인디애나, 오하이오, 팬실베이니아, 뉴욕주까지 합하면 무려 13개주에 달하니 가히 미 중부대륙을 누볐다 해도 결코 지나친 표현은 아닐 것이다.

264

　이번 여행을 하면서 새삼 확인할 수 있었던 것은, 과연 미국은 큰 나라, 대국이라는 사실이었다. 자동차로 아무리 달려도 끝도 없는 대평원, 좌우를 둘러봐도 눈에 보이는 것이라고는 끝 간 데 없이 이어지는, 그야말로 지평선을 이루는 푸른 벌판과 잘 가꿔진 경작지뿐이었다.

　시카고에서 출발해서 미국을 이끈 네 분 대통령의 얼굴이 새겨진, 큰 바위 얼굴이 있는 사우스다코다주의 Rapid City까지 가는 동안, 그리고 돌아올 때도 콜로라도대학이 있는 Boulder시를 출발해서 네브래스카와 아이오와주 경계에 있는 Omaha시에 당도할 때까지 좌우로 조그만 구릉지 하나 보이지 않는 그야말로 대평원의 연속이었다.

　그런 광야 한가운데를 널따란 고속도로가 일직선으로 쭉 뻗어 있고 그 위를 각양각색의 승용차와 컨테이너박스 모양의 대형 트럭들이 평균 70마일 이상(속도제한은 보통 65마일)으로 쉬지 않고 달렸다.

　수박 겉핥기식이겠지만 대형 트럭들이 그렇게 많이 이동하는 걸 보면서 '이것 하나만으로도 미국이라는 나라는 살아서 꿈틀거리는 나라임을 알 수 있겠구나, 역시 미국은 세계 제1의 생산국이면서 동시에 엄청난 소비국이구나'하는 생각이 들었다.

다행히도 이번에 렌트한 차가 우리 현대자동차의 '산타페'였다.

산악지대로 된 미국의 국립공원들을 둘러보려면 4륜구동차가 좋겠다며 그런 차를 부탁했더니 하루 40불을 더 내라며 렌트회사인 AVIS가 추천한 차가 바로 그 차였다. 현대의 '산타페'는 몇 해 전 큰딸애가 브뤼셀에 살 때, 브뤼셀에서 스위스, 오스트리아까지 그 차로 여행을 한 적이 있어 성능이 우수하다는 건 잘 알고 있었기에 주저하지 않고 그 차를 빌렸었다.

몇 십리는 족히 될 것 같은, 일직선으로 쭉 뻗은 고속도로를 달리면서 가속페달을 밟다보면 시속 95마일을 넘어설 때가 한 두 번이 아니었다. 운 좋게도 교통경찰의 단속에는 한 번도 걸리지 않았다.

큰 바위 얼굴을 잘 찍으려니 마땅한 곳이 없다.
에라 모르겠다 걸리면 걸리고 도로 옆에 차 세워놓고 사진 한 방 꽝.

그렇게 달리는 통쾌함이란, 더욱이 우리의 국산차로 GM이나 포드, 크라이슬러, 혼다 등 세계적인 명차들을 앞지르며 달리는 통쾌함이란 말로 표현할 수 없을 정도였고 스릴 또한 만점이었다.

이것 역시 미국의 땅덩어리가 한없이 넓으니까 맛볼 수 있는 특별한 경험이었다. 내가 경제기획원 햇병아리 시절, 젊은 사무관들이 미국 유학 다녀온 걸 얘기할 때마다 고속도로를 자동차 몰고 원도 없이 달려봤다는 자랑을 했었는데, 그때 나도 모르게 가슴 속에 품었던 생각, '나도 언젠가는 꼭 그래봐야지!' 하는 원(願)을 40년이 지나서야 맘껏 푼 셈이 되었고, 그것도 우리 국산차로 풀었으니 그것 하나만으로도 이번 여행의 보람이 정말 크구나 하는 생각을 하게 되었다.

이번 여행을 하면서 또 하나 실감한 건 미국이란 나라는 땅덩어리가 한없이 넓고 기름진데다 지하자원까지도 풍부한데 너무나 불공평하게도 이 땅에는 아름답고 규모역시 엄청나게 큰 세계적인 관광자원이 셀 수도 없이 많다는 사실이었다.

알래스카와 나이아가라 폭포, 옐로스톤 국립공원과 그랜드테톤 국립공원, 모뉴먼트밸리, 콜로라도 스프링스의 로얄고지 그리고 록키마운틴 국립공원 등을 차례로 둘러보았지만 하나같이 다른 나라의 그 어떤 최고 관광지와 비교해 봐도 결코 빠지지 않는 세계적인 관광자원임을 알 수 있었다.

아무튼 우리부부 둘이서 미 대륙 한가운데를 자동차 몰고 13일 동안이나 여행하면서 미국이란 나라가 얼마나 큰 나라인지를 가까이서 확인할 수 있었던 것과 이번 여행을 칠순을 기념하는 여행답게 아주 보람 있게 다녀온 걸 가슴 뿌듯하게 생각하며, 또한 이렇게 좋은 기회를 만들어준 집사람의 친구부부 두 분(이옥우씨와 김상열씨)께 진심으로 감사하다는 말씀을 전하고 싶다.

그리고 항상 고맙게 해 주는 우리 두 사위에게도.

2010년 9월

6부

백세시대를 사는
청년 노인

여보, 당신도 이제 노인이야

한 달 전쯤 일이다. 하루는 퇴근하는 나를 우리 집 마님이 말없이 쳐다보며 싱긋이 웃기만 하더니 느닷없이 "여보! 당신도 이제 노인이야!"하는 게 아닌가. 무슨 뚱딴지같은 소리를…. 시큰둥한 표정인 나에게 동장한테서 왔다면서 봉투 하나를 건네준다.

꺼내 보니 맨 먼저 눈에 들어오는 글자가 '노인'이다.

노인교통수당안내문. 대상자 조정현. 주민등록번호 410811-×××
××××.

아니 노인이라니!? 나더러 노인이라니!? 너무나 황당해서 어이가 없었지만 자세히 읽어 보니 조정현이라는 노인한테 보내는 안내문임이 틀림없다. 그 무슨 가당치도 않은 말씀을! 조정현이란 사람이 아직 얼마나 젊고 싱싱한데! 작년 이맘때는 백두산 정상에 올라 천지를 돌면서 장장 열 네 시간이나 트레킹을 했었고, 내후년쯤엔 저 유명한 안나푸르나봉도 오를 작정인데. 요즘도 친구들과 어울리면 6~7시간 당구치는 건 예사고, 가끔은 밤을 꼬박 새기도 하는데….

60이 다 돼서 배운 스키가 하도 재미있어 금요일 오후만 되면 퇴근하기 무섭게 홍천 비발디 스키장으로 달려가 스키장의 모든 불이 다 꺼질 때까지 혼자서 신나게 타다가 한밤중이 되어서야 귀가하던 일이 불과 3~4년 전 일인데…. 직장에 매인 몸만 아니라면 지금 당장에라도 패러글라이딩을 배워서 하늘을 날아보고 싶고, 세계 구석구석을 렌터카 빌려 타고 돌아다니고 싶은, 열정 넘치고 패기만만한, 40대 젊은이 같은 이 사람을 노인이라니!

어찌되었건, 내 나이 벌써 만으로 육십 다섯. 아무 한 것 없이 인생 종반에 접어드는구나 생각하니 유수 같은 세월이 원망스럽고 서글 퍼서, 지내온 내 인생이 하도 억울해서 발악 한번 해 봤네만, 주민등 록상 노인이란 내 나이는 어쩔 수가 없네! 이렇게 해서 며칠만 있으 면 나도 노인 축에 끼이게 되고 시쳇말로 地空居士(지공거사)가 되 는 거다. 누구 모양으로 매표소로 다가서며 백발을 쓸어 올리거나 "수고 하십니다!" 아양을 떨지 않아도 지하철은 공짜다.

하루에 두 번, 일주일에 열 번, 한 달이면 40번은 꼭 타야 하니 하루 에 2,200원 씩, 한 달에 줄잡아도 44,000원은 세이브가 되는 셈인데, 거기다가 월 1만2천 원 씩 교통수당까지 따로 나온다니 이게 웬 떡인 가, 보리 흉년에! 하지만 노인취급 받는 건 한사코 싫어하는 사람이 니 노인이라고 주는 이 돈을 그냥 모른 체 나 혼자 써 버릴 수야 없는 일. 하루에 2천 원, 한 달에 5만 원. 덤으로 생기는(?) 이 돈 만큼은 맘 대로 쓸 수 있겠구나 생각하니 갑자기 부자가 된 기분이다.

오다가다 딱하게 보이는 걸인을 만나더라도 애써 못 본 체 안 해도 되겠고, 읽고 싶은 책 광고를 보면 한 달에 두세 번은 책방으로 달려 갈 수도 있겠고, 반가운 친구 만나서 식사라도 할라치면 친구가 먼 저 내도록 내버려 두지 않아도 될 것 같고….

아! 이만하면 노인네 살림살이 족하지 아니한가!?

또 여유가 있어 보이지 아니한가!?

2006. 8. 5.

271

친구 셋과 함께 떠난 터키 일주여행

동서양 문화유적이 가득한 고도 이스탄불

지난 3월 24일 김익명, 허인구, 황원재 세 친구와 함께 8박 9일 일 정으로 고대문명의 보고이며 동서양의 역사와 문화가 공존하는 나라, 터키를 다녀왔다. 7일 동안 3천여km를 돌면서 이스탄불을 비롯하여 수도 앙카라, 카파도키아, 파묵칼레, 트로이, 에페스등 서부·중부지역 유적지 몇 군데를 돌아보았다.

한때 세계를 호령했던 페르시아, 로마, 비잔틴제국과 오스만왕조 시대의 찬란한 유적들이 나라 곳곳에 산재해 있어 단 한 번의 여행 으로 터키를 얘기한다는 게 조금은 부끄럽고 건방지지만 그래도 안 가본 친구들을 위해 용기를 내어 둘러본 소감을 몇 자 적을까 한다.

기기묘묘한 형상들을 한 카파도키아의 기암괴석 앞에 선 친구들
왼쪽부터 김익명, 황원재, 허인구 군과 저자

첫날 일정은 이스탄불 구시가지에 몰려있는 대표적 유적 몇 군데를 돌아 보는 것. 사실 이스탄불은 재작년 그리스·이집트 여행 때 1박하면서 관광한 적이 있어 그때만큼 흥분되고 가슴 설레지는 않았지만 그래도 투어버스를 타고 관광길에 나서는 순간 마치 학창시절 수학여행 떠날 때처럼 마냥 즐겁기만 하니 역시 따라오기를 잘 했구나 싶다.

　이스탄불은 AD330년 로마황제 콘스탄티누스대제가 수도를 로마에서 비잔틴(이스탄불의 옛 이름)으로 옮긴 후 천년 이상 비잔틴제국(동로마제국)의 수도였으며 그 후 5백 년 동안은 오스만터키제국의 수도였기 때문에 기독교와 이슬람문화가 혼재해 있어 볼거리가 제일 많은 도시. 성소피아성당은 그 중에서도 관광객들이 가장 많이 찾는 곳. 6세기에 건립된 이래 천년 넘게 그리스 정교의 총본산으로 군림하다가 오스만터키 시대에 회교사원으로 개조된, 이스탄불을 상징하는 대표적 건물. 성당내부의 화려함은 말할 것도 없고, 세계에서 제일 크다는 돔을 이고 있는 건축물의 규모 또한 6세기에 세워진 건물이라고는 도저히 믿기지 않을 정도로 웅장하다. 듣던 대로 과연 비잔틴건축의 최고 걸작이구나 할 만했다.

　15세기부터 500여 년 동안 오스만왕조의 왕궁으로 사용되었다는 토프카프궁전 역시 이스탄불을 대표하는 건축물 중의 하나. 보스포르스 해협이 내려다보이는 언덕 위에 자리 잡고 있는 이 궁전에는 한때 군주와 그 가족 외에도 5만 명이 넘는 군사, 관료들이 살았다니 제국의 영화와 힘을 한눈에 보는 듯하다.

　아름다운 보스포르스 해협을 배경으로 사진 찍는 관광객들이 줄을

섰다. 어딜 가나 외국인 관광객들로 문전성시. 조상 잘 둬 덕 보는 나라가 어디 터키뿐이겠냐 마는 아무튼 부럽기 그지없다.

오후에는 성소피아성당에 대한 이슬람세력의 우위를 상징하기 위해 세웠다는, 터키 최대의 사원 술탄아흐멧 모스크와 330개의 돌기둥이 천정을 받치고 있는 대형 지하저수지, 그리고 가로 100m, 세로 500m가 넘는 U자형의 전차경기장이 있었다는 히포드롬 등 고대 로마유적도 둘러보았다. 이 경기장은 세월이 흐르면서 옛 모습은 사라지고 지금은 기념비로 옮겨 놓았다는 세 개의 기둥만이 덩그렇게 서서 관광객들을 맞이하고 있다. 그 중 하나가 BC16세기에 이집트 카르낙 신전에 세워졌던 것을 AD390년 데오도시우스1세가 이곳으로 가져와 세웠다는 24m높이의 대리석 첨탑. 무게가 수십 톤은 됨직한 저 거대한 대리석 첨탑을 운반수단이나 장비가 보잘 것 없었을 그 당시에 이집트 룩소에서 이곳까지 운반해 오다니!!

얼마나 많은 노예들이 희생되고 또 피땀을 흘렸을까?!

영화 '벤허'에서 채찍을 맞으며 죽을 힘을 다해 노를 젓던 노예들의 얼굴이 선하게 떠오르며 당시 절대권력자의 무소불위의 힘이 어떠했는지를 가히 짐작해 볼 수 있을 것 같았다.

자연의 신비로운 조화 카파도키아와 파묵칼레

다음 관광지인 카파도키아로 가는 도중, 터키의 수도 앙카라에서 일박한 후 "터키의 아버지"라 불리는 초대 대통령 무스타파 케말의 궁전(?)도 버스를 탄 채 둘러보았다.

무스타파 케말은 오스만왕조 말기, 위기로부터 나라를 구하고

1923년 공화국을 수립, 초대 대통령이 되어 터키를 근대화시킴으로써 온 국민의 사랑과 존경을 한 몸에 받고 있는 분이라고 한다. 그런 대통령을 모신 터키 국민들이 더할 수 없이 부러웠다.

카파도키아는 끝없이 펼쳐져 있는 황량한 대지위에 기암괴석과 바위동굴이 가득하고 초기 기독교가 남긴 많은 암굴교회와 지하 도시로 유명한 곳. 화산에서 분출한 용암이 수억 년의 세월이 흐르면서 어떤 것은 버섯모양으로, 또 어떤 것은 남근처럼 우뚝 솟아 기기묘묘한 형상들을 하고 있는데 마치 동화속의 이상한 바위나라에 들어온 것 같다.

8층으로 된 거대한 지하도시는 기독교도들이 아랍인의 박해를 피하기 위해 개미집처럼 만든 지하 은둔지. 천정이 낮고 통로가 좁아 미로 같은 이 지하도시에 많을 때는 칠, 팔천 명이 살았다니 놀라울 따름이다.

카파도키아에서 일박을 하고 다음 목적지인 파묵칼레로 향했다.

솔직히 말해 카파도키아 관광은 기대 이하였다. 너무나 주위경관이 아름다워 관광 왔다가 그대로 주저앉아 버린 사람도 있다는 가이드의 도착 전 안내에 기대가 너무 컸던 탓이었을까? 아무튼 칙칙한 분위기의 카파도키아를 벗어나니 차창 밖은 봄기운이 완연하다. 꽃이 피기 시작하고 맑은 호수도 보이고 양떼들이 풀을 뜯는 전형적인 시골풍경도 가끔씩 보이는 게 마음까지 시원해지는 것 같다. 양떼들이 보일 때마다 이쪽저쪽 차창가를 옮겨 다니며 사진 찍는 일행들로 차안이 부산하다.

"솜의 성"이란 뜻을 가진 파묵칼레는 로마시대부터 온천휴양지로 유명한 곳. 산중턱에서 흘러내리는 온천수에 의해 만들어진 석회봉이 마치 새하얀 목면을 뭉쳐놓은 듯, 곳곳에 환상적인 분위기를 연출하고 있다. 관광객들은 너나 할 것 없이 온천이 샘솟는 파르스름한 순백색의 석회봉 위를 바지 걷어쥐고 맨발로 들어가 걸어도 보며 즐거워한다. 주변에 로마 때의 유적이 많은데도 유적관광은 대충 끝내고 남녀공용 온천욕도 즐기고 위스키도 몇 잔 나누면서 이국의 정취에 취하다 보니 어느새 휘영청 밝은 보름달이 중천에 떠 있었다.

터키 최대의 도시유적 에페스

터키에 온 지 오늘로써 벌써 닷새째. 오늘은 터키 최대의 도시유적 에페스를 관광하는 날이다. 에페스는 지중해에 남아있는 로마유적 중 가장 잘 보존돼 있는 곳. BC3세기 알렉산더대왕때 건설됐고 BC2세기 로마제국의 지배하에 들어가면서 한때는 인구 20만 명이 넘는 항구도시로 발전했다고 한다.

유적지 건축물중 가장 눈길을 끄는 것은 2층으로 된 도서관과 거대한 원형극장. 기둥과 벽이 전부 대리석으로 장식된 도서관은 정말 우아하고 아름다운 게 과연 에페스의 상징이라 할 만하구나 싶다. BC3세기에 이런 도서관이 세워졌다니 정말 감탄스럽고 놀라울 뿐이다. 도서관에서 시작되는 오르막길은 바닥까지 대리석으로 깔려 있고 양쪽에는 건물의 기둥과 앞면만 남아 늘어서 있는데, 그중 "하드리아누스"라는 신전과 "마우제스"라는 문은 원형이 너무나 잘 보존되어 있어 마치 영화 속의 옛 로마거리를 걷고 있는 듯 착각할 정도였다.

오르막길 맨 끝에 위치한 반원형극장은 24,000명을 수용할 수 있는 터키 최대의 야외극장. 산의 경사면을 이용해 만들어졌으며 4세기경에는 검투사와 맹수의 싸움도 벌어졌다고 한다. 음향효과가 뛰어나 맨 뒷좌석에서도 무대에서 육성으로 부르는 노래를 들을 수 있으며 지금도 콘서트 등에 이용된다고. 시험 삼아 나가서 불러보라는 여자 일행들의 성화에 노래 잘 한다고 소문이 나버린 황원재군은 꽁무니를 빼버리고, 울며 겨자 먹기로 내가 나가서 부른 노래가 "위스 퀴다르 키데에겐…"으로 시작하는 터키노래. 얼핏 생각나는 터키노래라 그걸 불렀는데 우리 일행들보다는 몇 안 되는 외국관광객들의 반응이 더 좋았다. 알고 보니 그 노래는 6.25참전 터키 병사들이 조국을 애타게 그리며 불렀다는 터키 국민들의 애창곡으로, 그 자리에 있던 터키 사람들이 박수갈채(?)를 보냈던 것. 나중에 안 일이지만 4월에 터키를 방문하신 우리 노무현 대통령님도 만찬석상에서 친근감의 표시로 그 노래를 불렀다니 나도 선곡은 꽤나 잘한 셈. 우리 동기 박창걸 군만큼만 노래실력이 좋았더라면…!

BC3세기 알렉산더 대왕 때 건립된 로마유적이 잘 보존된 에페스 거리

에페스 최대의 로마유적인 반원형극장 앞에 선 친구들

밖에서 보면 엄청 커 보이는 대한민국

에페스 관광을 끝내고 트로이로 가는 도중 쉬어 갈 겸 꽤 커 보이는 어느 양가죽제품 매장에 들렀다. 우리 일행만을 위해 미남미녀 여럿이 출연하는 제법 그럴듯한 패션쇼도 보여주는데, 여성들이 대부분인 우리 일행에게 기대를 많이 하는 듯, 넉살좋고 잘생긴 매니저는 이것저것 입어보는 아줌마 일행을 계속 따라다니며 우리말로 "진짜 멋있어요.", "진짜 어울려요"를 연발한다.

가죽옷 몇 개 팔겠다고 저렇게 열심인데 아무도 안사주면 어쩌나 하는 내 걱정은 다행히 기우였다. 파묵칼레로 가는 도중 제법 큰 카펫 매장에 들렀을 때에도 마찬가지였다.

멍석을 말듯이 말아서 한쪽에 세워둔 그 많은 양탄자를 하나씩 꺼내 바닥에 펼쳐 보이며 최고급 '실크카펫'이니 '옛날 궁중에 진상하던 카펫'이니 하면서 설명을 하는데, 어떤 친구는 우리 앞에 무릎까지 꿇고 앉아서 정말 열심히 설명을 했다. 거기서도 아무도 안사면… 하고 걱정을 했는데, 다행히 돈 좀 있어 하던 여자 일행이 조그만 카펫 몇 장이라도 사주어 체면치레는 했다.

아무튼 우리 대한민국 정말 많이 컸구나 싶다. 세계 어느 나라를 가든 삼성전자, LG전자, 현대자동차 간판을 쉽게 볼 수 있고, 우리나라 관광객들이 넘쳐난다. 이집트, 그리스가 그랬고 최근 가본 러시아와 동유럽 여러 나라도 그랬다. 전쟁의 폐허위에서 불과 3~4십년 만에 세계 제11위의 교역국으로 성장해서, 가는 곳마다 이렇게 잘사는 국민으로 대접받고 있으니 이 얼마나 자랑스럽고 가슴 뿌듯한 일인가!? 1966년부터 15년간 경제기획원에 재직하면서 우리경제가 오늘처럼 발전하는데 조그만 기여는 했다고 자부하는 나로서는 너무나 당연한 감회이리라.

마지막 관광지로서 전설의 도시 트로이의 유적을 둘러보고 이스탄불로 돌아와 보스포루스해협 크루즈를 끝으로 7일 간의 터키관광을 무사히 마쳤다. 저녁에는 극장을 가득 메운 23개국 관광객들과 함께 벨리댄서의 배꼽을 드러낸 요염한 춤에 열광하면서, 그리고 숫적으로 제일 많은 우리 관광객들이 다른 나라 관광객들을 압도하듯 사회자의 지휘에 따라 "소양강처녀"와 "대 – 한민국! 짜작 짜 짝짝"을 장내가 떠나가도록 합창하고 연호할 때, 코끝이 찡하는 감동을 느끼면서 터키의 마지막 밤을 정말 후회 없이 즐겁게 보냈다.

2005년 4월

왔노라, 싸웠노라, 이겼노라.
- 60대 노인들의 백두산 천지 트래킹

경남고등학교 제14회 재경동기생들로 구성된, 부인들을 포함한 34명의 노인 등반대원들이 무려 14시간에 걸쳐 백두산 천지를 완주했었다. 돌아오자마자 이헌영 원장 등 여러 명의 친구들이 그 감격을 이기지 못하고 14K(경남중고 14회) 홈페이지에 주옥같은 글을 올렸는데, 지면관계로 그 글들을 다 옮겨 싣지 못하고 가장 짧았던 손수정 여사(이창화씨 부인)의 글만 여기에 옮겨 실음을 이해해 주시기 바란다.

Veni : 왔노라

박진 대장과 그 일행 43명이 밤 8시30분경 인천 공항을 출발, 대련을 거쳐 아주 늦은 밤 연길에 도착했다. 숙소는 시내 중심가, 세기호텔. 그러나 통 잠이 오지 않았다.

과연 백두산 트레킹을 잘 해낼 수 있을까? 날씨는? 몸 컨디션은? 이튿날 새벽 5시. 중형 버스 2대에 나눠타고 백두산 아래 첫 동네인 이도백하로 향했다. 이도백하까지 4시간, 다시 백두산 서파 산문까지 4시간을 버스로 가야한다. 중국 길림성 연변 조선족 자치주 - 거의 한글 간판 일색. 정다웠다. '성신 오두바이 수리부', '행복 홍둔 식당', '기억합시다. 가족의 애탄 기다림을' - 안전운전 표지판.

시가지를 벗어나자 해바라기 밭을 자주 볼 수 있었다. 안개가 얕게 드리워진 구릉, 힘차게 흐르는 시냇물, 유유자적하는 한두 마리 소,

어쩌다 보이는 양떼.

조선족 4세인 현지 가이드 이승철군은 박대장이 작년 부산대 등반 팀을 이끌고 와, 인연을 맺은 말을 엮어내는 솜씨가 영리한 소년티의 청년이었다. 그가 말했다. "중국의 55개 소수민족 중 인구 2백만의 조선족은 적지만 강한 민족으로 알려져 있어요. 인구당 대학 입학 1위, 일인당 술 소비량 1위, 월드컵 이후 공 잘 차는 민족으로도 손꼽힙니다. 연변의 80여만 우리 조선족이 점점 줄어 걱정입니다. 나는 외아들이지만 참한 처녀 만나 2남2녀 낳고 연길의 조선족이 줄지 않게 보탬이 될까 합니다."

조선족이 운영하는 휴게소에 들렀다. 개울 옆 화장실도 역시 개방형이다. 마음씨가 호방하여 남을 염두에 두지 않고 제 볼일들을 보는 모양이다. 자두만한 능금도 먹고 손수건 지도도 샀다.

금강대협곡은 길이가 12km V자 형태로서 푸른 계곡물이 보석처럼 반짝이며 흐른다. 쭈빗쭈빗한 기암괴석과 철분 섞인 흙인지 바위인지 구별되지 않는 칼날 같이 선 바위들. 원시림 속에 목판길을 따라 걸으며 흡사 그랜드캐넌 같은 위용을, 먼 옛날 화산이 분출되어 튕겨져 나왔을 그 모습에 으스스 경외감을 느꼈다.

백운산장으로 돌아오는 길에 버스 창밖으로 시시각각 묘하게 변하는 하늘과 구름을 황홀히 본다. 옥색 빛을 띠는 하늘 바탕에 촌색시를 연상시키는 분홍 구름.

외딴 백운산장은 크고 약간 썰렁한 건물이었다. 그 밤은 두 가족이 합방하는 날이었다. 침대가 4개인데 위쪽은 여성들이 차지하고 아래쪽은 남성 둘이 차지했다. 조정현님 내외분과 이창화님 내외는 밤

새 이런저런 얘기하며 놀고 싶었으나 내일의 대역사를 완수하기 위해 일찍 잠 마중 떠났다.

Vidi : 보았노라

새벽 2시 천지를 향해 출발. 같이 지프차를 탄 최건차님의 말에 의하면 백 번 와서 두 번 본다고 백두산이라 한다고. 뽀얀 달빛 아래 1386계단을 걸었다. 40분쯤 걸려 오르니 눈앞에 잠든 천지와 봉우리들이 괴기스럽게 펼쳐졌다. 4시 30분 해뜨기까지의 시간을 서성이는데, 저쪽에서는 우리 팀이 신기석님의 지휘로 "동해물과…"도 부르고 "우리의 소원"도 부르고 마지막에는 "저 푸른 초원위에~ 자빠지는…" 노래.

오! 하는 함성과 함께 해가 빛을 내더니 반사경처럼 번들 이글거리며 떠올랐다. 천지는 조명을 받아 신비로움에 넋을 잃게 만들었다. 마천우쪽으로 산행이 시작되어 100여m 갔을 무렵, 임경조님이 컨디션의 급강하로 중도포기, 신수범님의 부축을 받고 내려갔다. 결국

여성 대원들을 앞세우고 청석봉을 향해 진군 앞으로!

10명은 B코스로 빠지고 33명이 등반 시작.

유백색 용담화가 사방에 환호성처럼 솟아 있고, 아득히 푸르스름한 광야, 나는 이 초원에 영원히 서 있고 싶었다. 청석봉을 향한 능선을 걸을 때, 해와 달이 우리와 함께 걸었다.

첫 번째 옴팡진 조밥덩이 도시락을 모여서 먹고 한허계곡으로 내려갔다. 천지의 물이 만주 땅으로 흘러드는 계곡물은 차디차서 발 담그고 설흔까지도 헤기 어려웠다. 아직은 모두들 기운이 짱짱해 기분도 창창한데 우리 앞엔 백운봉이라는 거대한 장벽이 버티고 서 있다. 백운봉으로 직진할 수는 없어 우회하여 오르는데 대장은 후미대장과 의논하여 제일 빌빌하는 사람들을 호명, 맨 앞에 세웠다.

산에서 보는 대장님은 카리스마가 넘친다. 열정, 책임감, 봉사정신, 리더의 덕목을 두루 갖추었다. 싱가포르 작은 땅덩이를 다스리기에는 리콴유 수상의 그릇이 너무 크다더니 박진 대장이 꼭 그러하다.

환자가 생겼다. 김용후 총무와 현지 가이드 승철군. 이미 앞서 많이 올라온 의사 이헌영님과 이창화님은 저 아래서 왕진을 청하니 난감한 듯 머뭇거리다 내려갔다. 김총무는 꼼꼼한 성격에다 과로로 녹다운 된 모양이고 승철군은 감기 몸살.

웃기는 것은 환자가 생기자 빌빌대던 사람들이 제힘으로 걷겠다고 힘을 내기 시작한 것. 조정현님은 앞 대열에서 걷고 있는 송금자님이 신통방통하다고 좋아하고, 박종숙님, 김영희님, 최옥희님도 선진그룹에 들었다. 박진재님이 이창화님의 배낭을 계속 대신 짊어지고 가서서 거듭 미안 감사했다. 나는 내리막길에서 카메라가 떨어져 작동이 안되어 이제 사진 찍는다고 뒤처질 이유는 없었지만 저 뒤에

환자와 의사들, 부대장 서관주님이 있기에 여유 있게 들꽃을 감상하며 걸었다.

　두메양귀비, 보라색 메발톱꽃 무리, 부들부들 범꼬리꽃 무리, 이름모를 많은 꽃들. 나는 그들께 말을 건넨다. "네 이름이 무엇이냐?", "참 예쁘구나!", "어디선가 우리 만난 적 있지?"

　영화 '칼라퍼플'의 마지막 나레이션이 인상깊었다.

　'저 벌판을 걸을 때 너무 나 혼자 두드러지게 하지 말라. 저 잎새, 나무, 꽃 모두 몸짓을 하고 있는데. 이 세상의 모든 것은 사랑받기 위한 몸짓들이다.'

　깨어진 화산석을 네발로 엉금엉금 기어 백운봉에 올랐다.

　천지가 파노라마로 펼쳐졌다. 군청색에서 담청으로 바뀐 천지의 물은 그림처럼 요요하다. 그러나 자세히 보면 바람결 따라 물비늘이 일고 있다. 최낙섭님과 박순봉님은 사진 찍기에 여념 없고, 먼저 왔던 사람들은 백운봉 정상 중의 정상에 도전하고 있었다.

No Vici : 이길 수는 없었노라

나는 저, 최정상에는 오르지 않으리. 봉우리여! 그저 바라만 보겠소. 그럴 힘도 별로 없지만 이만하면 족합니다. 196,000헥타르의 광대무변함 속에 3억년 전부터 터 잡고 솟아 있는 그대.

저 푸르름 속에 바다 같은 임해와 황량한 광야를 함께 거느리고 선 그대. 1702년 마지막 폭발 후 휴식을 취하고 있는 신령스러운 그대여! 제 풀에 감격스러움으로 목이 멥니다.

다시 멀고 먼 행군을 했다. 누가 점심식사 자리에서 떨어져 우는지, 기도하는지 꿇어앉은 걸 봤었기에 뭐 했더냐 물었더니 부군(김성부) 생각에 자주 그런다고 울먹인다.

다시 들꽃 만발한 초원지대를 지나 달문으로 내려가는 급경사의 너덜지대와 마주쳤다. 이 300여m의 삐죽삐죽한 화산 돌길을 부들부들 떨면서 기면서 죽기 살기 내려왔다. 앞서 가던 김인환님, 또 누군가 미끄러지는 걸 보았다. 이창화님도 헛디뎌 내리막 가속도를 멈추질 못해 크게 다칠 걸 구사일생했다고 들었다. 천지물이 장백폭포

천길 낭떠러지 옆을 조심조심 내려가는 노인들.

285

로 가는 우렁찬 개천을 만나고 10여분 걸어 천지 물가에 닿았다. 갖은 고생 끝에 천지 물을 직접 마시고 만지게 되었구나! 체력이 한계점에 온 8명은 삼륜 딸딸이를 타고 달문 입구에 내렸다. 거기서 장백폭포까지도 먼먼 고난의 길이었다. 980개의 계단이 때로는 수직으로 있어 지칠대로 지친 다리근육이 아파 뒤로 걷거나 옆으로 걸었다. 숙소인 천상호텔까지 걷는다.

총 14시간 반의 행군이었다. 저녁은 입맛이 통 없었다. 대장은 산천어 먹을 지원자들을 뽑아 갔다. 창화님과 나는 더운 방이 싫어 웅대한 계곡 물소리를 들으며 별 구경을 했다. 마침내 백두산 종주를 우리도 해냈구나! 이튿날 A, B팀 함께 천문봉에서 천지를 조망하고 곰 사육장, 만주벌을 흐르는 혜란강, 독립운동가의 요람인 대성학교와 윤동주 기념관을 방문, 방명록에 싸인하고 정성도 보탰다. 그런 후 연길시의 최고급 백산호텔 만찬장에서 화려한 만찬과 말잔치를 즐겼다.

― 손수정

· 경북여고 졸업
· 외대 프랑스어과 졸업
· 파워 블로거
· 내과의 이창화 박사 안사람

진아! 니가 이렇게 가다니…!

이 글은 경남고등학교 제14회 동기회의 등산회장으로 있으면서 8년여 동안 등산회원들을 한없이 즐겁게 해 주었고 또한 동기회 간사장을 맡아 졸업50주년 홈커밍행사 준비를 위해 2년여 동안 부산으로, 미국으로 동분서주하다가 금년 2월 유명을 달리한 故 박진 산악대장을 추모하며 고인의 장례식을 마치고 돌아와서 필자가 동기회 홈페이지에 올렸던 글이다.

백두산 천지 앞에 선 故 박진 산악회장

진아, 너를 보내며 너에겐 처음이자 마지막이 될 이 글을 쓴다.

너를 화장하고 여주 납골당까지 따라갔던 친구들이 그냥 헤어질 수가 없어 분당의 야탑역 어느 식당에 다시 만나 소주 한잔씩을 나누고 돌아오는 길에 "니는 임마! 내 맘을 너무 몰라! 술 한 잔 만 더 하자고 할 때마다 이 핑계 저 핑계 대면서 피하는 니는 친구도 아니야!" 거의 울음소리로 변해버린 종철이 원망을 뒤로하고 집으로 돌아와 이 글을 쓰고 있네. 당장 쓰지 않으면 지금의 내 심정을 그대로 전할 수 없을 것 같고, 또 아침이 되면 할아버지 제사가 있어 부산으로 내려가야 하기 때문에….

어제 너를 여주 어느 골짜기에 혼자 남겨두고 돌아오면서 "인생이란 게 이렇게 허무한 거구나…!"하는 생각을 했어. 다른 친구들도 다 그랬을 거야.

한 줌 재로 변해버린 너의 영정 앞에 마지막 절을 하면서야 믿겨지지 않던 너의 죽음이, 이제는 너를 영영 볼 수 없다는 슬픔이 그렇게 아프게 다가오더구나! 진아! 니가 이렇게 빨리, 그리고 이렇게 허무하게 가버릴 줄은 정말 몰랐어! 비좁은 관속에 싸늘하게 누워있는 너를 볼 때까지만 해도 믿어지지 않았는데…. 그런데, 가만히 생각

중국 태산을 오르기 전의 기념사진.
뒤쪽 여성분들 사이에서 손을 들어 무엇을 가리키고 있는 박진 대장

해 보니 너만큼 복 많은 친구도 없을 것 같아! 우리 동기들은 물론이고 대학친구들, 산악연맹 친구들, 후배들까지 몰려와서 밤늦도록 너를 기리며 슬퍼하고, 칭찬하고…. 그렇게 많은 친구들이 진정으로 슬퍼해주는 고인이 너 말고 과연 몇이나 있겠나!

돌아오는 차 안에서 철이가 "정말 문상객도 많고…." 하며 부러워하는 듯한 말을 하기에 "니도 지금 당장 죽어봐라, 저 정도는 올 끼다!" 농담도 하면서 웃었지만, 너는 정말 멋있는 인생을 살다간 친구야!

지난 10여 년 동안 산을 좋아하는, 환갑이 넘은 우리 14K 친구들에게 등산대장으로서 얼마나 많은 즐거움과 행복을 주었느냐 말이다!

백두산으로, 한라산으로, 중국 황산과 태산으로….

진이 니가 없었으면 우리들이 감히 어떻게 14시간의 백두산 천지 트래킹을 할 수 있었겠으며 그 아찔한 황산 저승길을 돌아볼 수 있었겠나! 그래! 대장이란 칭호가 너무나 잘 어울리는, 사나이 중의 사나이! 진짜 산 사나이 박진 대장!

조심조심, 천천히! 노심초사하는 박진 노인등반대장

니가 이렇게 빨리 갈 줄은 정말 몰랐다. 다시 일어나서 4~5년은 더 살거라고 생각했는데….

"이제 '안나푸르나'는 생각도 말아야겠제!? 니가 없으니…."

졸업50주년 홈커밍 행사 준비를 하면서 니가 보인 열정, 부지런함 그리고 강한 책임감, 이런 것들이 너를 조금은 더 빨리 데려갔겠구나 하는 생각에 마음이 더 아파.

말이 났으니 말이지, 오회장과 너 그리고 광우와 용후, 이 네 사람이 아니었으면 50주년 행사가 그렇게까지 성공적이진 못했을 거라고 나는 확신해!

그렇게 온 몸을 바쳐 뛰다시피 한 니가 정작 행사 때는 참석을 못해 얼마나 서운했는지…. 그 때 참석한 모든 동기들이 지금도 다 섭섭해 하고 있어! 휠체어라도 타고 만장의 박수를 받으며 행사장에 입장하는 너를 얼마나 그렸었는데….

다시 한 번 얘기한다만 넌 정말 멋진 삶을 살다 갔어!

'박 진'이란 이름 두 자와 '정말 멋쟁이'라는 인식을 지울 수 없을 정도로 강하게 심어놓고 갔으니 말이야!

그리고 사모님도 너 못지않은, 정말 훌륭한 분이야! 어떤 사람이 그런 훌륭한 내조를 할 수 있겠어!?

먼 길 여행을 할 때는 매번 적자나는 게 뻔한데도 한 번도 싫은 내색 없이 10여 년을 한결같이 따끈따끈한 시루떡도 준비해 오시고….

다른 집 같으면 이혼을 해도 몇 번은 했을 거라는 생각이 드는데….

그곳에서라도 정말 너 마누라 끔찍이 생각해야 돼! 알았어!?

그리고 예쁜 딸내미, 정말 자랑스런 딸내미를 두고 가는 너 심정 생각하니 가슴이 정말 아프네. 하지만 걱정하지 말게. 너무나 훌륭한 인재로 커다보니 결혼이 좀 늦어진 것뿐이지, 미국에서도 좋다는 대학에서 서로 데려가려는 인재겠다, 얼굴 그렇게 예쁘겠다, 걱정할 게 뭐 있나? 너 걱정이야 말로 정말이지 기우요 노파심에 불과하다는 생각이 드네.

이 글을 쓰면서 곰곰 생각해 보니 70평생을 살면서 너 만큼 많은 시간을 같이 보낸 친구도 그리 많지 않더라. 국민학교 같이 다녔지, 니가 서울 온 후에는 국민학교 동창회(토성9회) 한다면서 한 십년을 1년에 몇 번 씩은 만났지, 그러다가 니가 동기회 산악회장을 맡으면서부터 제일 자주 만나는 친구 중 하나가 되었어. 내가 가장 열성적인 회원이었으니까. 그리고 5년 전쯤 니가 동기회 간사장을 맡으면서부터는 등산에다 동기회 일로 만나기 싫어도 만나야하는 관계가 되면서 정말 둘도 없이 가까운 친구가 돼버렸잖아.

어제 작별인사를 하고 그 골짜기를 걸어 나오면서 이제는 정말 너를 볼 수 없구나 생각하니 가슴이 텅 비는 것 같았어. 한 5년만 더 살았어도 이렇게 서운하지는 않을 텐데. 미국 다녀와서 처음 너를 봤을 때는 한 5년은 더 살 수 있을 거라고 믿었어. 최근까지도 그랬고. 그래서 작년 10월에 발간한 내 자서전에 손수정씨의 백두산 산행기를 실었던 거야. 병상에 누워있는 너에게 조그만 용기라도 주려고…. 손 여사 글이 좋기도 하지만 그 글을 읽으면 누구나가 다 카리스마 넘치는 산악대장 박진을 떠올리게 되니 너에게 조금은 힘이 되리라고 생각했었지… 모든 게 다 허사가 되고 말았지만….

　너를 보내고 나니 아쉬운 게 또 하나 있어. 졸업50주년 행사일로 너와 종철이, 광우가 그렇게 바쁘게 뛰어다닐 때 내가 조금만 여유가 있었어도 너거들과 잘 어울리면서 열심히 도왔을 텐데 하는 마음이야. 그러지 못했던 게 제일 아쉽고 미안한 생각이 들어. 진아 정말 미안하다.

　마지막 글이고 할 말이 많다 보니 길어졌네만 좀 자고 일어나 부산에도 가야하니 이만 쓰겠네. 가끔 우리 생각도 하고 건강에도 신경 쓰면서 잘 지내게! 그 곳 친구들에게 안부도 전해주고.

2011. 2. 19 새벽　정현이가.

백두산 천지 앞에 선 14K 노인산악대원들.

꿈에도 그리던 카리브해 크루즈 여행

왼쪽부터 김덕호, 하민우, 필자, 하민우 친구분, 신기석군.
뒷줄 맨 왼쪽이 하민우군 부인 김매자 여사

　지난 7월 중순 2주일 일정으로 샌프란시스코를 거쳐 카리브해 크루즈여행을 다녀왔다. 알짜여행 많이 하기로 소문난 하민우군과 김덕호, 신기석 세 부부가 평생 한번 해보기 어렵다는 카리브해 크루즈여행을 간다면서 우리부부도 같이 가자고 유혹하는데, 듣기만 하여도 가슴이 설렐 정도로 해외여행 좋아하는 내가 이렇게 좋은 기회를 어떻게 놓치겠는가? 펄쩍 뛰는 마누라를 '우리가 살면 얼마나 살거라고… 아직 건강할 때 하고 싶은 거 다 하면서 후회 없이 살자'면서 겨우 겨우 설득해서 결국은 따라 나섰다.

　이번 여행에는 우리 동기들 네 팀에다 금년 5월 미국 유수의 의과대학인 UC Sanfrancisco 대학원을 졸업한 민우군 넷째 아들 내외와 샌프란시스코에서만 33년을 살았다는 민우군 친구 내외가 합류하여 여섯 부부가 한 팀이 되었다.

한 테이블을 우리 일행만으로 채우고 또 영어를 유창하게 구사하는 동행이 있어야 크루즈여행을 정말 멋있게 할 수 있다는 게 여섯 부부를 한 팀으로 만든 이유란다.

마이애미에서의 일박

오늘은 크루즈여행을 하기 위해 마이애미 항으로 가는 날.

마치 수학여행 가는 학생들처럼 새벽 4시에 일어나 서둘렀다. 그 놈의 9·11 테러 때문에 공항 검색이 어찌나 까다로운지 짜증이 날 지경인데도 미국(?) 사람들은 당연하다는 듯 묵묵히 따라주는 게 놀랍다.

마이애미까지는 5시간을 날아야 하는데 새벽잠을 설친 탓에 깜박깜박 졸다보니 어느새 목적지에 다 왔다는 기내방송. 창밖을 내려다보니 산이라고는 눈을 씻고 봐도 보이지 않는 광활한 대지위에 주위가 온통 숲으로 둘러싸인 마이애미 시가지가 한눈에 들어온다. 미국 제1의 휴양지답게 도시 전체가 하나의 큰 공원을 이루고 있는 것 같다.

승선수속까지는 시간이 있어 시내투어를 하면서 고급 주택가와 해변을 둘러보았다. 거리며 건물사이는 온통 숲이다. 주택가 한복판에도 수십 년, 수백 년은 됐음직한 고목들도 더러 보이고 이름 모를 꽃나무들도 많다. 이런 곳에서 매일 아침 조깅도 하면서 살면 얼마나 좋을까?

말로만 듣던 마이애미 비치도 정말 넓고 아름답다.

시원하게 펼쳐진 하얀 백사장, 구름 한 점 없는 파란 하늘과 바다

마이애미 해변에서 비키니 미녀와 함께

이 훤히 들여다보이는 초록 빛 바다. 그 시원한 대자연을 바라보고 있노라니 가슴이 뻥 뚫리는 것 같다.

거기에다 쭉쭉 뻗은 미녀들이 보일 듯 말 듯한 비키니 차림으로 일광욕을 즐기며 누워있는 걸 보니 여기가 바로 별천지구나 싶다. 올 때마다 느끼는 것이지만 미국이란 나라는 정말 복 받은 나라다. 어느 것 하나 부럽지 않은 게 없다.

승선수속을 밟으러 부두로 갔을 때 우리를 기다리고 있는 초호화 유람선, Carnival Ttriumph 호의 위용에 다시 한 번 놀랐다.

10만 톤이 넘는 초대형 크루즈선. 길이가 자그마치 273m, 14층 높이에 객실 1,400여 개, 승무원과 승객 합쳐 3800명이 탈 수 있단다. 세상에 태어나서 이렇게 큰 배는 처음이다.

그저 바라보는 것만으로도 이번 여행 잘 왔구나 싶다.

크루즈선 카니발 트라이엄프호의 당당한 위용

  까다로운 수속을 끝내고 승선하자마자 1700명이 넘는 승객들이 구명조끼를 입고 한데 모여 비상훈련을 받는 사이 배는 어느새 마이애미항을 멀리 벗어나고 있었다.

7박 8일간의 크루즈 여행

  우리 일행이 배정받은 객실은 8층에 위치한 발코니가 달린 조그만 방. 트윈형의 침대며 화장대등 내부구조가 아담한데다 방 전체가 핑크빛으로 꾸며져 있어 신혼부부가 들어왔으면 딱 좋겠다는 생각이 든다.

  옷가지며 가지고 온 짐을 대충 챙겨두고 모두들 나와서 조금은 흥분된 기분으로 이곳 저곳 다니며 선상시설들을 구경했다. 가는 곳마다 구경꾼들로 북적거린다.

각각 1,000명 이상을 수용하는 세 개의 메인레스토랑, 1,400명을 수용하는 극장, 수영장, 선상 카지노, 헬스클럽, 나이트클럽, 면세점 등 성인용 시설은 다 있는데, 어느 것 하나 호화스럽지 않은 게 없다. 이런 것들을 각자 취향에 따라 마음대로 이용하면서 즐기다 보면 7박 8일은 금방 지나가버릴 것 같다.

승선 후 처음 맛본 만찬은 양주 몇 잔을 곁들인 때문인지 기대 이상으로 푸짐하게 좋았고, 식사 후에는 쇼도 보고, 나이트클럽에서 남들 춤추는 것 구경도 하고, 카지노에서 대박을 꿈꾸면서 슬롯머신을 당기기도 하고. 첫날 밤은 너무 재미있게 놀아서 피곤했던지 모두들 일찌감치 잠자리에 들었다.

한밤중에 잠이 깨어 TV를 켜니 새벽 3시. 영 잠이 오질 않는다. 샌프란시스코에서의 며칠 동안 겨우 시차조정을 했는데 마이애미에 오면서 또 시차가 생겨서 그런가?

발코니에 나와 밖을 보니 배는 계속 항해 중인데 불빛이라곤 하나 없는 칠흑 같은 어둠뿐. 어디까지가 바다이고 어디까지가 하늘인지 전혀 분간할 수가 없다.

저 밑 시커먼 바다에선 하얀 포말을 이룬 물살이 빠른 속도로 흐른다. 바로 밑에 있던 파도가 금방 수십 미터 저 멀리로 밀려가버린다. 무섭기까지 하다. 잘 못하여 실족이라도 한다면 아무리 발버둥쳐도 살아남기 힘들 것 같다. '나이 들어 병약해져서 아주 가고 싶을 때 가장 멋있게(?) 갈 수 있는 방법이 뭔지 아냐'하던 어느 친구의 말이 생각났다.

승선 후 둘째 날은 가장 큰 행사인 선장이 주최하는 칵테일파티가 있는 날. 저녁 시간이 가까워지니까 복도에 웨딩드레스와 정장을 차려입은 신혼부부들이 가끔 보인다. 웬 신혼부분가 했는데 알고 보니 오늘 저녁 파티에 대비해 미리 멋을 낸 젊은 부부들이다.

우리도 가져온 양복들을 다리고 부인들은 머리도 손질하며 부산을 떨었다. 서양인들이 대부분인 식장엘 멋있는 한복까지 차려입은 동양인 미녀들이 똥잘막하게 생긴 보디가드들을 대동하고 입장을 하니 모두들 눈이 휘둥그레져서 쳐다보는 것 같다.

실제로 한복이 예쁘다며 사진 같이 찍자는 여성들도 많았다.

왈츠가 흐르면서 분위기가 고조되니까 춤추는 쌍들로 무대가 차기 시작한다. 생전 처음 느껴보는 황홀한 분위기에다 김덕호군이 카지노에서 딴 돈으로 크게 한 턱 쏘는 바람에 약간 흥분되었던지 하민우군 부부가 언제인지 모르게 무대로 나가서 춤 솜씨를 자랑하기 시작했고, 신기석군도 엉덩이를 들썩이다가 결국은 나갔다.

몸놀림이 워낙 좋은데다 미리 교섭까지 받으며 준비한(?) 터라 무대가 좁다는 듯 종횡무진이다. 더구나 한복을 곱게 차려입은 동양미인과의 춤이라 모두들 신기한 듯 바라보았고. 역시 한복은 우리 선조들이 물려준 자랑스런 문화유산임을 확인하며 가슴 뿌듯했다.

한숨 푹 잤다 싶은데도 깨어보니 겨우 새벽 2시. 또 베란다로 나갔다. 별이 총총한 밤하늘을 바라보고 있노라니 1995년도 어학연수 받으러 미국 콜로라도대학이 있는 Boulder라는 조그만 도시에 갔을 때, 너무나 찬란하게 반짝이는, 밤하늘에 가득한 별들에 넋을 잃고 새벽 1시가 넘었는데도 혼자서 밤거리를 쏘다니던 일이며, 작년 12월 이집트, 그리스 여행중 사하라 사막에서 모닥불 피워놓고 야영할 때, 손을 뻗으면 한 움큼 잡힐 것 같은 그 크고 수많은 별들을 보면서 "별을 보고 점을 치는 페르샤왕자… 어쩌고 하는 노래도 같이 부르고, 고등학교 때 배운 알퐁스도테의 '별'이라는 수필에 관해서도 얘기하다 보니 어느새 같이 간 여자일행들(경기도 이천 양정여고 12회 동기생들)과 코드가 맞아 밤이 깊는 줄도 모르고 옛날 얘기 나누던 일이 엊그제 일처럼 생생히 떠오른다.

늦은 아침을 먹고 좀 쉬고 있는데 한 시간 후면 첫 기항지인 산 후앙(St. Juan)이란 섬에 도착하니 하선할 준비를 하라는 안내방송이 나온다. 평균 20놋트로 3일 동안을 달려서 처음 닿는 곳이다. 산 후앙은 이름만 듣던 조그만 나라인 미국령 Puerto Rico에서 가장 오래된 도시. 스페인의 정취가 묻어있는 유적들이 많은 곳인 데도 다음 일정관계로 체류시간을 짧게 주는 바람에 2시간 30분의 시티투어로 주마간산식 아쉬운 관광을 할 수밖에 없었다.

또 하루를 달려서 두 번째 기항지인 산 토마스(St. Thomas)란 섬에 닿았다. 산토마스는 약 50개의 섬으로 이루어진 미국령 Virgin Island 중 두 번째로 큰 섬. 버진아일랜드는 1493년 콜롬버스가 신세계를 찾아 두 번째 항해를 하면서 발견한 섬으로 카리브해에서 가장 아름다운 곳.

택시(말이 택시지 많은 승객을 태울 수 있게 개조한 옆이 트인 짐차)를 대절, 시내 투어를 하다가 피서객들이 그리 많지 않은 조그만 해변을 발견하고는 누가 먼저랄 것도 없이 투어 그만 두고 뛰어들어 수영을 하기도 했다.

날씨가 좋으면 물이 맑아 해변이 그렇게 아름다울 수가 없다는데 금방이라도 쏟아져 내릴 것 같은 잔뜩 찌푸린 날씨 때문에 아름다운 해변을 볼 수 없었던 건 유감이었지만, 그래도 물에 뛰어든 것만으로도 너무 좋아서 카약도 빌려타고 수영도 하면서 모처럼 즐거운 시간을 보냈다.

크루즈선 앞에 선 일행들

실오라기 하나 걸치지 않은 나체촌에서…

세 번째 기항지인 산마틴(St. Maarten) 섬에서는 평생 잊지 못할 추억거리를 만들어 놓고 왔다. 산마틴섬은 북쪽 반은 프랑스령, 남쪽 반은 네델란드령으로 프랑스와 독일의 문화가 공존하고 있는 이색적인 섬.

우리 크루즈선이 정박한 Philipsburg라는 곳은 네델란드령의 조그만 섬으로 산호초가 아름답기로 유명한 세계적 명소. 그것을 보기 위해 4시간짜리 잠수함 해저관광을 신청했으나 이미 표가 매진되어 크게 실망하고 있던 참에 택시기사가 좋은 곳을 안내하겠다며 데리고 간 곳이 유럽사람들만 이용하는 누드족 전용 해수욕장.

하얗고 고운 모래가 끝없이 펼쳐진 백사장, 티 없이 맑은 바다와 파란색 하늘, 그 아름다운 해변을 실오라기 하나 걸치지 않은 남녀들이 수영도 하고 일광욕도 하면서 즐기고 있다.

어떤 남녀는 하늘에 두둥실 떠있는 낙하산처럼 생긴 기구에 자기들이 누워있는 요트를 연결해 놓고 바람 부는 대로 구름 가는 대로 떠다니면서 유유자적하고 있고. 그 모습이 그렇게 평화롭고 아름다울 수가 없다.

말 그대로 한 폭의 그림이다. 이런 데가 바로 파라다이스요 서양판 무릉도원이라 해도 조금도 과장된 표현은 아닐 듯싶다.

그런데 가끔씩은 옷을 입은 채 오가는 친구들도 보이기에 나도 용기를 내어 한 20m쯤 들어갔다 나오는데, 아! 이게 어찌된 일인가! 신기석 군이 조금은 어색한 표정과 걸음걸이로 걸어오는데, 더운 날씨 때문에 맛이 살짝 간 건지 실오라기 하나 걸치지 않고 벌거벗은 채로 걸어오고 있는 게 아닌가!?

눈을 다시 뜨고 보아도 벗은 채로다. 그 약간 뒤로는 얌전한 덕호 군까지 홀라당 벗고 따라오고 있고….

나도 어느새 모든 걸 벗어 던지고 그 뒤를 따르고 있었다.

아랫도리가 시원해서 좋긴 했지만 걷는 게 영 어색하다. 그렇다고 다시 돌아가 옷을 입기도 그렇고….

한번 상상해 보시라. 아무리 누드촌이라지만 죽을 때가 다 된 놈들이 벌거벗고 한 줄로 서서 서양인 누드족들이 살다 살다 별꼴 다 보겠다는 듯 쳐다보는데도 기 안 죽고 1km는 족히 돼 보이는 누드촌 해변을 걸어갔다 왔으니!

큰일을 저지른 뒤라 야단맞을 각오를 하고 마누라들 눈치만 보는데, 마님들도 꿀 먹은 벙어리처럼 말은 없었지만 희한한 구경했다며 재미있어 하는 눈치였다. 아들 내외 때문에 못 벗은 민우군만 뭐하는 짓들이냐며 괜히 심통만 부렸고.

아무튼 그 유명한 해저관광 기회를 놓치는 바람에 다시는 해 볼 수 없는 환상의 여행을 보상받은 셈이 되었다.

대형 RV 두 대로 미국 남부 오지를
- 고대하던 RV여행, 드디어 壯途에

왼쪽이 하민우 군의 대형 RV, 오른쪽은 렌트한 RV

지난달 26일부터 8월 11일까지 미국에서 RV 여행을 하고 왔다.

하민우, 남기우, 신기석, 조정현 이렇게 네 동문 부부가 하민우 이 사장이 갖고 있는 최신형 RV 한 대와 랜트한 또 한 대의 RV에 나누어 타고 장장 14일간을 미국 서남부 대륙을 누비고 온 것이다.

패키지투어로는 갈 수 없는 아리조나주 한복판의 Sedona, 아리조나와 유타주 경계에 있는 Monument Valley, 그랜드캐년의 북부 North Rim, 유타주 남부의 Zion국립공원과 Bryce Canyon, 네바다주의 라스베가스를 차례로 돌아보면서 대자연의 아름다움을 만끽하기도 하고, 그런 구석구석 오지에 있는 관광지를 RV 몰고 찾아다니는 또 다른 즐거움에 흠뻑 빠지기도 했다.

26일 샌프란시스코 공항을 나서는 일행 중 필자의 발걸음은 유난히 가벼웠다. 미국 사람들도 나이 들어 은퇴하면 RV몰고 다니면서 여생을 즐기는 게 꿈이라는데 '내가 감히 그 RV여행을 하게 되다니…'하는 기쁨 때문이었다.

2004년 7월 카리브해 크루즈여행을 하면서 하 이사장한테 "니 RV 그냥두면 썩는다. 안 썩힐려면 내년에라도 당장 하자!" 이렇게 시작되어 다음 해에는 꼭 하기로 약속을 했었는데 한해 두해 미루어 오다가 이번에 필자가 떼를 쓰다시피 조르는 바람에 드디어 성사가 된 것이다.

그때 함께 갔던 네 부부 중 김덕호 부부만 남기우 부부로 바뀐 채. 미국에 도착, 하루를 묵은 뒤 바닷가 parking장에 세워둔 하민우 이사장의 RV를 시승하러 갔었는데, RV를 보는 순간 모두들 "와!!", "야!!" 벌린 입을 다물지 못했다.

대형버스 만한 게, 주차해 있을 땐 단추만 누르면 중간의 거실과 뒤쪽 침실이 넓어지고 식탁을 치운 자리엔 간단한 조작으로 간이침대가 또 하나 만들어 진다. 조리대, 세면대, 샤워실, 화장실, 냉장고, 세탁기에다 장농까지 없는 것이 없어 두식구만 여행하기에는 오히려 너무 커 보이는, 미국 사람들도 부러워하는 최신형 RV다.

오후에는 미리 예약해둔 또 한 대의 RV를 UCLA 의대 의사인 하이사장 넷째 아들과 함께 찾아왔다. 한 번도 몰아본 적 없는 필자가 당당하게 몰고 들어오니 드디어 RV여행을 하게 되는구나 모두들 손뼉을 치며 좋아한다. 그날 밤엔 하이사장이 미리 준비해둔 도미회 등으로 장도를 자축하는 파티를 걸쭉하게 열었다.

대자연의 경이로움과 아름다움에 말문이 막히고

"2호차 나와라! 2~30마일만 가면 SEDONA다!"

워키토키에서 나오는 1호차 대장의 안내 목소리를 들은 지 얼마 되지 않았는데 저 멀리 보이는 부근의 경치가 예사롭지 않다.

수없이 많은 높고 낮은 절벽들과 산봉우리들, 기이하게 생긴 바위기둥들, 시야에 들어오는 모든 것들이 하나같이 붉은 색 일색이다. 가까이 갈수록 별천지에 온 느낌이다.

멀리서 본 그대로 SEDONA는 시내 전체가 붉은색 천지였다. 산도 벌겋고 지붕들도 벌겋고 길가의 보도블록조차 벌겋다. 사방을 둘러봐도 나무 빼고는 전부가 붉은 색 뿐인데 어떤 조화로 시내전체가 그렇게 아름답게 보이는 지 신기하기만 했다.

1호차는 가까운 parking장에 세워두고 운전하기에 편리한 2호차만 몰고 다시 관광길에 나섰다. 가까운 산에 올라 시내를 조망하기

도 하고, 바위산 위에 높다랗게 자리 잡은 성당에도 올라가보고, 기이하게 생긴 바위기둥들을 찾아 정신없이 기념사진 찍다보니 어느새 하루해가 저물고 있었다.

　다음 날은 Monument Valley를 관광하는 날. 섭씨 40도를 오르내리는 그 뜨거운 염천에도 아랑곳 않고 SEDONA보다 훨씬 더 진기한 경관을 본다는 기대감에, 그리고 RV를 모는 즐거움에(어느새 1호차의 남조수, 2호차의 신조수 모두 운전대 잡는 재미를 알아버렸다), 가도 가도 끝이 없는 황량한 벌판, 모하비사막도 지루한 줄 모르고 단숨에 지나쳤다.

　목적지가 가까워질수록 하나씩 둘씩 진기한 모양의 바위들이 보이기 시작하는데 소싯적 '역마차' 등 서부영화에서 자주 보던 장면들이 그대로 나타난다. 마치 영화 속의 그 역마차를 함께 타고 달리는 듯한 착각에 빠지기도 했다.

왼쪽부터 하민우군 부부, 남기우군 부부, 신기석군, 집사람, 신기석군 부인

드디어 하 이사장이 그렇게도 자랑하던 Monument Valley 한가운데에 당도했다. 눈앞에 전개되는 광경은 과연 장관이었다.

사방을 둘러봐도 끝도 없는 붉은색 대평원뿐인 허허벌판에 깍아지른 듯 우뚝하게 서 있는 거대한 돌기둥들을 마주하고 서니 인간이란 존재가 참으로 보잘 것 없구나, 과연 인디안들의 崇高한 聖地로 가슴속 깊은 곳에 영원히 자리할 만하구나 하고 느껴졌다.

아무도 말을 하지 못했다. "야!!"하는 감탄사밖에….

대자연의 경이로움과 아름다움에 말문이 막히는 순간이었다.

갈수록 신비한 대자연의 조화, 지상최대의 쇼를 보는 듯

다음 날도 그 다음 날도 진기한 풍경은 계속되었다.

가는 곳마다 대자연이 빚어내는 황홀하고 아름다운 쇼에 넋을 잃을 지경이었고, 대자연의 조화가 이렇게도 신비로울 수 있는지 그저 감탄할 뿐이었다.

패키지투어의 명소, 아름다움의 극치라는 그랜드캐년의 South RIM과는 달리, 키 큰 소나무와 자작나무 등이 뒤섞인 숲속 오솔길을 따라 한 시간 가량 트래킹하며 군데군데 만들어둔 전망대에서 바라보는 North RIM의 파노라마 같은 전경은 그 어떤 사진작가나 화가도 감히 담아낼 수 없으리만큼 그 스케일이 웅장하고 아름다웠으며, 세상에서 제일 크다는 바위는 다 모아놓은 듯 하늘을 찌를 듯이 높이 높이 치솟은 형형색색의 거대한 바위숲 협곡을 지나면서 절벽 사이를 올려다보는 Zion 국립공원의 특이한 경관과 수천, 수만의 기기묘묘한 붉은 첨탑들이 마치 신이 지휘하는 오케스트라를 연출해 내는 듯한, Bryce Canyon의 그 황홀하기까지한 아름다운 경관을 바라보면서 대자연의 위대함에 다시 한번 찬탄을 보내지 않을 수 없었다.

오늘은 어떤 맛있는 음식을 만드시나 침만 삼키며 기다리는 일행들.

난생처음 몰아보는 RV로 오지를 둘러보는 재미도 그럴 수 없이 좋았지만, 미국산 소고기로 밤 새 끓인 꼬리곰탕, 진짜 맛있는 미국산

스테이크, 미역국, 김치국밥등 끼니마다 다르게 차려지는 한식, 양식 메뉴에 먹는 즐거움도 그만이었고, 밤마다 모닥불 피워 놓고 양주잔 기울이며, 가끔 출출할 땐 대장집 재산목록1호인, 일제 떡만드는 기계로 사모님이 손수 만들어 주시는 찹쌀모찌 먹으면서, 옛날 얘기 나누던 일은 두고 두고 잊지 못할 추억거리가 될 것 같다.

조그만 사고라도 나는 날에는 여행전체를 망쳐버릴 수도 있다는 불안감과 생초보 3명에게 RV운전대를 맡겨놓은 조바심 때문에 항상 노심초사, 걱정이 떠날 날 없었던 대장의 마음을 알아주는 듯, 이렇다할 사고 하나없이 여행을 마칠 수 있었던 것을 하느님께 (미국이니까) 감사하며, RV 없이는 생각조차 할 수 없는 생애 최고의 멋진 여행을 하게 해준 하이사장과 사모님께 모두를 대표해서 심심한 감사를 드린다.

2007년 10월

하민우군은 지난 2월 유명을 달리하셨다.

가시기 전 두어 번 찾아가서 손을 꼭 잡고 빠른 쾌유를 빌었었는데…. 충남 아산 근처 선산까지 따라가서 마지막 가시는 모습 지켜보았다. 민우야, 정말 즐거웠다. 그리고 정말 고맙게 생각하고 있다. 맘 편히 잘 쉬어라. 안녕.

우리나라 해양문학 개척자 巴浪(파랑) 천금성

– 70이 다 돼서야 가까워진 친구 천금성

내가 巴浪(파랑, 천금성의 아호)을 처음 안 것은 경남중학교 3학년 때로 파랑이 응원단장을 맡으면서부터였다.

당시 경남중학교는 공부는 물론 야구에서도 전국의 명문이었기 때문에 응원단장으로서의 그의 인기는 대단했다.

얼굴도 잘 생겼을 뿐 아니라 운동에는 천부적인 소질을 갖고 있어 단상에 올라 응원연습을 지휘할 때는 마치 교향악단의 지휘자처럼 전교생을 하나같이 그야말로 일사불란하게 움직이게 하는 마력 같은 힘이 있었다.

그의 인기는 고등학교 때까지 이어졌다. 고2 때는 유도를 했었는데 공부 잘하는 일류학교 유도반이 부산의 어깨들이 많이 다니는 영도의 X고등학교를 꺾고 우승해 우리를 정말 놀라게 한 일도 있었다.

파랑과 나는 중·고 6년 동안 한 번도 같은 반을 해 본 적이 없을 뿐 아니라 그는 학교에서 유명인사였고 나는 그렇지 못한데다 키나 덩치도 차이가 났기 때문에 우리 둘은 한 번도 가까이 지낸 적이 없었다.

대학 때는 내가 고등하교 친구들을 거의 만나지 않으면서 지냈고 사회에 나와서도 한 사람은 선장으로 또 한 사람은 바쁜 공무원으로 지냈기 때문에 오랫동안 가까이 지낼 기회가 전혀 없었는데, 내가 경제기획원(기획재정부의 전신)에 갓 들어간 햇병아리 시절 신문 지상을 통해 그를 너무나 우연히 만난 일이 있었다.

그러니까 1969년 1월 2일, 새해 아침 첫 출근해서 조간신문을 뒤적이다가 한국일보에서 발표한 신춘문예작품에 낯익은 얼굴이 보이기에 자세히 보니 고교 동기생 천금성이었다. 너무나 반갑고 자랑스러워서 우리 과 직원들한테 떠들썩하게 자랑했던 일이 지금도 생생하게 기억된다.

그 작품이 바로 천금성이가 서울농대를 졸업하고 마땅한 일자리도 없어 고향으로 내려가려다가 우연히 영도다리 입구에서 벽에 붙은 해기사 모집공고를 본 것이 계기가 되어 해기사가 되고 그 후 2년 만에 선장이 되어 참치잡이 어선을 타고 인도양을 누비면서 틈틈이 쓴 작품 〈영 해발 부근〉으로 우리나라 해양문학소설의 탄생을 알린 첫 작품이다.

세월이 흘러 60대 후반이 되어서야 가끔 한번 씩 서울 시내 음식점에서 파랑을 다른 친구들과 함께 만나는 일이 있었다.

그 때는 아마 파랑이 선장 직을 그만두고 MBC에 적을 두고 있을 때로 기억되는데 동기생 여럿이 어울리는 자리였지만 그래도 내가 좋아했던 친구였고 또 유명인사인 그와 함께 하는 자리여서 좋았다.

그러다가 70이 다 되어서야 그와 가깝게 지내는 사이가 되었다. 고등학교 재경동기회(당시 회장 오종철)에서 2010년도에 있을 졸업 50주년 기념행사를 준비하고 있을 때였는데, 그 때 巴浪도 준비요원의 한 사람이었고 나도 행사 비용을 모금하는 궂은일을 자청해서 맡고 있었기 때문에 서로 회식자리에서 만나는 기회가 더러 있었다.

또 그때 나는 나이 70에 맞추어 자서전을 낼 생각으로 원고를 쓰고 있었는데, 한 번은 졸업 기념행사 일로 동기생 넷이 내 승용차로 부산엘 가다가 이런저런 얘기 끝에 파랑한테 내가 지금 자서전을 쓰고 있다면서 원고가 다 되면 한 번 읽어보고 좀 고쳐달라고 했더니 굉장히 반가워하는 눈치였다.

그 즈음 한번은 부산서 만났는데 자기가 쓴 소설 '영 해발 부근'과 '불타는 오대양' 등 세 권을 직접 싸인을 해서 주기에 단숨에 읽었다. 너무나 재미있고 잘 썼기에 책을 다 읽을 때까지 책을 놓을 수가 없을 정도였다. 그 이후 내가 파랑의 열렬한 펜이 되었음은 물론이다.

그 일이 있고 난 뒤 며칠도 안 돼 전화가 걸려와 지금 원고 쓴 만큼만 이메일로 보내보라기에 그렇게 했더니 그 원고를 자기 나름대로 고쳐서는 고친 원고를 내게로 보내왔고 또 원고가 되는 대로 보내주고 받고 하기를 몇 번을 했더니 한번은 나를 만나자는 것이었다. 만나서 인터뷰를 하겠다며 내일 당장 상경하겠다는 것이었다. 그래서 내가 대뜸 '인터뷰?! 인터뷰를 하겠다는 건 파랑이 내 얘기를 들어보고 내 자서전을 대신 써 주겠다는 거지? 물었더니 힘없이 그렇다고 대답했다. 그래서 내가 단호하게 거절했다.

'내가 손수 써야 자서전이지 남이 써 주는 게 어떻게 자서전이냐?'고. 그 이상은 대화를 하지 않았다.

솔직히 말해 내가 몇 번을 읽고 고치고 다듬어서 쓴 글과 파랑이 한 번 읽고 대충 고쳐 쓴 글은 비교할 수 없을 정도였다.

글이란 건 아 다르고 어 다른 법인데 파랑이 고쳐서 쓴 글은 그때그때의 상황을 완전히 이해하지 못하고 쓴 글이라 겉도는 듯이 느껴졌고 내 마음에 전혀 차지 않았다. 그런데 어떤 부분은 내 맘에 쏙 들게 고쳐주어서 그대로 인용해 썼는데, 예컨대 책 57페이지의 '총구 둘은 여전히 내 가슴팍을 겨누고 있었다'와 94페이지의 '이 자리에서 감히 그 장군의 이름을 밝히거니와'부터 '기억하고 있다'까지 네 줄 등 몇 군데는 내 맘에 쏙 들게 고쳐져서 지금도 아주 흡족하게 생각하고 있다.

어떻든 자서전 일로 자주 만나게 되었다.

부산을 갈 때마다 파랑을 찾았고 그 때마다 부산에 사는 다른 동기생 한둘과 함께 어울렸는데, 파랑이 워낙 술을 좋아해서도 그랬지만 내가 그렇게 만나면 항상 새벽 1시경에 출발하는 심야 버스로 상경했기 때문에 우리들이 만날 때는 언제나 밤늦게까지 어울리기 일쑤였다.

그렇게 자주 만났지만 파랑이 어디에 사는지 또는 어떻게 사는지 등에 관해서는 전혀 물어보질 않았다. 어렵게 산다는 건 눈치로 알 수 있었고 대충 짐작하고 있었기 때문에 굳이 물어볼 필요도 없었다.

항상 중앙동 40계단 근처에서 만나 동광동이나 중앙동 근처의 단골 식당으로 가 밤늦게까지 어울리곤 했다.

만나는 횟수가 좀 뜸해지면 일부러라도 일을 만들어서 내려가곤 했을 정도였으니 그때가 파랑이 내가 가장 자주 만나는 친구였고 또 가장 허물없는 친구이기도 했다.

그러다가 한동안 만나지 못했었는데 한번은 오랜만에 전화를 걸어보니 말하는 게 영 어눌해서 왜 그러냐니까 혀에 암이 생겨서 혀를 조금 잘라내서 그렇다고 했다. 그 일은 내가 까맣게 모르고 있었으니 아마 그 때가 몇 년 간 서로 못 만나고 있을 때가 아니었나 싶다.

돌이켜 생각해 보니 내가 파랑을 마지막 본 게 2010년 말 경이었던 것 같다. 자서전 쓰는 걸 끝내고 인쇄에 들어갈 무렵 파랑과 나 그리고 파랑이 소개한 출판사 사장, 이렇게 셋이서 술을 거나하게 먹었던 일이 있고 그 후 책이 나온 후에도 부산에서 내가 경제기획원 시절부터 잘 알고 지내던 분이 사장으로 있는 송도 어느 음식점 2층에서 진탕 취한 일도 있었지만, 그 후 내가 2010년 5월에 새로 입주한 아파트에 무리하게 투자를 한 것이 화근이 되어 경제적으로 어려움을 겪게 되면서 자연히 만나지 못하게 되었으니까…

그 후 또 얼마의 시간이 지난 뒤 부산서 전화를 했더니 이번에는 반갑게 받았는데 병색이 완연한 목소리로 '온 몸에 암이 퍼져서 병원에 입원하고 있다'는 것이었다.

당장 달려가고 싶었지만 빈손으로 갈 수도 없는 노릇이라 오늘은 올라갔다가 금방 또 내려오겠다며 병원 이름도 확실히 묻지 않고 전화를 끊었다.

그런데 그것이 마지막 통화가 될 줄이야….

서울로 올라왔다가 그 다음날 내려가기 전에 병원 이름도 알 겸 전화를 걸었다.

몇 번이나 했는데도 받질 않았다. 이상하다 싶어 부산서 만나던 친구들과 서울의 알 만한 친구들한테 일일이 전화를 걸어 물어보았지만 알 길이 없었다. 아무리 생각해도 좋지 않은 예감이 들어 그냥 있을 수만은 없었다.

부산 송도에 있는 병원이라고 했으니까 송도에 있는 큰 병원은 전부 찾아다니면서 확인이라도 해보자, 그게 안 되면 동 사무소에 물어서 집에라도 찾아가 보자며 그 다음 날 바로 부산엘 내려갔다. 그 때도 내려가기 전에 오종철 회장을 만나 저간의 사정을 얘기했더니 너무나 고맙게도 '이거는 내가 그냥 주는 거니까 갚을 생각은 말아라'며 오히려 나를 위로하며 힘을 보태 주었다. 부산엘 내려가자마자 하루 종일 병원으로 동사무소로 여기저기 다니며 알아보았지만 역시 허사였다.

그러다가 송도에서 제일 큰 고신대 복음병원엘 다시 가서 통사정을 해 보았다. 지금 둘도 없는 친구가 죽어가고 있는데 연락할 방법이 없다. 마지막으로 얼굴이나 한번 보려고 그러는데 왜 그렇게 규정만 따지느냐? 80을 바라보는 노인이 전화번호 알아서 무슨 못된 짓을 할 거라고 그렇게 못 믿느냐며 화도내고 했더니 그제서야 전화번호를 알려주었다. 그러나 그 전화 번호 역시 신호는 가는데 받지를 않았다. 힘이 빠졌다. 그렇게 백방으로 노력을 했는데 뾰족한 수가 없었으니 단념하는 수박에!!

그런데, 지성이면 감천이라고 했던가!!?
이상한 계기로, 정말 희한한 계기로 파랑의 거처와 전화번호를 알게 되었으니….

온 사방으로 수소문을 해도 연락할 방도가 없어 포기하다시피 하고 있을 무렵이었는데, 한번은 우리말 공부에 꼭 필요해서 국립국어원의 표준국어대사전을 구하려고 서울 시내 책방을 다 뒤진 뒤 부산 보수동 헌책방을 샅샅이 뒤지고 있을 때였다.

헌책방 골목을 반 이상이나 훑었는데도 찾을 수가 없어서 다음 기회에 다시 한 번 내려와 보기로 하고 우선 심야버스를 타기 전에 영화라도 하나 보자 싶어 주위에 있는 사람에게 묻고 있는데 어떤 젊은 여자 한 분이 불쑥 나타나 '요즘 볼 만한 영화 하나도 없습니다. 시간 나시면 강의나 한번 들어보시죠!' 하는 것이었다. 시큰둥한 표정으로 '무슨 강의인데요?' 물었더니 대학 교수가 하는 음악에 관한 강의라고 했다. '음악에 관한 강의?' 이런 곳에서 듣기엔 좀 생뚱맞은 소리라 호기심도 나는데다 시간도 있고 해서 그 젊은 여인을 따라 근처의 건물 2층에 있는 조그만 강의실로 들어갔다.

십여 명의 사람들이 교수가 하는 강의를 열심히 듣고 있었고 얼핏 들으니 애국가와 작곡가 안익태 선생에 관한 얘기였는데 지금도 분명히 기억나는 것은 우리나라 애국가는 너무 정적인데 반해 유럽의 다른 나라 애국가는 전혀 그렇지 않다며 프랑스 애국가는 가사 중에 '밭도랑을 적의 피로 가득채우자'는 등 과격하고 잔인하기까지 한 문장들로 채워져 있다는 것이었다.

그런대로 흥미롭게 강의를 듣고 나오는 길에 세 사람이 근처 커피숍에 마주 앉았는데, 교수란 분은 부산외국어대학 음대의 정두환 교수라 했고 여자 분은 부산 중앙여자중학교의 김혜정 선생님이었다.

이런저런 얘기를 나누다가 내가 지금 친구를 찾고 있는데 도저히 찾을 수가 없다며 파랑 얘기를 했더니 그 교수란 양반이 '제가 부산

바닥에 산 지가 몇 십 년이 되는데 한번 찾아보죠'하며 몇 군데 전화를 걸기도 하고 문자를 주고받고 하더니 '천금성 작가가 지금 경기도 안산에 있는 어느 병원에 입원중입니다.'하며 파랑이 입원하고 있는 병원 이름과 전화번호까지 얘기해 주는 것이었다. 너무나 놀랍고 어이가 없어서 입이 벌어질 지경이었다.

오늘 있었던 일이 전혀 믿어지지가 않았다. 우연한 일의 연속이었다. 어떻게 이렇게 해서 파랑의 소식을 알 수가 있지?!!

귀신에 홀린 것 같았다.

그 날 저녁 바로 상경했음은 물론이다.

다음날 아침 전화를 했는데 또 받질 않았다. 신호는 가는데 안 받으니 이제는 일부러 안 받는구나! 확신이 들며 어떻게 하면 좋지? 그런 생각을 하고 있는데 얼마 안 돼 전화가 걸려왔다.

혹시? 하며 받았더니 '조정현 씹니까?'하는 것이 아닌가!

자기가 천금성 씨 아들이라면서 아버지 보시고 싶으면 지금 당장 오시라는 것이었다. 부리나케 준비를 해서 병원으로 달려갔다. 병원 입구에 도착해 택시에서 내리니 한 젊은이가 내 쪽으로 다가와 '조정현 씨죠?'하며 머뭇거리더니 '죄송합니다. 아버지, 조금 전에 운명하셨습니다.'하는 것이었다. 아무 말도 나오지 않았다. 이 일을 어쩌나 하는 생각뿐이었다. 정신을 가다듬고 그를 따라 2층 영안실로 들어갔다. 하얀 천으로 덮인 시신만 덩그러니 누워 있었다.

조금도 망설임 없이 흰 천을 걷어서 싸늘한 두 뺨을 어루만졌다. 그렇게 보고 싶어 했는데 이렇게 보다니….

아무 말도 못하고 얼굴만 쓰다듬고 있는데 뒤에서 어떤 여자 분이 혹시 누구십니까? 하고 묻는 것이었다.

그 여자 분이 바로 파랑의 부인 김미정 여사였다.

이렇게 해서 파랑의 마지막 가는 소식은 전해졌고 가까운 지인들이 다녀갔다. 하마터면 아무도 모르고 지날 뻔 했는데 ….

마지막 날 밤 내가 밤을 꼬박 새우다시피 해서 '친구를 보내며'라는 제목의 글을 써서 경남고 재경동창회보에 실었는데 너무나 보람된 일을 했다는 생각이 든다.

경남중고 재경동창회보(제157호)

해양문학 개척자 천금성(14회) 동기를 하늘로 보내고…

14회 졸업생인 파랑 천금성 동문이 지난 6월 26일 별세했다. 향년 74세.

2012년 설암 수술을 받고 건강을 회복하는 듯 했으나, 지난 해 암이 다른 장기로 전이되면서 1년 여 동안 투병해 왔다.

모교 재학시절 응원단장으로, 유도선수로 이름을 날렸던 천 동문은 1966년 서울 농대를 졸업하던 해 한국원양어업기술연구소의 '어선해기사 단기훈련과정'을 이수, 2등 항해사가 됨으로써 전공과는 전혀 다른 길을 걷게 된다.

천 동문은 마치 우리나라 해양문학을 위해 태어난 사람처럼, 선장이 되고 해양문학가가 될 천부적인 재능과 소양을 갖추고 있었다. 참치잡이 어선을 타고 인도양으로 줄어한지 1년도 안된 1968년 10월, 배위에서 틈틈이 쓴'영 해 발 부근'이란 단편소설이 한국일보사의 1969년도 신춘문예 당선작이 되면서 해양소설 작가로서의 능력을 인정받게 된다.천 동문은 그 원고를 고장난 엔진 부품교체를 위해 귀항한 남아프리카 더반항에서 한국일보사로 부치면서 봉투 속에 당선소감은 물론 수상대리인까지 지명한 메모를 넣어 보냈을 정도로 자신감이 넘쳐 있었고, 그 이야기를 후에 전해들은 많은 동문들을 즐겁게 했었다. 그 후 10여 년간 여러 편의 장편소설과 창작집을 펴내 한국문단에서 '해양문학을 개척한 작가'로 칭송받기도 했지만 대학시절 학보 편집 일을 함께한 5공 시절의 실세, 허 모씨의 강권에 못 이겨 대통령의 전기등을 쓴 일이 화근이 되어 어용작가로 낙인찍히고 작가로서의 명망을 송두리째 잃어버려 문학계로부터 냉대를 받는 등 말할 수 없는 수모와 경제적 어려움을 겪게 된다.

그런 연유 등으로 천 동문은 다시 바다로 나가기로 결심하고 그 전에 명예회복부터 해야겠다고 마음먹는다. 그 방법이 어느 누구도 이의를 제기할 수 없을 만큼 수준 높은 걸작을 써서 한국의 노벨문학상이라 평가되는'한국소설문학상'을 받는 일. 1년여의 각고 끝에'인간의 욕망''지금은 항해중' 등 대여섯 권의 장편소설을 써서 기어이 한국소설문학상을 받아내고야 만다. 그만큼 천동문은 탁월한 글재주와 불굴의 투지를 소유한 자랑스런 용마였다. 그 후 다시 바다로 나가 창작활동을 계속하였고 환갑을 넘긴 나이에도 수병 계급장을 달고 해군함정에 편승해 '가브린의 바다'라는 해군소설을 써 해군당국으로부터 열화와 같은 박수갈채를 받기도 했다. 그러나 전술한 전기 집필로 인한 오명으로 인해 해양문학 발전을 위해 바친 혁혁한 공을 제대로 평가받지 못하고 어려운 노년을 보낸 점이 안타까울 뿐이다.

자유분방하고 멋대로 사는 천 동문 때문에 속이 새까맣게 타버렸다는 부인 김 미정 여사와의 사이에 일남일녀를 두었다. 오산 시립쉼터공원에서 영면.

/14회 조정현

80세 저자의 우리말 달인 도전기

이 글은 우리말겨루기 출연을 희망하는 독자를 위해 조금이라도 도움이 될까 하여 지나치리만큼 꼼꼼하고, 세심하게 그리고 시시콜콜한 데까지 신경을 써서 썼다는 점을 이해해 주시기 바람.

〈조정현 동문, KBS 우리말겨루기 1등 차지〉
〈조정현 회원, 80세에 KBS '우리말겨루기' 프로에 출연, 노익장 과시〉

　연세동문회보지와 재경회소식지가 지난 1월 10일 KBS의 '우리말겨루기' 프로에 출연한 저자를 각각 소개한 글의 제목이다.
　그 기사의 제목처럼 80세 노인이 우리말겨루기에 출연, 1등을 했다. 76세에 KBS의 그 프로를 처음 보고 출연을 결심, 공부를 시작한 지 만 6년 만의 일이다.

그러니까 2016년 1월 1일 새벽, 저자가 장충동 국립국악원 주차장에 차를 세워두고 남산 팔각정까지 어두운 길을 걸어 올라 새해 아침 떠오르는 해를 바라보며 두 손을 마주잡고 '꼭 달인이 되게 해 주십시오'라고 간절히 기도하며 마음을 다잡았었다. 서울 온 지 50년이 훨씬 넘었는데 남산 꼭대기까지 올라와서 기도를 해 보기는 처음이었다. 그만큼 간절한 마음으로 다짐을 한 셈이다. 76세, 적은 나이도 아닌데 그 나이에 공부를 시작할 마음을 먹다니! 지금 생각해도 잘 이해가 되진 않지만 아무리 생각해도 내가 우리말 달인 되는 걸 너무 쉽게 생각한 때문이 아닌가 한다. '국어 기초실력이 나만큼 단단한 사람도 별로 많지 않을 거야'하는 자신감이 있은 데다가 고등학교 동기회(경남고 14회)에서 발행하는 동기회 소식지가 매월 한 번 나올 때 마다 나의 마지막 원고 수정 작업이 끝나야만 인쇄에 들어가곤 했으니 그때까지도 우리말 공부를 조금이나마 하고 있었다는 점이 나에게 자신감을 주지 않았나 싶다.

왜 도전하게 됐나?

아무튼 2015년 말 경 우연히 KBS의 우리말겨루기 프로를 보게 되었고 그 후 서너 번 더 보는 사이에 '이 프로야말로 내가 한 번 도전해 봄직한 프로구나!'하는 생각을 가지게 되었다.

우선 우리말을 공부하는 것이니까 그렇게 어렵지 않을 것 같고 또 늦은 나이에도 우리말을 공부한다는 게 남들 보기에 자랑스럽게 느껴졌던 때문이다.

50대 후반에 처음 스키를 타면서 느꼈던 묘한 자부심과 우월감 같은 것을 우리말 공부를 하면서도 느꼈던 게 사실이다.

생각이 거기까지 미치자 둘도 없는 막역한 친구 오종철 회장을 만나 상의를 했다. 그 친구도 대번에 공감을 표시했고 심지어는 꼭 달인이 돼서 의지의 사나이임을 보여줘야 한다며 부추기기까지 했다.

아무튼 이런저런 여러 가지가 내 생각과 딱 맞아 떨어져서 우리말겨루기에 출연을 하기로 마음을 굳혔다.

그런데 공부를 시작한 지 1년 쯤 지나면서부터 달인 되는 게 그리 쉬운 일이 아니라는 생각이 들기 시작했다.

우선 국어사전에 나오는 어휘 수만 해도 사전의 크기에 따라 적어도 수만 내지 1~2십만 개가 넘는다는 사실에 생각이 미치자 나도 모르게 자신감을 점점 잃어가게 되었다.

하룻강아지 범 무서운 줄 모르고 더럭 시작하긴 했지만 이제 와서 그만두기도 어렵고 그렇다고 승산 없는 일을 무작정 계속할 수도 없는 노릇이고 참으로 진퇴양난이 아닐 수 없었다.

처음에는 단순히 중도하차를 않겠다는 강한 의지의 표현으로, 또 배수의 진을 치는 의미에서 그랬지만 나중에는 자랑삼아 내가 아는 많은 사람들에게 '우리말겨루기에 출연할 생각으로 공부하고 있다'는 사실을 알리기도 했으니까 그래서 그들이 나를 볼 때마다 언제 TV에 나오느냐고 물어볼 정도가 되었으니 중도하차는 생각도 못할, 실로 난감한 처지가 되고 말았다.

정말 낭패스런 일이 아닐 수 없었다. 그래서 생각다 못해 달인이 되자는 목표를 〈1등을 한 후 달인문제 세 단계 중 두 단계만 넘어보자〉하는 것으로 낮추어서 공부를 계속하게 되었다.

어떻게 또 얼마나 열심히 했나?

당시 우리말겨루기는 580여 회가 방영되고 있었는데, 공부할 문제집은 이미 출제된 문제를 중심으로 A4 용지에 내가 손수 타자를 쳐서 만들기로 마음먹었다.

둘째 딸내미가 기출 문제를 한꺼번에 2~3십 회씩 인터넷으로 보내오면 내가 그 중에서 첫 글자 문제와 열쇠문제는 떼어내서 〈첫 글자 모음〉, 〈열쇠문제 모음〉하는 식으로 문제집을 따로 만들었고, 십자말풀이 문제도 따로 모아서 401~410회, 411~420회 하는 식으로 만들었는데 750회 정도 만들고부터는 매 주 마다 문제집이 조금씩 늘어 작년 예심을 볼 때쯤에는 900회까지 늘어났다.

우리말겨루기 기출문제 외에는 내가 갖고 있던 국어사전(민중서림에서 발행한 엣센스 국어사전)을 한 장 한 장 넘기면서 단어 하나하나를 대충 훑어가며 공부할 가치가 있다고 판단되는 단어에는 붉은 색 또는 푸른 색 밑줄을 치고 따로 뽑아내서 문제집에 추가했다. (ㄱ부터 시작했으나 너무 지루하고 양도 많아 ㅁ까지만 하고 그만 두었음)

그리고 속담, 관용구와 사자성어도 우리말겨루기에 나온 것들은 물론, 고등학교 교과서에 나오는 것들과 개인 작가 한두 명의 책에 나오는 것까지 모아서 만들었다.

그렇게 만든 문제집이 내가 2018년 1차 출전할 때까지 A4용지로 1천5백 매가, 2022년 2차 출전 때까지는 2천 매가 훨씬 넘었던 것으로 기억한다.

문제집을 만든 후에는 내가 만든 문제집 위주로 공부했고 문제집을 만들기 전에는 KBS에서 발행한 〈우리말겨루기 기출문제은행〉이란 책을 제일 먼저 사서 보았다. 그 책만으로는 어림도 없다 싶어 이 책 저 책 사서 보았는데 그 중에서 도움이 되었다고 생각되는 책을 참고로 열거하면, 고등국어 출제어휘 총정리(최인호 지음), 건방진 우리말 달인(엄민용 지음), 달인의 띄어쓰기·맞춤법(최종희 편저) 등이었다.

이렇게 만들어진 문제집은 한 장 한 장을 따로 떼어서 들고 다닐 수 있으니까 공부하기에 편하고 좋았다. 한 번에 열 장 또는 열다섯 장 정도(하루 학습량으로 적당하다고 생각되는 만큼)를 들고 나가면 그 만큼은 읽고 또 읽어서 완전히 자신 있게 외워져야지만 귀가를 했으니까 진도가 계획대로 잘 나가서 좋았고, 들고 다니기가 편하니까 전철 안에서는 물론 심지어는 걸어가면서도 외울 수 있어서 좋았다.

처음에는 2천 매를 전부 다 훑어보는데 두 달 정도가 걸렸었는데 나중에는 한 달이 채 걸리지 않았던 것으로 기억한다,

내 경험으로는 나이가 많아서 쉽게 외워지지 않을 뿐 아니라 외운 것도 쉽게 잊어버리니까 자꾸 반복해서 외우는 방법 외에는 왕도가 따로 없다. 아마 한 단어를 쉬운 것은 수십 번, 어려운 것은 수백 번도 더 외우지 않았나 싶다.

아는 단어도 그렇게 계속 반복해서 공부를 하다 보니 나중에는 뜻풀이를 조금만 들어도 그 단어를 맞힐 수 있을 정도가 되었다. 뜻풀

이를 다 읽어도 단어가 생각나지 않는 경우에는 그 때마다 빨간색 또는 파란색으로 OX, 또는 / 등으로 표시를 하다 보니 나중에는 뜻풀이 앞이 온통 빨간색 또는 파란색 투성이가 되었다.

나는 책상 앞에 붙어 앉아서 몇 시간씩 공부하는 성격이 못된다. 그래서 전철을 타고 다니면서 공부를 한다거나 집 근처에 있는 산을 오르내리면서 또는 개천을 따라서 분당 서울대 병원까지 걸어 다니면서 공부할 때가 많았는데 산을 오르내리거나 탄천을 따라 걸으면서 공부하니 봄에는 꽃구경, 가을에는 단풍구경할 수 있고 겨울에는 눈까지 밟으니 변화가 있어서 지루함을 덜 수 있었다.

그렇게 공부해서 1등 하기엔 충분했나?

재작년에는 10개월 동안에 네 번의 예심을 보았는데 솔직히 말해 네 번 모두 면접에서 떨어졌다. 낙방 이유는 굳이 얘기하고 싶지 않지만 출연희망자들을 위해 마지못해 몇 자 적는다.

KBS측에서는 시청자들을 너무 의식한 나머지 출연자들이 노래를 부르거나 춤을 멋있게 추기를 바라는데, 그래서 나에게도 그런 주문을 했지만 나이 80을 바라보는 노인이 그런 걸 하기는 좀 그렇지 않은가? 그래서 매번 거절을 했다. 그게 낙방의 원인이었다. 솔직히 말해 나는 노래는 몰라도 춤은 그런대로 추는 편이다. 그런데도 춤을 추기는 무엇해서 대신 시를 읊거나(모윤숙의 '국군은 죽어서 말한다'는 시는 그 긴 시를 지금도 줄줄 외운다) 옛날 고등학교 교과서에 나오는 멋있는 수필들, 예컨대 정비석의 '산정무한'이나 안톤

슈낙의 '우리를 슬프게 하는 것들'같은 아름다운 수필의 멋진 구절을 외우게 해 달라고 몇 번을 부탁했지만 한 번도 받아들여지지 않았다.

아무튼 네 번 모두 필기시험 성적은 아주 좋았었고 작년 9월의 예심 때도 만점에 가까울 정도였다. 그러니까 예심 성적만으로 판단한다면 내가 공부한 문제집만으로도 거뜬히 합격할 수 있다고 확신한다.

그러면 본심에서는 어떠했는지 한번 생각해 보자.

출제된 문제 30개 중에서 첫소리문제 네 개와 열쇠문제 다섯 개를 합쳐 아홉 개를 빼면 네 사람이 경쟁을 하면서 맞혀야 하는 문제는 스물한 개가 되는데 그 중에서 내가 맞힌 문제는 다섯 개 밖에 되지 않았다. 경쟁자였던 대학생과 40대 청년이 각각 일곱 개씩 맞혔으니까 나보다 많이 맞혔는데도 내가 1등을 했다.

그런데, 스물한 개 문제 중에서 열네 개는 내 문제집에 있었던 문제로 내가 공부한 문제였다. 그런데도 내가 맞힌 문제는 겨우 다섯 개에 불과했고 나머지 여덟 개는 다른 두 사람이 먼저 맞혔다. (1개는 여자 분이 맞혔음)

다른 두 사람이 맞힌 여덟 개 중에서 나도 잘 아는 문제가 네 개나 되었으니까 내가 맞힌 문제 다섯 개와 내가 잘 알면서도 순발력이 부족해서 못 맞힌 네 개를 합쳐 아홉 개만 확실히 맞혔어도 1등은 문제없다는 결론이 나온다. 다시 말해서 내가 만들어서 공부한 문제집만으로도 1등은 충분히 할 수 있다고 자신 있게 말할 수 있겠다.

나와 함께 출연한 세 사람 중 여성 출연자 한 분을 빼고는 두 사람 모두 실력도 좋았고 순발력도 대단했다. 아는 단어는 금방금방 알아맞혔다. 뜻풀이를 전부 읽기 전에 맞히는 경우가 대부분이었다. 그러니까 이 두 사람처럼 순발력 좋고 단어도 많이 아는 사람이 아닌, 좀 못한 사람이 출연했었다면 내가 1등할 확률은 더 높아지지 않겠는가?

이런 실력 좋은 사람들을 확실히 이길 수 있는 방법은 더 많은 문제를 공부하기 위해 시간을 낭비하기 보다는 이미 만들어진 문제를 더 집중적으로 반복해서 공부하는 것이 훨씬 효율적이라고 판단된다.

그리고 이 두 사람은 알아맞히는 단어 수도 많았지만 오답으로 인한 감점이 나보다 많았다는 것도 분명했다. 내가 첫 번째 출연했을 때 너무 많은 감점을 받은 것이 생각나서 이번에는 자신이 별로 없는 단어는 의도적으로 먼저 맞히려고 나서지 않았기 때문에 감점이 적었고 그것이 내가 1등을 하는데 많은 기여를 했다고 판단된다.

솔직히 말해 운도 많이 따랐다.

그렇게 답을 빨리 그리고 잘 맞히는 사람이 어떻게 '소록소록' 같이 쉬운 단어를 모르며 또 2등을 겨루는 동점자 문제에서도 '짬짬이' 같이 쉬운 단어를 몰라서 나에게 2등할 기회를 준단 말인가!! 아무리 생각해도 천운이 따랐다는 생각이 든다.

그리고 1, 2등 겨루기에서 19세 대학생에 비해 내가 놀랄 정도로 자신 있게 답을 맞힐 수 있었던 것도 내가 문제집을 만들 때 조금 난이도가 높은 열쇠문제는 따로 만들어서 더 신경을 써서 집중적으로 공부한 덕분이 아닌가 생각된다.

예심 성적이 너무 좋아 1등도 못할 뻔

작년 9월 예심 때는 시험지를 다 풀고 두 번 세 번 훑어보아도 틀린 게 없다고 생각될 정도로 필기시험을 잘 보았었다. 그래서 시험지를 맨 먼저 제출하고 면접을 보았다.

면접관도 내 필기시험 성적이 워낙 좋으니까 다른 것은 묻지도 않고 내 나이가 고령이다 보니 출연에 지장은 없겠는지 염려하는 쪽으로만 대충 물어보고 면접을 끝냈다.

그래서 합격자 발표가 있은 후 KBS의 출연 담당 작가에게 하루빨리 본심에 출연하게 해 달라고 조르기까지 했는데, 최대한 노력하겠다고 약속했던 그 담당자가 며칠 뒤 전화를 걸어와 '어르신, 예심 성적이 너무 좋아서 조를 짜기가 어렵습니다' 하는 것이었다.

그 말이 정말 나를 안절부절못하게 만들었다.

처음에는 그렇게 심각하게 생각지 않았다. 그런데 곰곰이 생각 해 보니 여간 심각한 문제가 아니었다.

내 예심 성적에 맞추어서 조를 짜다 보면 나와 함께 출연하는 네 사람은 모두 성적이 우수할 것이고, 그런 사람들과 경쟁을 하게 되면 내가 제일 불리하겠다는 생각이 드는 것이었다.

예심은 필기시험이어서 문제를 여러 번 읽어보고 답을 쓸 수 있을 뿐 아니라 시간도 충분하기 때문에 만점 가까운 성적도 받을 수 있지만, 본심은 네 사람이 경쟁적으로 빨리 답을 맞혀야 하기 때문에 아는 문제라고 반드시 맞힐 수 있는 것도 아니고 또 경쟁적으로 빨리 맞히려고 하다보면 아는 문제도 틀릴 수 있기 때문에 나이가 80이 넘어 순발력이 약한 내가 가장 불리할 수밖에 없겠다는 생각이 들었다.

 '1등은커녕 2등도 못할 수 있겠다', '잘못하면 3등을 할 수도 있겠다'는 생각까지 들었고, '2등이 성에 안 차서 공부를 다시 한 지 3년이 넘었는데 2등도 못한다면 그 동안의 피눈물 나는 노력이 정말 물거품이 되고 마는 구나' 생각되니 예심을 너무 잘 본 게 되레 후회스럽기까지 했다.

 출연일자가 확정되고 녹화일이 1월 초로 통보되자 불안하고 초조해지기까지 했고 나중에는 '에라, 모르겠다. 될대로 되겠지!'하는 생각마저 들었는데, 1월1일 새벽 남산엘 다녀온 후부터는 이상하게도 마음이 가라앉으며 꼭 1등을 해야 한다는 집념이 더 강해지는 것 같았다.

 드디어 녹화하는 날, 네 사람의 출연자들이 대기실에 모여 초조히 기다리는 중에 그 청년을 보자 불현 듯 '저 사람이 1등할 사람이구나! 저 사람은 꼭 꺾어야 한다'는 생각이 들며 '저 사람의 평온한 마음을 좀 흔들어 놓자'하는 놀부 심보 같은 것이 동하는 것이었다.

 그래서 그 청년에게 시비 아닌 시비를 걸었다. "이분(여성출연자)이 노래를 부를 때 학생과 나는 나가서 흥을 돋우기로 했는데 당신은 안 나간다면서요? 어린 학생과 노인이 나가는데 젊은이가 패기도 없어요? 나가서 흔들기만 하면 되잖아요! 춤은 못추는 사람이 춰야 더 재밌어요." 핀잔 비슷하게 꼬드겼다.

 그런데 실제 녹화할 때 여성 출연자가 노래를 부르자 대학생이 먼저 나갔고 필자도 따라 나갔는데, 보고 있던 그 청년도 마지못해 엉거주춤 나오더니 야릇한 제스처로 온 몸을 흔드는 게 아닌가! 할머니 한 분은 별로 잘 하지도 못하는 노래를 부르고, 거기에 어린 대학생과 노인 한 사람, 춤 못 추는 40대 청년까지 뒤섞여서 흔들어대니, 가관도 그런 가관이 또 있겠나 싶었다. 엄지인 아나운서는 우습다고 연신 웃음보를 터뜨리고….

잔잔한 수면에 돌을 던지는 그 술수가 먹혔던지 신통하게도 그 청년은 쉬운 문제도 틀리는 실수를 자주 범했고 반면 나는 흔들림 없이 차분하게 따라 잡아 동점자 문제까지 가는 명승부를 벌임으로써 자칫하면 나락(3등)으로 떨어질 뻔했던 절체절명의 위기를 극복하고 1등까지 할 수 있지 않았나 생각된다.

아무튼 운이 억세게 좋았고, 내가 생각해낸 그 신약의 효험이 묘하게 작용하지 않았나 하는 생각을 지울 수가 없다.

80세 노인이 1등을 하니 하루아침에 유명인사
모든 부문이 다 그렇지만 1등과 2등의 차이는 하늘과 땅 차이다.

그런데 80 노인이 1등을 했으니 많은 사람들에게 감동을 주지 않았나 생각된다.

그러니까 고등학교 재경동창회보지는 물론 대학동문 회보지와 나의 25년 직장이었던 옛날 경제기획원과 재무부(현 기획재정부)의 OB모임인 재경회 소식지에서도 80세에 출연하여 1등을 한 나를 소개한 글을 크게 실어주었으니 생각지도 않게 하루아침에 유명인사가 되고 말았다.

그 프로가 방영되고 난 뒤 한 열흘 간은 얼마나 많은 축하 문자와 전화가 오는 지 일일이 답하느라고 새벽 두세 시까지 잠을 설치기 일쑤였다. 그도 그럴 것이 우편으로 배달되는 회보지만 해도 재경회 소식지가 1,400부나 되고 연대동문회보지의 경우 3만 부가 넘는다고 하니 그 기사를 본 많은 지인들이 축하 전화와 문자를 보낸다면 그럴 수밖에 없지 않겠는가!

나이 많은 사람이 6년 여 동안 우리말 공부를 하면서 힘든 일도 많았지만 그래도 많은 지인들이 정말 대단하다는 칭찬과 함께 아낌없는 격려를 보내주는 걸 보고 새로운 용기를 얻을 수 있었다는 것이 가장 큰 보람이라 생각된다. 그리고 재작년, 네 번이나 예심에서 떨어졌을 때 그래 기왕 늦어진 거 조금만 더 참고 느긋하게 하자며 황소처럼 뚜벅뚜벅 걸어온 게 정말 잘했다는 생각이 든다.

나이 80은 백세 인생에 있어 가장 큰 고비라 할 수 있겠다.

그런 큰 고비를 정말 멋지게 넘길 수 있었으니까 얼마나 통쾌하고 시원하냐 말이다. 마치 알프스의 가파르고 아찔한 등성이를 조금도

KBS 우리말겨루기 1등 차지- 조정현 동문

그동안 갈고닦은 실력을
유감없이 보여드리겠습니다!

지난 1월 10일 방영된 '우리말 겨루기' KBS 프로그램에서 조정현 동문(행정 62입)은 주먹을 움켜쥐고 "그동안 갈고 닦은 실력을 유감없이 보여드리겠습니다."라고 외쳤다.

만 80세 나이에 출연한 조정현 동문은 그의 말처럼 당당히 1등을 차지했다. '우리말 달인'이 되기 위한 마지막 도전에서 아쉽게 멈춰 섰지만 시청자들을 놀라게 하기에 충분했다. 조정현 동문은 이번 도전을 위해 6년여 동안 준비했다.

"어려움이 많았지만 늙어서도 우리말을 공부한다는 자부심으로 이겨낼 수 있었습니다." 조정현 동문은 '우리말 겨루기'프로그램을 진행하는 엄지인(식품영양 02입) 아나운서에게 달인에 성공한 후 대학 선배라고 말하지 못한 것이 아쉽다고 했다.

학창시절 조정현 동문은 정의감과 애국심으로 1964년 한일회담 반대운동에 앞장서다 구속되었다. 서대문형무소에 두 달 정도 수감 되었고, 당시 김찬국 교목실장이 마련한 보석금으로 풀려났다.

그렇게 행정고시를 준비하지 못하던 조 동문은 우연히 신문에서 국가공무원 채용 공고를 보고 시험에 합격하여 경제기획원 말단 공무원으로 공직생활을 시작했다. 경제기획원과 재무부 등에서 25년 근무 했으며, 국세청에서는 행정관리담당관과 세무서장을 역임하며 8년간 봉직했다.

70세가 되던 2010년에는 지난 인생을 돌아보는 자서전 〈내가 본 세상, 내가 사는 세상〉을 발간하기도 했다. 자동차여행을 좋아해 승용차를 빌려 유럽 구석구석을 돌아보는 여행을 일곱 번이나 다녀왔다.

지금도 '스카이다이빙'을 버킷리스트로 손꼽을 정도로 적극적이며 낙천적이고 대담한 성격을 가진 조정현 동문은 "자신의 이야기가 젊은 후배들에게 '나도 할 수 있다'라는 용기와 자신감을 불어넣는 계기가 되길 바란다"고 말했다.

거침없이 미끄러져 내려오는 스키어처럼 말이다!!

　끝으로 우리말 공부를 일단은 끝내면서 두어 가지 아쉬운 점을 얘기하고 싶다.

　하나는 우리말 공부를 너무 늦게 시작했기 때문에 한 번만 더 출연할 수 있었으면 하는 미련을 간직한 채 그만두지 않을 수 없다는 사실이고, 또 하나는 예심 성적이 너무 좋아 조를 짤 수 없다는 얘기에 1등도 못할까봐 그 쪽으로만 신경을 쓰다 보니 달인문제의 띄어쓰기 점수가 부끄러울 정도로 엉망이 되었다는 사실이다.

　정말이지 한 번만 더 출연할 수 있었으면 조금의 여한도 없겠는데!!

2022년 3월 새봄에

모윤숙의 시 '국군은 죽어서 말한다'를
즐겨 암송하는 까닭

이 글은 필자가 친구들 대여섯이 모인 자리에서 우리나라의 대표적 시인 모윤숙의 대표시 〈국군은 죽어서 말한다〉를 암송했더니, 미봉(박영하의 아호)이란 친구가 14K(경남중·고 14회) 홈페이지에 '보석같은 친구들'이란 제목의 글을 실어 칭찬하였기에, 그에 대한 답으로 같은 홈페이지에 필자가 실었던 글이다.

　미봉, 고맙소. 우리를 보석 같다고 생각해 주시니!
　미봉 말마따나 우리가 좋은 친구들인 건 틀림없지만 보석 같다는 표현은 너무 황공하오. 부끄럽습니다.
　그리고 사실대로 말하면 미봉의 글이야말로 진짜 보석같이 빛나지요. 미봉의 글은 항상 편안하게 읽어 집니다. 하고 싶은 말은 다 하면서도 간결하고 깔끔하고, 어쩌면 그렇게 물 흐르듯 쉽게 써내려 가는지 정말 훌륭한 솜씨입니다.
　본론으로 들어가서, 글 속에 시암송 얘기가 나왔으니 이참에 한 말씀 해야겠습니다.
　제가 요즘 그 시를 자주 암송합니다. 친구들 앞에서는 물론이요 회사 임직원들 앞에서도, 옛날 공직에 있을 때의 동료나 상사들이 모이는 자리에서도….
　대여섯 명 이상이 모이는 자리면 어디서건 시도 때도 없이 암송하곤 합니다. 긴 시 잘 외우는 걸 자랑하려고 그러는 건 결코 아닙니다.

이 시의 주인공, 자랑스러운 대한민국 소위가 죽었을 때의 나이가 겨우 스물다섯이었습니다. 나도 그 나이에 이 시를 많이 읽었습니다. 내가 20대 초반, 대학생활에도 재미를 못 붙이고 재수, 삼수를 하며 방황하던 시절, 키 162cm에서 1~2cm가 모자라 사관학교 응시도 못하고 ROTC에 지원도 할 수 없어 좌절하고 있던 시절, 설상가상으로 서대문 1번지에 두어 달 갇혀 있었을 때, 이 시로 인해 잠 못 이루던 밤이 정말 많았습니다.

시 속의 '자랑스러운 대한민국의 소위'가 그토록 되고 싶었거든요. 나에게는 쓰라린 추억을 되새기게 하는 시입니다마는 그 때 이 시를 정말 많이 읽었습니다. 아마 수 백 번도 더 읽었을 겁니다. 감방에 갇혀 있는 불안, 절망감, 울분 이런 것들을 이 시를 읽고 암송함으로써 다소나마 잊을 수 있었으니까요.

그런데 요즘 와서 갑자기 이 시를 많이 암송하게 되는 이유는 물론 이 시가 좋기 때문이기도 하지만, 그보다는 이 시의 주인공인 국군 소위가 죽어서 외치는 소리를 들려줌으로써 많은 사람들에게 애국이 뭔지를 얘기하고 싶은 때문입니다. 〈후략〉

백령도 최고봉의 해병대 OP에서도, 재경회 신년인사회에서도 암송

지난해 6월, 천안함사태 1주년 기념행사의 하나로 해군에서 주관하는 1박 2일의 안보체험행사에 천안함재단의 초청을 받고 다녀왔다. 평택 제2함대사령부에 전시되어 있는 천안함의 처참한 모습도 보고 천안함과 꼭 같은 함정을 타고 1박하면서 우리 해군들의 철통같은 방위태세도 확인하고 또 백령도의 군사시설도 둘러보는 그런

행사였는데, 내가 얘기하고 싶은 것은 백령도의 제일 높은 고지에 있는 해병대 6여단 OP에서, 그것도 북한 땅을 코앞에 바라보면서 모윤숙의 시 〈국군은 죽어서 말한다〉를 읊었다는 사실이다.

하루는 천안함재단이라면서 전화가 걸려왔다. 대뜸 하는 소리가 "조 서장님, 혹시 '국군은 죽어서 말한다'는 시, 지금도 잘 암송하십니까!?"였다.

"잘은 못하지만 그런대로 할 수 있다."고 했더니 그럼 됐다면서 앞에서 얘기한 안보체험행사의 개요를 설명하고선 그 행사에 초청할 테니 백령도에서 다른 초청 인사들 앞에서 그 시를 암송해달라는 부탁이었다.

내가 시도 때도 없이 이 시를 즐겨 암송하다보니 나의 시암송을 직접 들었거나 내 자서전을 읽었거나 아니면 내가 그 시를 제법 잘 암송한다는 사실을 전해들은 천안함 재단측 사람이 전화를 걸어온 것이었다.

〈국군은 죽어서 말한다〉는 시야말로 그 행사에 꼭 맞는 안성맞춤의 시가 아니겠는가!? 이렇게 좋은 기회가 또 있을까!?

아무나 쉽게 갈 수 없는 백령도, 그것도 제일 높은 고지에 있는 해병대 OP에서 북한땅을 바라보며 그 시를 암송할 수 있다니! 너무 좋았다. 정말 열심히 연습을 했다. 조금의 실수나 어색함도 없이 자신 있게 할 수 있을 때까지 한밤중에도 일어나서 큰 소리로 몇십 번을 외우고 또 외웠다.

정훈장교가 천안함사태 현황브리핑을 끝내자마자 나를 소개했다. 자신 있게 연단 앞에 섰다. 장열하게 전사한 46명의 해군용사들을 떠올리며 두 주먹을 불끈 쥐면서 암송했고, 그 자리에 동석한 해병대 장병들을 포함한 백여 명의 초청인사들로부터 우레와 같은 기립박수를 받았음은 물론이다. 그 시를 암송할 기회가 많았지만 그때처럼 뜨거운 박수를 받기도 처음이었다.

금년 2월에는 재경회(옛날 경제기획원, 재무부 출신들 모임) 신년인사회에서 또 그 시를 읊을 기회가 있었다. 내가 그 시를 잘 읊는 걸 아시는 옛날 상사 한분이 재경회 신년인사회때 한번 읊으면 신년 분위기에도 맞고 좋겠다면서 권하시기에 나도 평소에 그런 생각을 갖고 있던 참이라 당장 재경회 총무한테 전화를 걸었다. 내 얘기를 다 듣기도 전에 그 양반 하시는 말씀 "그런 자리에서 시를 읊으면 분위기 다 깹니다."였다. 이런 사람한테 아무리 얘기해봐야 소용없겠다 싶어 바로 재경회 회장을 맡고 계신 진념 전 부총리께 전화를 걸어 찾아뵙겠다고 했더니 당장 오라고 하신다. 내 말이 채 끝나기도 전에 "좋지! 요즘 시국도 어려운데 그 자리에 잘 어울리는 시지!"하시면서 그 총무한테 전화를 걸어 주신다. 이렇게 해서 200명이 훨씬 넘는 재경회 회원들이 신년인사를 나누는 자리에서 멋있게 그 시를 암송하는 기회를 갖게 되었던 것이다.
"이 시의 주인공인 국군 소위처럼 항상 맨 선두에서 우리 경제를 이끌어 오신, 그래서 한강의 기적을 이룩하고 우리나라를 세계 10대 경제대국으로, 세계에서 가장 자랑스러운 나라로 만드는 데 젊음을 다 바치신, 옛날 상사님들 그리고 선후배, 동료 여러분 앞에서니 용기가 절로 샘솟습니다. 스물다섯 꽃다운 나이에 나라위해 목숨 바친 국군 소위가 죽어서 외치는 소리를 들으면서 나라사랑이 뭔지, 조국이 뭔지를 음미해 보시기 바랍니다."

나의 인사말에 분위기는 숙연해졌다.

국군은 죽어서 말한다

모윤숙

– 나는 광주 산곡을 헤매이다 문득 혼자 죽어 넘어진 국군을 만났다 –

산 옆의 외따른 골짜기에
혼자 누워 있는 국군을 본다
아무 말 아무 움직임 없이
하늘을 향해 눈을 감은 국군을 본다

누런 유니포옴 햇빛에 반짝이는 어깨의 표지
그대는 자랑스런 대한민국의 소위였구나
가슴에선 아직도 더운 피가 뿜어 나온다

장미 냄새보다 더 짙은 피의 향기여!
엎드려 그 젊은 죽음을 통곡하며

듣노라! 그대가 주고 간 마지막 말을

나는 죽었노라 스물다섯 젊은 나이에
대한민국의 아들로 숨을 마치었노라
질식하는 구름과 원수가 밀려오는 조국의 산맥을 지키다가
드디어 드디어 숨지었노라

내 손에는 범치 못할 총대
내 머리엔 깨지지 않을 철모가 씌워져
원수와 싸우기에 한 번도 비겁하지 않았노라
그보다도 내 피 속엔 더 강한 혼이 소리쳐
나는 달리었노라. 산과 골짜기 무덤과 가시 숲을
이순신 같이, 나폴레옹 같이, 시이저 같이,
조국의 위험을 막기 위해 밤낮으로 앞으로 앞으로! 진격 진격!
원수를 밀어 가며 싸웠노라

나는 더 가고 싶었노라. 저 원수의 하늘까지
밀어서 밀어서 폭풍우같이
모스크바 크레믈린 탑까지
밀어 가고 싶었노라

내게는 어머니, 아버지, 귀여운 동생들도 있노라.
어여삐 사랑하는 소녀도 있었노라

내 청춘은 봉오리지어 가까운 내 사람들과 함께

이 땅에 피어 살고 싶었었나니

아름다운 저 하늘에 무수히 나르는

내 나라의 새들과 함께 나는 자라고 노래하고 싶었노라

그래서 나는 더 용감히 싸웠노라

그러다가 죽었노라

아무도 나의 죽음을 아는 이는 없으리라

그러나 나의 조국, 나의 사랑이여

숨지어 넘어진 이 얼굴의 땀방울을

지나가는 미풍이 이처럼 다정하게 씻어 주고

저 하늘의 푸른 별들이

밤새 내 외롬을 위안해 주지 않는가

바람이여 저 이름 모를 새들이여

혹시 네가 날으는 어느 창가에서

내 사랑하는 소녀를 만나거든

나를 그리워 울지 말고 거룩한 조국을 위해

울어 달라 일러 다오

조국이여 동포여 내 사랑하는 소녀여

나는 그대들의 행복을 위해 간다.

내가 못 이룬 소원 물리치지 못한 원수

나를 위해 내 청춘을 위해 물리쳐 다오.

물러감은 비겁하다
항복보다 노예보다 비겁하다.
둘러 싼 군사가 다아 물러가도
대한민국 국군아
너만은 이 땅에서 싸워야 이긴다
이 땅에서 죽어야 산다.
한 번 버린 조국은
다시 오지 않으리라, 다시 오지 않으리라.

– 중략 –

오래지 않아
거친 바람이 내 몸을 쓸어 가고
저 땅의 벌레들이 내 몸을 즐겨 뜯어 가도
나는 즐거이 이들과 함께 벗이 되어
행복해질 조국을 기다리며
이 골짜기 내 나라 땅에
한 줌 흙이 되기 소원이노라

산 옆 외따른 골짜기에
혼자 누운 국군을 본다

아무 말, 아무 움직임 없이

하늘을 향해 눈을 감은 국군을 본다.

누런 유니포옴 햇빛에 반짝이는 어깨의 표지

그대는

자랑스런 대한민국의 소위였구나.

　암송을 끝내고 우레와 같은 박수를 받으며 연단을 내려오니 앞쪽 테이블에 앉으셨던 많은 상사분들이 일어서며 악수를 청했고, 권태신 국가경쟁력강화위원회 부위원장(전 OECD 대사)같은 분은 나를 끌어안고 껑충껑충 뛰면서 좋아했다. 그 정도로 이 시는 듣는 이로 하여금 감탄을 자아내게 하는 힘이 있는 시다.

2012년 4월.

두 번째 증보판을 내며

　20여년 전 우리 집 큰딸애가 브뤼셀 살 때 딸애 자동차 빌려 타고 독일을 거쳐 스위스를 다녀온 일이 있고 그때 처음 본 스위스가 너무 아름다워 홀딱 반했었는데, 그 아름다운 정경들을 친구들에게도 보여주려고 고등학교 동창회 홈페이지에 여행기로 실은 적이 있었다.

　그런데 얼마 후, 그 때 함께 실었던 사진들이 몽땅 날아가 없어졌고 내 컴퓨터에 저장해 둔 사진들마저 없어지는 바람에 2013년 자서전 증보판을 낼 때에는 그 사진들을 실을 수가 없어 몹시 서운했었는데, 최근 묵은 자료들을 정리하다가 뜻밖에 그때 출력해 두었던 여행기를 발견하고 너무나 반가워서 그 속의 사진들을 일부나마 자서전에 싣고 싶었고,

　그리고 내 나이 벌써 80을 넘기다보니 가까운 친구들 중에도 먼저 가는 친구들이 더러 있고, 개중에는 내 자서전에 그들과 함께 했던, 결코 잊을 수 없는 보석 같은 얘기들을 꼭 남기고 싶었는데, 다행스럽게도 지난 1월 KBS의 우리말겨루기 프로에 80노인인 내가 나가 1등을 해 그 자랑도 할 겸, 또 그 프로에 나가기를 희망하는 젊은이들에게 도움이 될 만한 글을 싣는 것도 뜻이 있겠다 싶어 그 글도 실을 겸, 이번에 겸사겸사 두 번째 증보판을 내게 되었다.

2022. 7월

내가 본 세상, 내가 사는 세상

지은이	조정현
펴낸이	안혜숙
디자인	임정호
초판(1쇄)	2010년 10월 8일
개정판(4쇄)	2012년 4월 8일
1차증보판(7쇄)	2013년 11월 13일
2차증보판(8쇄)	2022년 8월 5일

펴낸곳	문학의식사
등록일	1992년 8월 8일
등록번호	785-03-01116
주소	우편번호 23014 인천광역시 강화군 하점면 강화대로 939
	우편번호 04555 서울 중구 수표로6길 25 501호(서울 사무소)
전화	032.933.3696
이메일	hwaseo582@hanmail.net

값 15,000 원
ISBN 979-11-90121-37-8